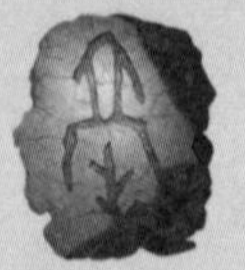

亳|文|化|研|究|丛|书

主编　张立驰

古文名篇品读

GUWEN MINGPIAN PINDU

魏宏灿　魏　萌◎编著

合肥工业大学出版社

图书在版编目(CIP)数据

古文名篇品读/魏宏灿,魏萌编著. —合肥:合肥工业大学出版社,2017.12
(亳文化研究丛书/张立驰主编)
ISBN 978-7-5650-3741-2

Ⅰ.①古… Ⅱ.①魏…②魏… Ⅲ.①古典散文—文学欣赏—中国
Ⅳ.①I207.62

中国版本图书馆 CIP 数据核字(2017)第 319418 号

古文名篇品读

魏宏灿 魏 萌 编著 责任编辑 王 磊

出 版	合肥工业大学出版社	版 次	2017年12月第1版
地 址	合肥市屯溪路193号	印 次	2018年9月第1次印刷
邮 编	230009	开 本	710毫米×1010毫米 1/16
电 话	总 编 室:0551-62903038	印 张	16.75
	市场营销部:0551-62903198	字 数	300千字
网 址	www.hfutpress.com.cn	印 刷	安徽联众印刷有限公司
E-mail	hfutpress@163.com	发 行	全国新华书店

ISBN 978-7-5650-3741-2 定价:48.00元

《亳文化研究丛书》编委会

《亳文化研究丛书》

序

亳州，中国历史文化名城，地处涡水之滨，中原腹地。其历史悠久，文化积淀厚重，是华夏文明的发祥地之一。遍布境内的新石器时代村落遗址，展示出亳州史前文化信息，与大汶口文化、龙山文化有着密切的关系。商周时期的淮夷文化，则又使其与江汉流域的荆楚文化融合；同时，当时的社会大动荡大变革，又使这里成为南北人口迁徙的散聚地，成为南北文化的交汇处。周边文化在这个特定的地理环境中相碰撞，融会贯通，形成独具一格的地域文化。它既具有中华民族文化的共性，又有浓厚而鲜明的地域特性。以地域文化的视野审视，我们把发生与存在于历史上亳州的以及由其发生辐射、影响于外的文化称为“亳文化”。

从文化地理学的角度看，亳文化是历史上的亳州区划内的文化，时空悠久，从商汤始直至现代，地理区域辽阔。其生存的地域空间，以“亳”为中心，主要范围包括苏、鲁、豫、皖的结合部，比今天的亳州辖地要广阔得多。这是一个相对完整的文化区域，其地形自成一格，其生态环境、人文风貌极为相近，方言相通，民风习俗相近，有着共同的生产方式和生存方式，文化艺术血脉相通。从历史的时序性与空间的广延性看，名为“亳文化”切题近意，尽管时贤曾提出“淮河文化”“皖北文化”“淮北文化”“黄淮文化”“涡淮文化”“涡水文化”等概念，也自有道理，然深究其所述的历史文化、历史人物及文学成就，皆发生或活动于古亳地区，与其关系极为密切。若以“淮河文化”“皖北文化”等论之，难以凸显它与其他地域文化的差异、个性特征，也难以彰显古亳地区丰富多彩的文化及其精神。

因此，我们用“亳文化”来表达这一地域文化的内容、特质和精神。

从文化结构看，亳文化由以下四个层面文化所构成：1. 物态文化，即“物化的知识力量”所构成的文化，是这一地域人们（以下简称亳州人）为满足衣食住行的需要而从事的物质生产活动及其产品的总和，是具有物质实体的文化事物，是构建亳文化的基础，如亳州地区的古村落遗址所表现出的新石器文化、服饰文化、中医药文化、酒文化等；2. 制度文化，是亳州人在长期的社会生活实践中所创立的各种社会规范构成的文化，是人们有意的安排设计，如礼乐制度、家族制度、婚姻制度、教育制度等；3. 行为文化，是亳州人在长期的社会实践中及人与人的交往中约定成俗的文化，表现在人们日常起居中，如亳州习俗民风等；4. 心态文化，是亳州人在长期的社会实践和意识活动中培育出来的社会心理、意识形态等精神文化，如老庄哲学、魏晋风骨、休闲养生、宗教信仰等。当然，这四种文化则往往是相互交叉和融合的，而且物态文化、制度文化、行为文化中囊括蕴涵着精神文化的内容，体现出特有的文化精神。

概言之，亳文化是亳州地区各种文化形态的总和，是千百年生活在涡淮流域的亳州人日积月累而形成的精神的、物质的文化遗产。它承载着中国传统文化的内容，支撑着中国传统文化的精神，凝聚着中华民族的品格。就其内容言，主要有史前文化、老庄道家文化、曹魏文化、亳州养生休闲文化、亳州民俗方言文化、亳州民间艺术、亳州明清商业文化等。亳文化与皖南徽文化形成了“南徽北亳”并蒂绽放的文化格局，成为安徽文化的两大主流，共同孕育了灿烂的安徽文明。

作为一个独立的地理文化单元的亳文化，既有明显的地理空间和时间流程上的规定性，又有内容上的规定性，既体现其独特的地域个性，又体现作为整个中华文明组成部分的共性，这一切都蕴含生长于我国南北文化在涡淮流域融合的文化洪流中。

中国现代大学制度的奠基人蔡元培先生曾说：“大学者，研究高深学问者也。”作为坐落在这块文化底蕴如此厚重土地上的亳州学院，深入开展亳文化研究，既是对文化本身的尊重和敬仰，更是高校以文化育人、传承文明的责任。因而，我们立足于地域文化研究与传承，整合学术力量，于2010年成立了“亳文化研究中心”，作为专门从事地域文化研究和学科建设的学术机构。五年多来，亳文化研究中心在魏宏灿教授、翁飞教授等校内外专家学者的共同努力下，在繁荣校园学术、弘扬地域文化、促进学术交流、营造良好学术环境等方面做出了积极贡献。

古人云:学术者,人才之本也。时移世易,此理犹然。亳州学院作为新建本科院校,理应崇尚学术,高度重视学术建设与发展,为人才培养营造良好的学术氛围和环境。“学术无有大小,皆期于道。”昌明学术,始于实践,终于实践,解疑答惑同时,理应助推经济社会发展。经过近几年的努力,全院的学术水平有了明显提升,人才培养环境渐趋良好,服务地方经济社会发展略有成就,然学术研究永远在路上。

清华大学原校长梅贻琦先生说过:“所谓大学者,非谓有大楼之谓也,有大师之谓也。”办好大学离不开学术大师,大师又离不开好的学术环境。二者相辅相成,缺一不可,缺一不存。这方面,亳州学院才刚刚起步,好在起点不决定终点,好在无论身处何地,我们依然可以随时虔诚仰望星空。亳州——这块文化厚重的土地给予我们营养,对教育和真理的信仰为我们指引方向,我们将不忘初心,以务实、开放的心态,用心教书育人、潜心科学研究,努力早出、多出成果。

张立驰

2016年9月26日

目　录

论　语

《论语》是孔子弟子和后学记录有关孔子言行的著作。孔子名丘，字仲尼，鲁国陬邑（今山东省曲阜市）人。生于鲁襄公二十二年，周灵王二十一年（前551），卒于鲁哀公十六年，周敬王四十一年（前479）。他是儒家学派的创始者。其政治思想的核心是“仁”，对后世影响很大。鲁定公时，其为司寇。后去鲁，周游宋、卫、陈、蔡、齐等国，宣传自己的政治主张，都不被信用。“自卫反鲁”后从事著述和讲学，编订了《诗》《书》等重要古代文献，并根据鲁史修《春秋》。相传有弟子三千人，其中名字可考者七十余人。死后，门弟子及后学记录他的言行，为《论语》二十篇，是研究孔子生活、思想的重要资料。书用语录体写作，文字简朴，也有少数描写比较生动的片段。

子路、曾皙、冉有、公西华侍坐（《论语·先进》）

子路、曾皙、冉有、公西华侍坐(1)。

子曰：“以吾一日长乎尔，毋吾以也(2)。居则曰：‘不吾知也(3)！’如或知尔，则何以哉(4)？”

子路率尔而对曰(5)：“千乘之国(6)，摄乎大国之间(7)，加之以师旅(8)，因之以饥馑(9)；由也为之(10)，比及三年(11)，可使有勇，且知方也(12)。”

夫子哂之[13]。

“求，尔何如[14]？”

对曰：“方六七十[15]，如五六十[16]，求也为之，比及三年，可使足民[17]。如其礼乐，以俟君子[18]。”

“赤，尔何如？”

对曰：“非曰能之，愿学焉。宗庙之事[19]，如会同[20]，端章甫[21]，愿为小相焉[22]。”

“点，尔何如？”

鼓瑟希，铿尔，舍瑟而作[23]。对曰：“异乎三子者之撰[24]。”

子曰：“何伤乎[25]，亦各言其志也！”

曰：“莫春者[26]，春服既成，冠者五六人[27]，童子六七人，浴乎沂[28]，风乎舞雩[29]，咏而归。”

夫子喟然叹曰：“吾与点也[30]。”

三子者出，曾皙后[31]。曾皙曰：“夫三子者之言何如？”

子曰：“亦各言其志也已矣！”

曰：“夫子何哂由也？”

曰：“为国以礼，其言不让，是故哂之。唯求则非邦也与[32]？安见方六七十，如五六十而非邦也者！唯赤则非邦也与？宗庙会同，非诸侯而何？赤也为之小[33]，孰能为之大！”

注释：

(1) 子路：仲氏，名由，字子路。曾皙（xī 析）：名点，字皙，曾参的父亲。冉有：名求，字子有。公西华，公西氏：名赤，字子华。四人均为孔子弟子。侍坐，陪孔子坐着。

(2) 以吾两句：大意说，你们不要因为我年龄比你们长一些受拘束而不言。下句的“吾以”二字是倒用。

(3) 居则曰两句：你们平日闲居时常说：“人家不了解我啊！”则，作辄解，犹常常。

(4) 如或两句：如果有人了解你们，你们将以什么来为治呢？

(5) 率尔：急遽貌。

(6) 千乘之国：古代按土地出兵车，能出一千辆兵车的是一个拥有一百平方里面积的诸侯之国。

(7) 摄：逼迫。

(8) 师旅：古代军队的组织单位，二千五百人为师，五百人为旅。此处是指战争。

(9) 因：犹继，饥馑，灾荒。《尔雅·释天》：谷不熟为饥，蔬不熟为馑。

(10) 为：治理。

(11) 比：近。

(12) 方：指义。

(13) 夫子：是古代的一种敬称。哂（shěn 审），微笑。

(14) 求，尔何如：与下文“赤，尔何如”，“点，尔何如”，皆孔子之问，略去“子曰”二字。

(15) 方六七十：是指六七十平方里的小国。

(16) 如：或。

(17) 足民：使民衣食富足。

(18) 如其两句：意思说，至于兴礼乐教化，则不是自己所能，须待其他君子。这是自谦的话。

(19) 宗庙之事：指祭祀这事。宗庙，是君主祭祀祖先的地方。

(20) 如：或。会同，诸侯会盟之事。

(21) 端：玄端，一种礼服。章甫，一种礼帽，此言自己愿意穿着礼服，戴着礼帽。

(22) 相：祭祀、会同时赞礼、司仪的职位，有不同的等级。称“愿为小相”，表示谦逊。

(23) 鼓瑟三句：记述曾皙承孔子询问及作答时的动作。鼓，作动词用，犹弹。希，“稀”之本字。曾皙正在鼓瑟，及被孔子一问，注意力分散，故瑟声逐渐稀疏了。一说，鼓已近尾声，故乐音稀疏。铿（kēng 坑）尔，放瑟声。一说，指曲终的余音。作，起。

(24) 撰：述。这句大意是，我的志向和他们三位所讲的不一样。

(25) 何伤：有什么妨害。

(26) 莫：同暮。暮春，夏历三月。

(27) 冠者：指成年人。古代男子二十岁举行冠礼。

(28) 沂（yí 移）：水名，在今山东省曲阜市南。

(29) 风：作动词用，迎风乘凉。舞雩（yú 鱼），鲁国祭天求雨的场所。

(30) 与：赞同。

(31) 后：最后出。

(32) 唯求句：与下文“唯赤”句同为孔子先从反面发问之词，然后加以说明。邦，国。与，同欤。这句说，难道冉求所说的就不是邦国之事了吗？

(33) 赤也句：指上文公西华自称“愿为小相”的话。意谓公西华只能做小相，那谁还能做大相呢？

《史记·孔子世家》记载："孔子以《诗》《书》《礼》《乐》教，弟子盖三千焉，身通六艺者七十有二人。"子路、曾晳、冉有、公西华四人是"七十二贤人"中的佼佼者。本文记述了他们的人生理想以及孔子对他们的评价，反映了孔子师徒的性格特点，突出了儒家以礼治国的政治主张。

全文紧紧围绕"志向"展开。首先（开头至"则何以哉"）写孔子问志，其次（"子路率尔而对"至"吾与点也"）写四子述志，最后（"三子者出"至结束）写孔子评志。

从思想内容看，这篇文章有两点值得注意：

一、"为国以礼"。所谓"为国以礼"，就是用礼来治理国家。使"上下有位，贵贱有等，长幼有差，亲疏有别，各安其分而不争"。这就可以维护社会的安定。但问题是，孔子所生活的春秋末期，西周礼乐已崩坏，新兴地主阶级正在兴起。在这种社会大变革时代。强调"为国以礼"，用周礼治国家，不过是维护旧制度而已，显然这是保守的。

二、孔子赞赏曾晳。对此，有人认为它表达了孔子晚年消极避世的思想。其实，孔子一生的政治态度始终是积极的，从不主张消极避世。所不同的只是前期四处奔走，追求做官执政；晚年整理诗书，从事教育，力图用舆论干预时世。正因为如此，他对子路、冉有，公西华的积极出仕，执政治国，并没有表现出丝毫的批评和否定。他所不满意于子路，只是其出言不逊，不懂礼让。孔子赞同曾晳，并不表现他的消极隐世思想，恰说明他的安贫乐道思想，反对用"不义"手段猎取功名富贵，曾晳所描绘的悠闲自得的生活志趣，正是一种求仕难得、安贫乐道的情景，所以孔子赞同之。这种态度和他对子路等三人的态度并不矛盾，而正是一种态度的两个方面：既要有积极用世、执政治国的理想抱负和谦让态度，也要能求仕不得而安贫乐道。孔子此时正处在不得志的时候，所以他才"喟然叹曰"，重点抒发了自己求仕未得的慨叹心情，表白自己安贫乐道。

本文是《论语》中最长的一篇，很富有文学性。尽管它是早期语录体的散文，但首尾贯通，叙事完整。所记事件，有头有尾。文章以言志为中心，依次由问志—述志—评志三段组成情节，顺理成章，把言志的起因、内容、反应等记载得十分完整清楚。情节的展开中又多处设置悬念，开始是孔子诱导大家述志，在平和融洽的气氛中子路"率尔而对"，直抒胸臆，"夫子哂之”；接着冉求、公西华谦逊言志，孔子却不露声色；曾皙言志，孔子大加赞赏，“吾与点也”；最后孔夫子评志释念。这样安排故事情节，不但体现出孔子的师长身份和思想感情，而且能推波助澜，增添了文章的故事性和引人入胜的艺术效果。

文章还成功地运用了个性化的对话、动作和神态等细节描写，展示人物的性格。孔子问话的语气，平易温和，这就解除了学生的拘束。又用假设句式，提出言志的问题，显示出孔子“循循然善诱人”的教育态度；子路“率尔而对”的细节描写，活画出子路的坦率自信的性格；“夫子哂之”的微妙笑容，写出孔子的长者风度和涵养，一个“哂”字写出了对子路含蓄的批评；冉求、公西华发言谨慎，措辞谦逊，言语间显示其察言观色、谨小慎微的神态；曾皙言志时的神态、口吻和动作极为传神，刻画出他的恭谨、恬淡和洒脱的性格特征。“铿尔”，显示出从容不迫。“舍瑟而作”，表示有礼貌。经催促才发言，表示恭谨，一举一动都表示了人物性格。最后曾皙不作正面回话，而是通过所描绘的图景，表示出志趣的高远、性格的恬淡。这些都充分地显示出《论语》在刻画人物方面的功力。

国　语

《国语》是我国第一部国别史，记事年代起于周穆王，终于鲁哀公，分载周、鲁、齐、晋、郑、楚、吴、越八国史事。司马迁曾说“左丘失明，厥有《国语》”（《报任少卿书》），因此后人曾经认为这部书和《左传》一样，也是左丘明的作品。现代一般人都认为这是战国初期的著作。

《国语》和《左传》的记载，涉及同一个时代，有人认为两书出于一人之手；但是内容不但详略互异，有时也有矛盾，所以两书可能没有连带的关系。《国语》以记言为主，写得比较朴素、简括，有时也有相当优秀的叙述。

邵公谏弭谤（《国语·周语上》）

厉王虐[1]，国人谤王。邵公告曰[2]：“民不堪命矣[3]！”王怒，得卫巫[4]，使监谤者。以告，则杀之[5]。国人莫敢言，道路以目[6]。

王喜，告邵公曰：“吾能弭谤矣[7]，乃不敢言！”

邵公曰：“是障之也[8]。防民之口，甚于防川。川壅而溃，伤人必多[9]；民亦如之。是故为川者决之使导[10]，为民者宣之使言[11]。故天子听政，使公卿至于列士献诗[12]，瞽献曲[13]，史献书[14]，师箴[15]，瞍赋[16]，矇诵[17]，百工谏[18]，庶人传语[19]，近臣尽规[20]，亲戚补察[21]，瞽、史教诲[22]，耆、艾修之[23]，而后王斟酌焉[24]，是以事行而不悖[25]。民之有口，犹土之有山川也，财用于是乎出[26]；犹其原隰之有衍沃也，衣食于是乎生[27]。口之宣言也，善败于是乎兴[28]。行善而备败[29]，其所以阜财用、衣食者也[30]。夫民虑之于心而宣之于口，成而行之，胡可壅也[31]？若壅其口，其与能几何[32]？”

王不听，于是国莫敢出言，三年，乃流王於彘[33]。

注释：

(1) 厉王：周厉王，名胡，夷王之子。公元前878年即位，在位三十七年，被放逐于彘。

(2) 邵公：即邵穆公，名虎，周之卿士。邵，一作召。

(3) 命：指周厉王暴虐的政令。这句大意说，人民受不了厉王的虐政。

(4) 卫巫：卫国的巫者。

(5) 以告两句：只要卫巫报告，厉王就把被告发的人杀掉。

(6) 道路以目：人民相遇于道路，只是彼此用眼睛看看而已。意即敢怒不敢言。

(7) 弭（mǐ 米）谤：消除谤言。

(8) 是障之也：障，防水堤，在此作动词用。这句意思说，这样做不过是勉强堵住人民的口罢了。

(9) 川壅而溃两句：壅，堵塞。此言用堤来障川，则水道壅塞，一旦由壅塞而溃决泛滥，结果伤人必多。

(10) 为川者：治水的人。为，作治解，与下文“为民者”的“为”同义。决，排除。导，疏通。

(11) 宣之使言：治民者必宣导人民，使之尽言。宣，作通解，有开导之意。

(12) 列士：古代一般官员都称为士，较高的称为列士。献诗，指献进讽谏的诗。

(13) 瞽献曲：无目曰瞽。瞽，这里是指乐师。曲，乐曲。此言乐师向国王献进乐曲。古代乐官皆由盲者充任，其所献的乐曲，多采自民间，故能反映人民的意见。

(14) 史献书：史官献书于王，使知往古政体，作为借鉴。史，史官。书，史籍。

(15) 师：乐师。箴，一种寓有劝戒意义的文辞，与后世格言相近。此言师进箴言于王，以规谏王之得失。

(16) 瞍（sǒu 叟）：盲人。无眸子曰瞍。赋，有一定音节腔调的诵读，是指赋公卿列士所献的诗。

(17) 矇：也是盲人，有眸子而无所见曰矇。诵，是指不配合乐曲的诵读。

(18) 百工：百官。

(19) 庶人传语：庶人即平民。平民是没有机会见到国王的，因此他们把对政事的意见间接地传达给国王知道。

(20) 近臣：王之左右。尽规，尽规谏之责。

(21) 亲戚：指与国王同宗的大臣。补，弥补王之过失。察，监督王之行为。

(22) 瞽、史教诲：乐师、史官用歌曲、传说对王进行教诲。

(23) 耆、艾修之：六十岁的人叫作耆，五十岁的人叫作艾。耆、艾，是指国内的元老。修之，是指把瞽、史的教诲加以修改整理。

(24) 这句说，而后由国王斟酌取舍，付之实行。

(25) 事行而不悖（bèi 贝）：国王的行事因此才不至违背情理。悖，违背。

(26) 这句说，人类的财富，用度都是由山川生产出来的。

(27) 犹其原隰（xí 习）两句：其，指土地。高爽而平坦的土地叫原，低下而潮湿的土地叫隰，低下而平坦的土地叫衍，有河流可资灌溉的土地叫沃。此言由于土地之有原、隰、衍、沃，人类衣食的资源才从此而生。

(28) 口之宣言也两句：由于人民用口发表言论，国家政事的好或坏才能体现出来。

(29) 这句大意说，凡是人民认为好的就加以推行，认为坏的就加以防范。

(30) 此句紧承上句说，这样才能使衣食财用大大增多。阜，增多。

(31) 成而行之两句：这两句意思说，人民所发表的言论，是考虑成熟之后，自然流露出来的，怎么能加以堵塞呢？成，成熟。行，有自然流露之意。

(32) 与：作助解，这句大意说，这有什么帮助呢？

(33) 这句说，过了三年，就把厉王放逐到彘（zhì 滞）去了。彘，晋地，在今山西省霍县境内。公元前 842 年，厉王被放逐到彘，因此邵公谏弭谤之事当在公元前 845 年。

周厉王是西周末年的一个暴君，他贪得无厌，重用谀臣荥阳公，把一向由平民公共利用的山林川泽占为己有，实行专利独断，使平民百姓的生计陷于绝境。国人痛苦无告，纷纷谴责厉王的这一暴行，怨愤情绪陡然高涨。厉王派出卫国的神巫监视国人，对谤者横加杀戮，以此钳制舆论，自以为能弭谤。有政治头脑的贵族大臣邵公竭力劝谏厉王的这一倒行逆施，但厉王不听，终于激发了公元前 842 年的国人暴动，厉王被流放到彘地。本文记述了这一史事的始末。

文章首先写厉王弭谤，怨恨。此段开门见山、单刀直入，笔锋直指周厉王。一个“虐”字，既点出厉王的凶残无道，又交代了事情发生的根源所在，也是“国人谤王”的必然结果。接着，通过邵公之口，进一步点出厉王的暴虐，一个“怒”字，说明厉王的横暴；一个“杀”字，见出厉王的残忍。正因为如此，“国人莫敢言，道路以目”。这就为下文“流王于彘”设置下伏笔。

这一段仅四句就交代了事情的前因和发展。

接着（“王喜”至“其与能几何”），写召公进谏厉王，从正反两方面阐明不可“防民之口”，提出“宣之使言”的主张，这是全文的重点。由于《国语》偏重记言，所以这段便成为全文的中心。它可分为五层：“是障之也”为第一层，指出厉王是用暴力堵塞人民之口，这既点出了厉王“弭谤”的实质，也为下面的谏辞树了靶子。“防民之口……为民者宣之使言”为第二层，用“防民之口，甚于防川”的形象比喻，说明严禁人民言论自由，必然危身祸国。规劝厉王要像“为川者决之使导”那样，“宣之使言”，让人民讲话，这是全文的中心思想。“故天子听政……是以事行而不悖”为第三层，指出“宣之使言”的具体措施。邵公引用古代天子听取臣民意见的处理政事的经验，说明广开言路，集思广益，才能“事行而不悖”。“民之有口也……所以阜财用、衣食者也”为第四层，进一步说明“宣之使言”的好处。以大地有山川田野能产生财用衣食作比喻，形象说明人民能否自由地发表意见，决定国家的治乱兴衰，“行善而备败”，就能“阜财用衣食”，使国家兴盛富强。“夫民虑之于心而宣之于口……其与能几何”为第五层，是在上述运用比喻、事例，从正反两方面阐明“防民之口”的危害和“宣之使言”益处的基础上，进一步指出壅民之口，只能失去人心，自取灭亡，从而为全部谏辞作结。

最后（“王不听”至“三年，乃流王于彘”）写厉王弭谤的结果，用事实验证邵公的谏言的正确和重要。

总之，全文以厉王的“暴虐”“王怒”“王不听”形成一条叙事的线索，和人民的“谤王”“莫敢言”“道路以目”“流王于彘”这一线索交织在一起，形成了一个矛盾的两个方面。文章简洁明快地讲清了事情发生、发展、结束的经过，却又不是以叙事为中心，而以邵公的谏辞为重点，言简意赅，完全达到了作者以记言为主来评述人物的写作要求。文章通过邵公对厉王的谏辞，指出了“防民之口”的愚蠢，阐明了“民言不可壅”的道理，提出了“为民者宣之使言”的主张。这是一种具有民主因素的思想，在当时是进步的，在今天也颇有现实意义。

这篇文章篇幅虽短小，然特点突出：

一、结构严谨。全文寥寥数百字，就扼要完整地记述了国人暴动厉王被逐这一事件的始末。第一段点明事件的起因在于厉王弭谤，第二段由此引出邵公的反弭谤，第三段交代弭谤的结果，又验证照应了第二段的谏辞。各段互为因果，内在的逻辑联系极为紧密。

二、全文记事和记言交叉进行而又融为一体，言为事而发，事又为言验证。文章重点在于记言，因此记事简略，邵公的谏辞成为全文的核心，写得详尽而充分。

三、引譬论证很富于文采和说服力。如“防民之口，甚于防川，川壅而溃，伤人必多”这一比喻，形象地说明严禁人民说话，后果必然是危身祸国。文中的许多比喻和例证，把“壅民之口”的利害论述得极为透辟，说理精当绵密，周详婉曲，具有极强的逻辑性和说服力，表现出邵公深谋远虑和善于言辩的性格特征。但是这番精譬的言辞，王却“弗听”，这又反衬出厉王的昏庸暴虐已到了不可救药的地步。记言既能阐明事理又能刻画人物形象，这正是本文写作的长处。

左　传

《左传》是先秦历史散文中的一部著名的作品。相传这是春秋末年鲁人左丘明根据孔子的《春秋》加以阐明的著作。经过宋代以来的考证，这个传说动摇了。现代一般人都认为这部著作是战国初年（公元前 5 世纪）魏国史官的作品，书名原为《左氏春秋》，后人把它配合《春秋》，作为解经之作，称为《春秋左氏传》，简称《左传》。与另外两部阐释《春秋》的儒家经典《春秋公羊传》《春秋谷梁传》合称“春秋三传”。

这部著作，记录了鲁隐公元年（公元前 722）起到鲁哀公二十七年（公元前 468 年）止，共二百五十五年内周王朝及诸侯之间某些重大历史事件。它比较真实地反映了当时的社会现实，诸如统治集团的内部矛盾，大小统治者荒淫残暴的罪行和他们所造成的战乱给人民带来的苦难，具有一定进步意义，但是它也包含着相信占卜等消极的成分。在写作技巧上，《左传》叙述战争和复杂的事件有条不紊，繁简适当，又善于从人物的语言、行动和其他的细节中描绘形象，突出性格，因此它的艺术价值较高，为后人所推崇，对后代撰写历史著作和叙事散文有较大的影响，也为后世小说戏剧的创作提供了丰富的题材和艺术上的借鉴。

曹刿论战（《左传·庄公十年》）

十年春，齐师伐我[1]。公将战[2]，曹刿请见[3]。其乡人曰：“肉食者谋之[4]，又何间焉[5]？”刿曰：“肉食者鄙[6]，未能远谋。”乃入见。

问："何以战？"[7]公曰："衣食所安[8]，弗敢专也[9]，必以分人。"对曰："小惠未遍，民弗从也。"公曰："牺牲玉帛，弗敢加也，必以信[10]。"对曰："小信未孚[11]，神弗福也[12]。"公曰："小大之狱[13]，虽不能察，必以情[14]。"对曰："忠之属也[16]，可以一战。战则请从。"公与之乘[17]，战于长勺[18]。

公将鼓之[19]。刿曰："未可。"齐人三鼓。刿曰："可矣。"齐师败绩[20]。公将驰之[21]。刿曰："未可。"下视其辙[22]，登轼而望之[23]，曰："可矣。"遂逐齐师。

既克[24]，公问其故。对曰："夫战，勇气也[25]，一鼓作气[26]，再而衰[27]，三而竭。彼竭我盈[28]，故克之。夫大国难测也，惧有伏焉[29]。吾视其辙乱，望其旗靡[30]，故逐之。"

注释：

(1) 齐师：齐国的军队。我，指鲁国。

(2) 公：鲁庄公，鲁国的君主。

(3) 曹刿（guì 贵）：鲁国的一位没有权势的人。

(4) 肉食者：做大官的人。

(5) 间：参与。这句连上说，这是大官们商量的事，你何必参与？

(6) 肉食者鄙：做大官的人眼光短浅。

(7) 何以战：即"以何战"，靠什么去作战？

(8) 衣食所安：我所享受的衣食。安，安逸。

(9) 专：独自享有。

(10) 牺牲玉帛三句：牺牲，祭祀时所用的牛、羊、猪。这三句说，祭祀用的牛、羊、猪、宝玉和丝绸等物，有规定的数量，不敢自行增加；在向神和祖先祷告时，必定忠诚老实。

(11) 孚（fú 扶）：信用。

(12) 福：保佑。

(13) 小大之狱：小大不等的诉讼事件。

(14) 察：彻底调查清楚。

(15) 必以情：一定要处理得合情合理。

(16) 忠之属也：这是尽心办事的一项。

(17) 公与之乘：庄公和曹刿同坐在一辆战车里。

(18) 长勺：鲁国地名，在今山东省曲阜市东。

(19) 鼓之：擂鼓进兵。

(20) 败绩：大败。

(21) 驰之：驱车追赶敌人。

(22) 辙（zhé 哲）：车轮辗出的痕迹。这句说，曹刿下车察看齐军战车的轮迹。

(23) 登轼（shì 式）：攀登车前的横木。

(24) 既克：已经打了胜仗。

(25) 这句说，打仗是全靠战士们的勇气的。

(26) 一鼓作气：第一次擂鼓时，战士们鼓足勇气。

(27) 再而衰：第二次擂鼓时，勇气就衰落。

(28) 彼竭我盈：敌人已经丧失了勇气，我军勇气正充沛。

(29) 惧有伏焉：怕有伏兵。

(30) 旗靡：旗帜倒了下去。

本文选自《左传·庄公十年》，有的选本题为《齐鲁长勺之战》。它记述了春秋时代齐鲁两个诸侯国在长勺的一次战争。长勺之战其因是：齐襄公荒淫无道，他的两个弟弟公子白和公子纠怕遭牵连而离齐避祸。公元前 686 年，鲍叔牙奉公子小白之命出奔莒国。是年齐大臣连称等人杀死齐襄公，立公孙无知为国君。这时管仲奉公子纠出奔鲁。第二年齐大臣雍廪杀死公孙无知。这个时候在外的两个公子都想回国做国君。公子小白从莒先回齐做了国君，是为齐桓公。鲁国派兵护送公子纠回齐，当走到齐地时，被齐打败，公子纠被逼死。公元前 684 年，齐桓公又以鲁曾助公子纠为借口，再次兴师报复伐鲁，因此发生了长勺之战。对鲁来说，这是一次抵御强敌、保卫国家的正义战争。曹刿所论的就是这次“长勺之战”。

文章详记了曹刿对战前的政治分析和战后取胜原因的解释，说明取信于民和采取“敌疲我打”的方针是战争取胜的重要条件，歌颂了曹刿的政治军事才能。长勺之战是弱国抵抗强国的防御战。毛泽东同志在《中国革命战争的战略问题》中引用了这段文章，并作了精辟的分析，指出这是中国战争史上弱军战胜强军的有名战例，说明了战略防御的原则。

先写曹刿与庄公的对话。曹刿对战争早有深谋远虑，对“肉食者鄙”早有认识，一见面即提出“何以战”这一关键问题，显得目光敏锐。而庄公却目光短浅，昏庸无能，把希望寄托于近臣拥护和神灵保佑上。曹刿否定了庄公的前两次回答，强调“民从”与“孚”。经曹刿启发，庄公才认识到取信于民是对敌作战的基础和取胜的保证。决心为人民切实做点好事，说出了“小大之狱，虽不能察，必以情”这番话。这是战前的准备，是情节的发展阶段。

次写曹刿在战场上的决断。庄公的“将鼓”“将驰”与上段的“将战”相应，显得寡谋。曹刿的两个“未可”和“可矣”，表现出他胸有成竹，指挥若定，善于把握战机的军事才能。这样写，一是符合实际情况，在紧张战斗的时刻，曹刿只能用简明的话作出判断和决定，而不可能把他那观察、推论的过程和理由作出详细的说明；二是为下一段的议论发挥设下了伏笔，使文章曲折多姿，引人入胜。这段是略写战斗具体场面，是情节的高潮。

最后详写曹刿对战争取胜原因的论述。曹刿的论述包括两层意思：①选择“彼竭我盈”的有利战机发动进攻，以逸待劳，后发制人；②“下视其辙，登轼而望之”，在详察敌军的动态后，才下令追击。这就是以小胜大、以弱胜强的经验总结。从故事发展的过程看，这段是情节的“结局”部分。

统观全文，文章略写强齐，详写弱鲁，对比衬托，突出中心。

本文在材料的选择剪裁上有其匠心独运之处，对战争的起因、动员、经过和结束情况只是略写或加以剪弃，重点是突出“论战”这个主题，详写曹刿论述决定战争胜负的几个主要因素，对取信于民、敌疲我打、一鼓作气、伺机反攻等战备防御的原则进行了深刻详细的发挥。其中又各有重点，如战前准备，突出人心向背这一关键，这正是《左传》描写战争的一个显著特点，即不单纯写军事行动，而是注意着眼于战争胜负的政治分析。论反攻和追击的时机，两次用“未可”“可矣”，使曹刿的深谋远虑和果断的指挥才能非常鲜明突出。在材料的组织方面，按战争的发生、经过和结局的自然顺序，先写入见，再写备战，然后写作战、致胜、总结经验。一场矛盾交错、头绪纷繁的战争过程写得井然有序，行文跌宕多姿，前呼后应。

本文语言精炼。记事，全文只用两百余字，就相当完整地写出了战争的全过程；写人，只简单几句对话和几个动作，就鲜明地勾勒出人物的性格。如曹刿所说“未可”“可矣”四字，就表现出曹刿观察、判断的过程和深思果断的神态，写出曹刿的沉着勇毅，用语极为精简。

文章采用对话、衬托的方法，突出曹刿的军事家形象。曹刿与乡人的对话，不仅衬托了曹刿比乡人关心国家的命运，而且衬托了曹刿比肉食者是能“远谋”的。曹刿与庄公的对话写得比较多，这是以庄公之“鄙”作对比，衬托出曹刿的“远谋”，极为感人。

齐晋鞌之战

六月，壬申[1]，师至于靡笄之下[2]。齐侯使请战[3]，曰："子以军师辱于敝邑[4]，不腆敝赋[5]，诘朝请见[6]。"对曰："晋与鲁、卫，兄弟也[7]。来告曰[8]：'大国朝夕释憾于敝邑之地[9]。'寡君不忍，使群臣请于大国，无令舆师淹于君地[10]。能进不能退，君无所辱命。[11]"齐侯曰："大夫之许[12]，寡人之愿也。若其不许，亦将见也。"齐高固入晋师[13]，桀石以投人[14]；禽之[15]，而乘其车，系桑本焉[16]，以徇齐垒[17]。曰："欲勇者贾余余勇。"[18]

癸酉[19]，师陈于鞌[20]，邴夏御齐侯[21]，逢丑父为右[22]。晋解张御郤克[23]，郑丘缓为右[24]。齐侯曰："余姑翦灭此而朝食[25]！"不介马而驰之[26]。郤克伤于矢，流血及屦，未绝鼓音[27]，曰："余病矣[28]！"张侯曰："自始合[29]，而矢贯余手及肘[30]，余折以御，左轮朱殷[31]。岂敢言病？吾子忍之！"缓曰："自始合，苟有险，余必下，推车。子岂识之[32]？然子病矣！"张侯曰："师之耳目，在吾旗鼓；进退从之[33]。此车，一人殿之[34]，可以集事[35]；若之何其以病败君之大事也？擐甲执兵[36]，固即死也[37]；病未及死，吾子勉之！"左并辔[38]，右援枹而鼓[39]，马逸不能止[40]。师从之。其师败绩。逐之，三周[41]华不注。

韩厥梦子舆谓己曰[42]："旦辟左右[43]。"故中御而从齐侯[44]。邴夏曰："射其御，君子也。"公曰："谓之君子而射之，非礼也。"射其左，越于车下[45]；射其右，毙于车中[46]。綦毋张丧车[47]，从韩厥，曰："请寓乘[48]。"从左右[49]，皆肘之[50]，使立于后。韩厥俛，定其右[51]。

逢丑父与公易位。将及华泉[52]，骖絓于木而止[53]，丑父寝于轏中[54]，蛇出于其下，以肱击伤，伤[55]而匿之[56]，故不能推车而及[57]。韩厥执絷马前[58]，再拜稽首，奉觞加璧以进[59]，曰："寡君使群臣为鲁、卫请，曰：'无令舆师陷入君地。'下臣不幸，属当戎行[60]，无所逃隐；且惧奔辟[61]，而忝两君[62]。臣辱戎士[63]，敢告不敏[64]，摄官承乏[65]！"丑父使公下，如华泉取饮[66]；郑周父御佐车[67]，宛茷为右[68]，载齐侯以免[69]。韩厥献丑父，郤献子将戮之。呼曰："自今无有代其君任患者；有一于此[70]，将为戮乎[71]？"郤子曰："人不难以死免其君[72]，我戮之不祥！赦之，以劝事君者[73]！"乃免之。

齐侯免，求丑父，三入三出[74]。每出，齐师以帅退[75]。入于狄卒[76]，狄卒皆抽戈楯冒之[77]。以入于卫师，卫师免之[78]。遂自徐关入[79]。齐侯见保者曰[80]："勉之，其师败矣！"辟女子[81]，女子曰："君免乎？"曰："免矣。"曰："锐司徒免乎[82]？"曰："免矣。"曰："苟君与吾父免矣，可若何？"乃奔。齐侯以为有礼[83]，既而问之，辟司徒之妻也[84]。予之石窌[85]。

注释：

(1) 壬申：十七日。

(2) 靡笄：即历山，在济南市南。

(3) 齐侯：齐顷公。使：派人。

(4) 子：您，敬称。敝：自谦词。

(5) 腆：厚，多。敝：疲弱。赋：兵士。

(6) 诘朝：次日早晨。

(7) 兄弟：晋与鲁、卫同为姬姓国，故云"兄弟"。

(8) 来告：指鲁卫来求救。

(9) 大国：指齐。朝夕：犹言不分昼夜，频繁也。释憾：泄忿，立即攻打。敝邑：鲁卫自称。

(10) 舆师：众多的军队。淹：久留；君地：齐地。

(11) 无所辱命：不需请战。

(12) 大夫：指郤克，又称郤献子，此战役的晋军主帅。

(13) 高固：齐大夫。

(14) 桀：同"揭"，举起。

(15) 禽：同"擒"，捉。

(16) 系：拴。桑本：连根的桑树。

(17) 徇：炫耀。

(18) 贾（gǔ）：卖，此作"买"解。余：前一"余"是"我"，后一"余"是多余。

(19) 癸酉：十八日。

(20) 陈：同"阵"。鞌：齐地，在济南附近。

(21) 邴夏：齐大夫。御：驾御车。

(22) 逢丑父：齐大夫。

(23) 解(xiè)张：晋臣，又称张侯。

(24) 郑丘缓：晋臣，复姓郑丘。

(25) 姑：先。翦灭：消灭。

(26) 不介马：马不披甲。

(27) 未觉鼓音：未停止击鼓声。古代车战，以鼓声为号令，主帅居车中央自掌起鼓，指挥三军。

(28) 病：指伤重。

(29) 合：交战。

(30) 贯：射中。

(31) 朱殷：殷红色。

(32) 识：知道。

(33) 进退从之：全军认中军的旗帜和鼓声为进退的标志。

(34) 殿：镇守。

(35) 集事：成事。

(36) 擐：穿。执兵：执兵器。

(37) 固即：犹言"抱定"。

(38) 并辔(pèi)：辔，马缰绳。双手各持一股，因击鼓并于左手中，腾出右手拿鼓槌，故并辔。

(39) 援：从郤克手中拉过鼓槌的动作。枹：鼓槌。

(40) 逸：马狂奔。

(41) 周：绕；华不(huá fù)注：山名，在济南。

(42) 子舆：晋大夫韩厥之父。

(43) 辟：同"避"。左右：指兵车左右两侧。

(44) 中御而从齐侯：韩厥居于车中央代替御车，追着齐侯。

(45) 越：坠。

(46) 毙：倒。

(47) 綦(qí)毋张：晋大夫，复姓綦毋。丧：失。

(48) 寓乘：搭乘，此意"搭救"。

(49) 从左右：綦毋张随着韩厥或立于左，或立于右。

(50) 肘之：韩厥双手执辔，故用肘推他。

(51) 俛：同"俯"，低身。定：放妥当。

(52) 华泉：在华不注山下，泉流入济水。

(53) 骖(cān)：南辕马两边的马。絓，同"挂"，绊住。

(54) 輾：有蓬的卧车。

(55) 伤：受伤。

(56) 匿之：言丑父隐瞒伤肘之事。

(57) 及：追及。

(58) 挚：绊马索。

(59) 奉：同“捧”。觞（shāng）：酒器。

(60) 属：恰巧。当：遇。戎行（háng）：指齐兵车的行列。

(61) 辟：同“避”。

(62) 忝（tiǎn）：辱。

(63) 臣辱戎士：自谦之词，言已充数为战士，很觉惭愧。

(64) 不敏：无能为。

(65) 摄官：任职。承乏：承担乏人员的数，

(66) 如：到。饮：水。

(67) 郑周父：齐臣。佐车：诸侯的副车。

(68) 宛茷：齐臣。

(69) 免：免于被俘虏。

(70) 有一于此：有一人肯替于国军承受祸患。

(71) 为：被。

(72) 难：惧怕。

(73) 劝：鼓励。

(74) 三入三出：首入出晋师，次入出狄卒，再入出卫师。

(75) 齐师以帅退：谓齐侯每自敌军出，齐军均护他后退，免其伤亡。

(76) 狄卒：狄无车兵，仅有徒兵，故云“狄卒”。

(77) 楯：同“盾”。冒：庇护。

(78) 免：不加害。

(79) 徐关：地名，在山东临淄。

(80) 保者：守卫城邑之人。

(81) 辟女子：指前驱的兵士使途中的一女子躲开。

(82) 锐司徒：掌管军中锋利兵器之官，女子父。

(83) 可若何：还要怎样呢？

(84) 有礼：因女子先问君，后问父，故齐侯以为有礼。

(85) 辟司徒：主管军中营垒之官。辟：同“壁”。

(86) 石窌：邑名，在山东长清县。

鞌之战记述鲁成公二年（前 589）六月齐晋在鞌地发生的一次大战。这次战事，原因是：春秋时期，兼并战争频繁，弱肉强食，诸侯争霸。前 632 年，晋楚争雄，终于爆发了城濮之战。楚军失利，晋国称霸诸侯，两国继续争霸中原，又发生了邲之战。结果楚胜，晋败并有失去霸权的危险，虽不能直接与楚争锋，却想另辟方向，挽救威望，博得鲁卫等中小国家的归附。近因是：前 592 年，晋派残疾人郤克去齐参加一个盟会，齐顷公预先在室内挂上了帷帐，令女子隐于内取笑郤克的走路姿势。郤克怒，回国后欲伐齐以报私仇，晋侯不允。前 589 年春，齐顷公率兵犯鲁，攻龙邑，南侵巢丘。此时进攻齐国的卫军也来到了这里，与齐师相遇，卫败。因此卫鲁求救于晋，寄希望于郤克，埋藏在郤克内心的怒火，一经点燃，即便熊熊燃烧。晋景公的霸主欲望一经触发，即不可收。晋立即答应了卫鲁的要求，出师伐齐，郤克任中军主帅。

按照战事的发展线索，展开故事情节，简洁地刻画了解张、韩厥、逢丑父和齐侯等人物形象。

首先（自“六月”至“欲勇者贾余余勇”）写战前齐使向晋军请战及齐侯之骄。《左传》的作者，把战争看成极为复杂的社会现象，因而写战争一般是从战前开始描写，先写双方政治情况、人心向背、战争准备、兵力士气以及外交上的斗争。该段就写了战前双方士气斗志。齐军不可一世，齐侯自恃兵强，口出“不腆敝赋，诘朝请见”的狂言，骄傲轻敌，同时又要强行“以兵戎相见”，进行挑衅。两番言谈，充分流露出盛气凌人。齐将高固更是飞扬跋扈。他只身闯晋营，举石击人，夺车，炫耀武勇，扬言卖勇。文章活脱画出一个目空一切的骄将形象。晋军士气旺盛。他出师有理：“晋与鲁、卫，兄弟也”；他出师有因：“大国朝夕释憾于敝邑之地”；一往直前：“能进不能退”，这正和齐军精神面貌形成鲜明的对比。正是通过这种对比，预示着战争前途。

其次（自“癸酉”至“三周华不注”）写晋中军之勇，是能进不能退的具体表现，是全文描写战争最精彩壮烈的文字。《左传》描写战争，往往着重写战术的成败，较少描述具体场面，这里与其他篇章相比，战争场面的叙述较多。而就交战场面，可写的事情很多，但作者写齐军落墨于“骄”，齐侯大叫“翦灭此而朝食”，并不“介马而驰之”，这深化了齐侯骄横傲慢和利令智昏的形象。这使人感到战争的胜负绝不是偶然的，写晋军之勇，则是通过“击鼓”

细节表现出来的。故事作战“击鼓进军，鸣金收兵”，鼓声就是主帅向士兵发布冲锋陷阵的命令。作者描述了一个齐心协力击鼓奋战的战斗集体，并通过“击鼓”塑造解张的英雄形象，主帅“伤于矢，流血及履”，它忍受疼痛，“未觉鼓声”；又借郑丘缓之口，道出主帅专心击鼓而不知车右下而去推车。作为主帅的御者解张，战争一开始就“矢贯手及肘”，箭在肋，不言“拔”而曰“折”，足见战斗激烈。“左轮朱殷”渲染了战斗的紧张气氛。即便在此情况下，他仍不言病，将死鼓，御死辔，尽职尽力，并鼓励主帅忍之。为保全军耳目——旗鼓，他并辔援枹，御车，替主帅击鼓，指挥全军战斗。解张及晋军抱着与旗鼓共存亡的决心，相互支持，杀得“齐师败绩，”“三周华不注”。御者解张的机智英勇，给读者留下深刻的印象。

继之（自“韩厥梦子舆谓己曰”至“乃免之”）写韩厥追齐侯，擒丑父，刻画韩厥既勇敢又善辞令和丑父有勇有谋的形象。韩厥的梦预兆其危险处境。当他独自一人“中御而从齐侯”时，险遭射杀。令人可笑的是齐侯在你死我活的关头大谈“礼”，他侵鲁犯卫，杀人掠地。是极大的“非礼”，这种“不杀而少杀众”的虚伪礼仪，真是迂腐荒谬至极，追齐侯途中，韩厥救綦毋张、“俛定其右”，这表现出他爱护和体恤士兵，这正是晋军胜利的又一个重要原因，他对齐侯的言行，显示了他的外交才能：“执絷马前”，使对方不得逃脱；次修臣仆之礼，“拜稽首，奉觞加璧以进”，稳住对方；再委婉致辞，表示不久留齐地，使晋军处于有理有利的地位；最后执齐侯，说只不过是执行任务而已，这些细节描写，绘出了既勇敢又善辞令的将军形象。

逄丑父担负着齐侯的安全保卫重任，可是齐侯险些被捉。何以至此？作者作了补叙：丑父战前击伤蛇时，但恐其不能为车右，“伤而匿之，故不能退车而及”。这匿伤细节，表现了丑父的勇。危难之时，他又与君易位代难，这正表现出他不怕死的英雄气慨，又用金蝉脱壳计使齐侯化险为夷，可见他临危而不惧，智勇双全。

最后（自“齐侯免”至“予之石窌”）写齐侯逃脱。这是战事的尾声。齐侯为求丑父而“三入三出”于晋、狄、卫。狄卫虽是晋之友军，但畏强齐，不加害，反而护之，这不仅揭示了春秋时期各国之间的矛盾，也说明了齐侯幸存的根本原因。归途中所遇一女的“先问君，后问父”行为，以及惨痛的教训，使他意识到骄横是失败的祸根，要使自己立于不败之地，必须要做到

“有礼”——外敬诸侯，内爱百姓。

本文具有浓厚的文学色彩和较高的艺术技巧。作者善于通过一系列具体情节描写，使所述内容故事化。文章没有平铺直叙地简单记述战事的经过，也没有直接发表什么议论，而是通过具体的人物言行、场面描写，生动曲折的情节，构成一篇有头有尾、引人入胜的故事，令人叹为观止。

文章善于表现人物的性格特征。郤克受伤，其御者解张折矢御车，鼓励主帅忍受伤痛，并鬠援枹、赶车、击鼓，在胜败关键时刻，机智英勇顽强，其英雄气概，宛然如见，对其他人物的描写，有时只是只言片语，也情态毕肖，有声有色，齐侯的骄狂，高固的炫耀，郑丘缓的尽职尽力，韩厥的勇谋，丑父的机智等，都表现出人物的主要特征。

文中的应对辞令写得委婉含蓄，曲折尽情。韩厥对齐侯的一段话，最为精彩。明明是胜利者，却偏要“再拜稽首”“奉觞加璧以进”，并说“下臣不幸”，谦称补御者之位，婉转而暗喻锋芒，把韩厥内心的得意和善于辞令，有声有色地表现出来。

战　国　策

《战国策》，又称《国策》《国事》《短长》《事语》《长书》《修书》等，是由战国末年或秦汉间人所纂集而成的一部分国记事的历史著作。直至汉代刘向编定时，才定名《战国策》。它的编排体例，按国别划分，全书计有东周、西周、秦、齐、楚、赵、韩、魏、燕、宋、卫、中山等策，共三十二篇。记事上继春秋以后，下到秦并六国，共约二百四十年左右的史事。全书包罗内容广泛，包括各诸侯国有名的政治家、军事家、纵横家以及众多的策谋之士，从事政治、军事、外交活动的事迹。其中特别注意保存了策士们的奇策异谋。全书从不同的侧面反映了战国时代的社会面貌，成为研究战国时代历史的重要文献资料。全书各部分思想倾向并不统一，较多的篇章赞扬了纵横家和策士的智谋和政事活动，渲染了他们的功绩，夸大了他们的历史作用。有些篇章表现了一定的重民思想，有的篇章赞扬了法家人物。

《战国策》的文学成就，较之《左传》又有新的发展。在记述历史事件时，突出了人物的智慧和谋略。也很重视人物形象的刻画，常对人物的音容笑貌，甚至心理活动，进行细腻的描绘。有些记事情节曲折、波澜起伏，很富有戏剧性。所记说辞，善用比喻，保存了大量的寓言故事。

齐人有冯谖者

齐人有冯谖者[(1)]，贫乏不能自存[(2)]，使人属孟尝君[(3)]，愿寄食门下[(4)]孟尝君曰：“客何好[(5)]?”曰：“客无好也。”曰：“客何能?”曰：“客无能也。”

孟尝君笑而受之曰："诺[6]。"左右以君贱之也[7]，食以草具[8]。

居有顷[9]，倚柱弹其剑[10]，歌曰："长铗归来乎[11]！食无鱼。"左右以告[12]。孟尝君曰："食之[13]，比门下之客[14]。"居有顷，复弹其铗，歌曰："长铗归来乎！出无车。"左右皆笑之，以告。孟尝君曰："为之驾[15]，比门下之车客[16]。"于是乘其车，揭其剑[17]，过其友曰[18]："孟尝君客我[19]。"后有顷，复弹其剑铗，歌曰："长铗归来乎！无以为家[20]。"左右皆恶之[21]，以为贪而不知足。孟尝君问："冯公有亲乎？"对曰："有老母。"孟尝君使人给其食用，无使乏。于是冯谖不复歌。

后孟尝君出记[22]，问上下诸客："谁习计会[23]，能为文收责于薛者乎[24]？"冯谖署曰[25]："能。"孟尝君怪之，曰："此谁也？"左右曰："乃歌夫长铗归来者也[26]。"孟尝君笑曰："客果有能也[27]，吾负之[28]，未尝见也。"请而见之，谢曰[29]："文倦于事[30]，愦于忧[31]，而性懧愚[32]，沉于国家之事[33]，开罪于先生[34]，先生不羞[35]，乃有意欲为收责于薛乎？"冯谖曰："愿之。"于是约车治装[36]，载券契而行[37]，辞曰："责毕收[38]，以何市而反[39]？"孟尝君曰："视吾家所寡有者。"

驱而之薛[40]，使吏召诸民当偿者[41]，悉来合券[42]，券遍合，起，矫命，以责赐诸民[43]，因烧其券，民称万岁。

长驱到齐[14]，晨而求见。孟尝君怪其疾也[45]，衣冠而见之[46]，曰："责毕收乎？来何疾也！"曰："收毕矣。""以何市而反？"冯谖曰："君云'视吾家所寡有者'。臣窃计[47]，君宫中积珍宝，狗马实外厩[48]，美人充下陈[49]。君家所寡有者，以义耳[50]！窃以为君市义[51]。"孟尝君曰："市义奈何[52]？"曰："今君有区区之薛[53]，不拊爱子其民[54]，因而贾利之[55]。臣窃矫君命，以责赐诸民，因烧其券，民称万岁。乃臣所以为君市义也[56]。"孟尝君不说[57]，曰："诺，先生休矣[58]！"

后期年[59]，齐王谓孟尝君曰[60]："寡人不敢以先王之臣为臣[61]。"孟尝君就国于薛[62]，未至百里[63]，民扶老携幼，迎君道中。孟尝君顾谓冯谖[64]："先生所为文市义者，乃今日见之。"冯谖曰："狡兔有三窟，仅得免其死耳。今君有一窟，未得高枕而卧也。请为君复凿二窟。"孟尝君予车五十乘[65]，金五百斤，西游于梁[66]，谓惠王曰："齐放其大臣孟尝君于诸侯[67]，诸侯先迎之者，富而兵强。"于是，梁王虚上位[68]，以故相为上将军[69]，遣使者，黄金千斤，车百乘，往聘孟尝君。冯谖先驱，诫孟尝君曰："千金，重币也(71)；百乘，显使也(72)。齐其闻之矣(73)。"梁使三反(74)，孟尝君固辞不往也(75)。齐王闻之，君臣恐惧，遣太傅赍黄金千斤(76)，文车二驷(77)，服剑一(78)，封书，谢孟尝君曰(79)："寡人不祥(80)，被于宗庙之祟(81)，沉于谄谀之臣(82)，开罪于君，寡人不足为也(83)。愿君顾先王之宗庙，姑反国统万人乎(84)？"冯谖诫孟尝君曰："愿请先王之祭器(85)，立宗庙于薛(86)。"庙成，还报孟尝君曰："三窟已就(87)，君姑高枕为乐矣。"

孟尝君为相数十年，无纤介之祸者(88)，冯谖之计也。

注释：

(1) 有冯谖（xuān 宣）者：有冯谖这么个人。

(2) 贫乏：贫穷。存，生活。

(3) 属（zhǔ 主）：请托。孟尝君：姓田，名文，齐国贵族，"孟尝君"是他的封号，他是战国"四君"之一（其他三"君"是魏国的信陵君，赵国的平原君，楚国的春申君）。

(4) 门下：指孟尝君家。

(5) 何好（hào 号）：爱好什么？好，动词。

(6) 诺：答应的声音，表示同意。

(7) 左右：指在孟尝君左右为他办事的人。以：因为。贱：轻视，贱视。动词。

(8) 食（sì 四）以草具：给他吃粗劣的食物。食，给……吃，动词。草具，粗劣的饭食。

(9) 居有顷：过了不多久。居，这里表示相隔一段时间，有"经过"的意思。

(10) 倚：靠着。

(11) 长铗（jiá 夹）：长剑。铗，剑把，在这里指剑，这句意为：长剑啊，我们还是回去吧！

(12) 以告：把这件事（冯谖唱歌的事）告诉了孟尝君。

(13) 食之：供给他饮食。之，代词，代冯谖。

(14) 比门下之客：按门下（有食鱼资格的）客人那样对待。

(15) 为之驾：给他备了出门坐的车。

(16) 车客：有车坐的门客。

(17) 揭其剑：高举着他的剑。揭，举起。

(18) 过：访问。

(19) 容我：把我当客人看待。客，在这里是动词。

(20) 无以为家：没有用来赡养家庭的东西。为，动词。为家，养家。

（21）恶（wù 物）：讨厌。

（22）出记：出了一个文告（征询门客的意见）。

（23）谁习计会（kuài）：谁熟悉会计的业务？计会，等于说会计。

（24）文：孟尝君的名。责（zhài 债）：同“债”。薛：地名，孟尝君的封地，在今山东滕县西南。

（25）署：署上自己的名字。指在文告上签名，表示能胜任此事。

（26）乃歌夫长铗归来者也：就是歌唱“长剑啊，我们还是回去吧”的那个人。乃，就。夫，语词，无实义。

（27）果：果真。

（28）负之：亏待了他，对不起他。之，代词，代冯谖。

（29）谢：致歉。

（30）倦于事：被事务弄得很疲劳。倦，劳碌。

（31）愦（kuì 愧）于忧：困于忧患，被忧患弄得头昏。愦，昏乱。

（32）仔（nuò 懦）愚：怯懦无能。仔同“懦”。

（33）沉：沉溺。

（34）开罪：得罪。

（35）不羞：不（因受到简慢而）感到屈辱。

（36）约车治装：预备车子，收拾行装。约，具，预备。治，整治，收拾。

（37）券（quàn 劝）契：指债券。券，契据。古代的券常分两半，各执其一作为凭证，如今天的合同。契，合同，证券。

（38）毕收：完全收齐。

（39）何市而反：买些什么东西回来？市，买，动词。

（40）驱而之薛：驱车到薛地。之，往。

（41）使吏召诸民当偿者：让小吏召集老百姓中应当还债的人。

（42）悉来合券：都来对借据。

（43）起，矫命以责赐诸民：站起来，假托孟尝君的命令把应还的债款赏给欠债的老百姓。意即勾销债务，不必再偿还。

（44）长驱：直驱，中途不停下。

（45）疾：急，迅速。

（46）衣冠而见之：穿戴整齐接见他。衣冠，在这里是名词作动词用，指穿衣、戴帽。

（47）臣窃计：我私下思考。窃，私自，谦词。计，考虑。

（48）实：充满。厩（jiù 究）：马棚。

（49）美人充下陈：美女充满了后列。下陈，后列。美女供贵族玩弄，地位卑贱，所以处于后列。

（50）以义耳：只不过是“义”罢了。以在这里是特殊用法，有仅、只的意思。义，正义的行为，以正义行为树立起的威望。

（51）窃以为君市义：我私下用债券替你买来了义。以，用。“以”与“为”之间省略了“券契”。

（52）奈何：怎么样？

（53）区区：小小的。

（54）拊爱：即抚爱。子其民：把老百姓当成亲生子女一样看待。子，这里用作动词。古时男女都可称子。

（55）贾（gǔ古）利之：以商贾手段在他们身上谋取利益。连同上句，大意为：不视民如子，不抚爱老百姓，还要在他们身上做生意谋取利益。

（56）乃臣所以为君市义也：这就是我替你买义的方式。所以，所用……

（57）说（yuè月）：同“悦”。

（58）休矣：得了吧！算了吧！

（59）期年：满一年。

（60）齐王：指齐泯王。

（61）寡人不敢以先王之臣为臣：我不敢把先王的臣当作我的臣。先王，指齐泯王的父亲齐宣王。孟尝君是“先王”齐宣王时的臣，所以这句话就是要罢免孟尝君的一种委婉托辞。

（62）就国：到封地去。国，指孟尝君的封地。

（63）未至百里：（离薛）还差一百里。

（64）顾：转身，回头。

（65）乘（shèng胜）：量词，四马一车叫“乘”。

（66）西游于梁：往西到梁去游说。梁，魏国都城，在今河南开封。

（67）齐放其大臣孟尝君于诸侯：齐国放逐它的大臣孟尝君到诸侯国去。放，放逐。

（68）虚上位：空出最高的职位来。虚，动词。

（69）故相：原来的国相。

（70）先驱：前驱，即在前面导行。诫：告。

（71）重币：厚礼。币，礼物。

（72）显使：显贵的使者。

（73）其：在这里表示推测，有“大概”的意思。

（74）三反：往返三次。

（75）固辞：一再推辞，坚持推辞。

(76) 太傅：官名，职位很高。赍（jī 基）：携带。

(77) 文车：彩绘的车。驷，一车四马叫一驷。

(78) 服剑一：佩剑一把。

(79) 封书谢孟尝君：封好了信向孟尝君道歉。意指写信道歉。

(80) 不祥：不走运，运气不好。

(81) 被于宗庙之祟（suì）：遭到了祖宗神灵降下的祸祟。被，遭受。

(82) 沉于谄谀之臣：被谗谄阿谀之臣所迷惑。沉，沉迷。

(83) 不足为（wèi 未）：不值得顾念。

(84) 姑反国统万人乎：姑且回齐国统领万民吧！

(85) 先王之祭器：先王传下来的祭器。

(86) 立宗庙于薛：在薛地建立了齐国先王的宗庙。这是冯谖替孟尝君设的安身之计，孟尝君与齐王同族，立宗庙于薛，可使齐王重视薛地。

(87) 就：营就，造成。

(88) 纤（先）介：细微。介，通“芥”。

本文写冯谖寄食于孟尝君门下，为孟尝君经营“三窟”，巩固权势，表现出他的见识和智谋，也反映了当时权贵的养士风气。

文章先（1～2 自然段）写冯谖的身份并要求寄食孟尝君门下的情况。分两层：第一层，在交代冯谖身份之后，孟尝君连问“客何好?”“客何能?”回答是“客无好”“客无能”。表现出孟尝君养门客的功利主义目的和冯谖豪爽、自信的性格特点。第二层，写冯谖弹铗而歌，进一步刻画了冯谖豪放幽默的性格。

次（3～6 自然段）写冯谖自荐收债，却假传孟尝君之命，赐债烧券，为孟尝君“市义”，并写薛地百姓夹道欢迎孟尝君，“一窟”凿就而分四层：第一层，写孟尝君想找一个懂“计会”的人，冯谖自告奋勇。临行前冯谖故意问孟尝君道：“何市而反?”孟回答：“视吾家所寡有者。”这正中冯谖的“圈套”。这些描写都极富文学色彩，不同于一般历史散文的平铺直叙。第二层，写冯谖独出心裁地招徕薛地百姓，焚掉债券。这里“矫命”二字用得极恰当，只有“矫命”才能为孟尝君“市义”，否则就成为冯谖自己收买人心了。第三层，写冯谖为孟尝君“市义”，说明冯谖具有深远的政治眼光。第四层，写孟尝君由于齐国贵族之间的政治倾轧而被赶回封邑，薛地百姓欢迎，事实证明冯谖的政治才华及深谋远虑，孟尝君才恍然大悟：“先生所为文市义者，乃今日见之。”说明冯谖的政治才华、深谋远虑高出孟尝君一筹。

后（7～9 自然段）写冯谖为孟尝君挖凿“权位三窟”中的二窟，不但让孟尝君复了相位，而且几十年都没遇到纤介之祸。分三层：第一层，写冯谖游说魏国，魏王以重金邀聘孟为相，而他回头劝孟尝君不要上任，终使齐王复请孟尝君出任相国。为孟尝君谋复位，这是第二窟。表现冯谖卓越的政治才能和高明的政治权术。第二层写冯谖“请先王之祭器，立宗庙于薛”，为孟尝君安身固位。这是为孟尝君凿就的第三窟。孟是靖郭君田婴之子，而田婴又是“齐威王少子而齐宣王庶弟也”，于是他就是齐威王之孙子，齐宣王之侄子，利用这种关系把宗庙立于薛地在政治上是有重大意义的。第三层，以“孟尝君为相数十年，无纤介之祸”一句话，评价冯谖的功绩，正是“狡兔三窟”之效验。结束全文，干净利落。

本文主要人物冯谖的形象刻画得独具风采。冯谖为孟尝君多方设计，是个有奇策异谋的人，文章着意表现出他的“有能”。开头叙冯谖寄食在孟尝君门下的原委，却从别人口中先说冯谖“无好”“无能”，用意侧重在“无能”，这是从反面着笔，来衬托后文，同时点出“能”字，为全文线索。“孟尝君笑而受之”，一个“笑”字露出了轻视冯谖的神情。孟尝君左右的人也跟着轻视他。接着写冯谖三次弹铗作歌，不断提出更高的要求。这种不平常的表现，暗示出冯谖不是真正“无能”的人，“倚柱弹其剑”，寥寥五个字，生动地表现出冯谖的不平凡的气概。文章夹写左右的人，从“告”到“笑”到“恶”，极意写出对冯谖的轻视，这是从侧面衬托冯谖。接着叙述冯谖焚券市义、谋复相位、请立宗庙三件事，为孟尝君完成三窟，从而正面表现冯谖的“有能”。先叙焚券市义。孟尝君征求替他到薛地去收债的人，“冯谖署曰：‘能’”。孟尝君知道了说：“客果有能也”。两个“能”字同上文相应。冯谖从容自荐。临行时问孟尝君：“以何市而反”，到了薛，“矫命以责赐诸民，因烧其券”，立即回来求见孟尝君，解释“为君市义”的道理，这一切表明了冯谖用心深远，胸有成竹，行事果断，确实是“有能”的人。孟尝君的失位就国，老百姓的远道欢迎，更证实了这点。次叙谋复相位，冯谖到梁王那里游说，用“富而兵强”的理由说服梁王聘请孟尝君，又赶着车先回来，提醒孟尝君，坚辞不去，只要让齐王知道，表明了冯谖了解并且善于利用诸侯各国之间的矛盾。最后叙请立宗庙。冯谖这样做，抓住了齐王“愿君顾先王之宗庙”这句话。再说，孟尝君同齐王是同宗，孟尝君在封地建立了宗庙，祭祖的也是齐王祖先。齐王要尊敬祖先，就不能废除孟尝君所立的宗庙，就不能夺取孟尝君的封地，保证了封地的安全。这样从容写来，冯谖有胆识、有才能、见机而作、长于计谋的形象，活现纸上。结尾总说冯谖的功绩，同开头受轻视对照。吴楚材、吴调侯在《古文观止》中对“权位三窟”的评论：“冯谖在门下已久，孟尝君未熟其名，未识其面，可见前番对待冯谖，并非有意加厚也。”这是一针见血的评论。点出先前孟尝君对冯谖一再“礼遇”仅是收买“士”心的一种“漫不经心”之举，这种在“矫饰”中暴露的“昏”，对照冯谖在“胸有成竹”的试探中显示的“智”，则又是有力的映衬。总之，这篇文章，通过变化曲折的情节和烘托映衬的手法，鲜明地刻画了一个有胆识、有谋略、有手段的策士形象；作者抓住冯谖“士”的本质和意识，生动自然地揭示出冯谖的性格特征。

文章结构巧妙，以“能”字为线索进行剪裁和组织，波澜层出，有引人入胜之妙。开头叙写冯谖“贫乏不能自存”并且又“无好”“无能”，受人轻视，却偏偏弹铗作歌，要求优厚的待遇。继之叙征求收债的人，自己说“能”，表示愿去的又偏偏是“无能”之客。冯谖去收债，临行时明明问过“此何市而反”，到了薛地，却不要老百姓还债，并烧掉借契。回来求见孟尝君，说明“市义”的道理以后，说过“客果有能也”的孟尝君忽然又说“先生休矣”，而不以为“能”了。事态的发展果然不出冯谖所料，孟尝君终于去位就国，亲自看到了“市义”的效果，对冯谖表示赞许，事情也就可以结束了。可是冯谖又献计要为孟尝君“复凿二窟”。从而又引出复相位、立宗庙两件事，进一步表现冯谖的才能。这些虽然是人物事件本身所规定的，但是剪裁组织极尽曲折变化、起伏照应之妙，却非有高度的艺术技巧不可。

墨　　子

墨子，名翟，鲁国（今山东省曲阜市一带）人。约生于周贞定王元年（前468），卒于周安王二十六年（前376）。相传做过宋国的大夫。曾到过楚、齐等国。墨子主张简朴节俭，反对礼乐繁饰；主张勤劳刻苦，反对声色逸乐。重质而轻文，弃华而务实。他的尚同、尚贤、非攻、尊天等思想，与儒家大致相同；他的兼爱、节用、非乐、非命等思想，则与儒家相对立。《墨子》一书，《汉书·艺文志》著录71篇，今存53篇，其中汇集了他弟子和后学者的记录。《墨子》文章多为长篇大论，有标题，有中心，首尾完整，其特点是逻辑性较强，语言质朴。它因被儒家斥为异端，故自来学者治之者很少，书中脱误也较多，直至清代，始多从事校释研究者。

公　　输

公输盘为楚造云梯之械(1)，成，将以攻宋。子墨子闻之，起于齐(2)，行十日十夜，而至于郢(3)，见公输盘。

公输盘曰："夫子何命焉为(4)？"

子墨子曰："北方有侮臣者(5)，愿藉子杀之(6)。"

公输盘不说[7]。

子墨子曰："请献千金[8]。"

公输盘曰："吾义固不杀人！"

子墨子起，再拜，曰："请说之。吾从北方闻子为梯，将以攻宋。宋何罪之有？荆国有余于地，而不足于民。杀所不足而争所有余，不可谓智[9]；宋无罪而攻之，不可谓仁；知而不争，不可谓忠；争而不得，不可谓强。义不杀少而杀众，不可谓知类[10]。"

公输盘服。

子墨子曰："然，胡不已乎[11]？"

公输盘曰："不可，吾既已言之王矣[12]。"

子墨子曰："胡不见我于王？"

公输盘曰："诺！"

子墨子见王，曰："今有人于此，舍其文轩[13]，邻有敝舆而欲窃之；舍其锦绣，邻有短褐[15]而欲窃之；舍其粱肉[16]，邻有糠糟而欲窃之。此为何若人[17]？"王曰："必为窃疾矣[18]。"

子墨子曰："荆之地方五千里，宋之地方五百里，此犹文轩之与敝舆也；荆有云梦[19]，犀兕麋鹿满之[20]，江、汉之鱼鳖鼋鼍[21]为天下富，宋所为无雉兔鲋鱼者也[22]，此犹粱肉之与糠糟也；荆有长松、文梓、楩、枏、豫章[23]，宋无长木，此犹锦绣之与短褐也。臣以三事之攻宋也[24]，为与此同类。臣见大王之必伤义而不得。"

王曰："善哉！虽然，公输盘为我为云梯，必取宋。"

于是见公输盘。子墨子解带为城，以牒为械[25]，公输盘九设攻城之机变，子墨子九距之[26]；公输盘之攻械尽，子墨子之守圉有余[27]。

公输盘诎[28]。而曰："吾知所以距子矣，吾不言。"

子墨子亦曰："吾知子之所以距我，吾不言。"

楚王问其故。子墨子曰："公输盘之意，不过欲杀臣；杀臣，宋莫能守，可攻也。然臣之弟子禽滑釐等三百人，已持臣守圉之器在宋城上而待楚寇矣。虽杀臣，不能绝也。"

楚王曰："善哉！吾请无攻宋矣。"

子墨子归，过宋，天雨，庇其闾中[29]，守闾者不内也[30]。故曰："治于神者，众人不知其功；争于明者，众人知之[31]。”

注释：

(1) 公输：名盘，一作般，或作班。鲁国人，也称鲁班。以善制工巧的器械著称。云梯，攻城的器械，言其梯高可入云。

(2) 起于齐：自齐国出发。《吕氏春秋·爱类篇》作“自鲁往”。

(3) 郢（yǐng 影）：楚国都，在今湖北省江陵县。

(4) 夫子：对墨子的尊称。为，助词。这一句犹说，先生有什么见教？

(5) 侮臣者：欺侮我的人。古人对人客气时也自称“臣”，表示自谦。“者”字原无，依俞樾说补。

(6) 藉：借助。

(7) 说：同悦。

(8) 千金：原作十金，据毕沅、孙诒让说改。这句说，愿意献给千金作为助我杀人的报酬。

(9) 荆国四句：荆，即楚。楚国在战国七雄中疆域最大。这四句意思说，楚国所多的是土地？所不够的是人民。因此牺牲已经嫌少的人民去夺取已感多余的土地是不智的。

(10) 义不两句：少，指上文北方欺侮墨子的人。众，指楚，宋战争中牺牲的士卒。类，指类推的方法。

(11) 然：如此。胡，同何。原作乎，据毕沅、孙诒让说改。已，止。指停止对宋国的进攻。

(12) 王：据孙诒让《墨子年表》，当是楚惠王。墨子止楚攻宋，应在楚惠王五十年前。

(13) 文轩：有文采的车子。

(14) 舆：车子。敝舆，破旧的车子。

(15) 短：是“裋”（shù 竖）的假借字。裋褐，古代贫贱者所穿的粗布衣。

(16) 粱肉：精美的饭菜。

(17) 何若人：是何等样的人。

(18) 窃疾：嗜好偷东西的怪毛病。据王念孙说，“窃疾”上应加“有”字。

(19) 云梦：楚国境内的大泽名。

(20) 犀：犀牛。兕（Sì 四），类似犀牛的野牛，一角，青色。麋，似鹿而大。

(21) 江、汉：长江与汉水。鳖（biē 憋），龟属，俗名甲鱼。鼋（yuán 元），比鳖大，俗名癞头鼋。鼍（tuó 驼），爬虫类动物，产长江下游，今称扬子鳄，俗名猪婆龙。

(22) 为：通谓。鲋鱼，原作“狐狸”，据毕沅、王念孙说改。鲋鱼，即鲫鱼。

(23) 文梓、楩（pián 骈）、枬：均大木名。枬，同楠。豫章，即樟树。

(24) 三事：孙诒让说，“三事”似是“王吏”之讹。指楚王派遣攻宋的将吏。

(25) 牒（dié 蝶）：小木札。俞樾说，牒为“楪”之假借字，即筷子。

(26) 距：同拒。

(27) 圉：同御。

(28) 诎：同屈。指技已穷尽。

(29) 庇：隐蔽。闾，里门。古代国家有大事故，令民各守里门，以为警备。时楚将攻宋，故宋的守里门者不让墨子进去，怕他来做间谍。

(30) 内：同纳。

(31) 治于神者四句：治，致力的意思。神，指人们不知不觉不可揣测的大智大惠。明，指人们容易看见的小智小惠。这四句大意是，像墨子这种致力于消弭战祸于无形的大智大惠，人们往往不知其功，而那些急于表现小智小惠的人，却易于被人们所知道。

墨子生活在春秋末战国初，当时诸侯国之间争城掠地的战争极为频繁和残酷，人民饱受战乱之害。楚是大国，宋是小国，宋处战略要地，楚为争霸中原，曾多次攻打宋国。墨子站在小生产者的立场上，提出“兼爱”和“非攻”。本文所写的，就是墨子以实际行动贯彻“非攻”主张的故事。文章记叙墨子批驳公输盘，谴责楚王的侵略野心，制止了楚国侵宋的动人事迹，赞扬了墨子为了维护和平、反对侵略战争而不惮其劳的自我牺牲精神，塑造了一个用正义反对强权的机智勇敢的墨子形象。

这篇文字在《墨子》中别具一格，它虽然仍以对话为主，但已有相当多的叙事成分和比较曲折的情节，注意了人物形象刻画，语言也多修饰，我们不妨将它当作一篇“小小说”来读。

文章先（从开头到“公输盘服”）写墨子从道理上说服了公输盘。这是故事的发端。作者以简练的笔墨交代事件的起因，突出墨子的品质。墨子说服公输盘时，先以请杀“侮臣者”的话诱使对方说出“吾义固不杀人”的论断，接着指出造云梯攻宋是“不智”“不仁”“不忠”“不强”“不类”，推导出“义不杀少而杀众，不可谓知类”的结论，使“公输盘服”。这里连用反诘、排比句式，辞气凌厉，大义浩然，把墨子非攻的思想风貌，表现得极为鲜明。

次（从“子墨子曰：‘然，胡不已乎’”至“公输盘为我为云梯，必取宋”）写墨子从道理上说服楚王。这是情节的发展。墨子从假设说起，他用“今有人于此”开头，说得好像真有其事。接着连说三种可耻可笑的弃贵偷贱的行为诱使楚王说出此种人“必为有窃疾”的论断，于是墨子把楚国的大而富和宋国的小而贫分三层作对比，推导出“王之攻宋也，为与此同类”的结论，使楚王无从反驳，只得承认墨子说的话合乎情理。

再（从“于是见公输盘”至“吾请勿攻宋矣”）写墨子在攻守演习中击败了公输盘，达到了止楚攻宋的目的，这是情节发展的高潮。墨子同公输盘较量本领，只寥寥数语就表现出他应敌有方，从容取胜的神情。这段文字，牵人心魄。墨子的从容守御，公输盘的技穷械尽，以及楚王在侧凝神观战的情态，读者俱可于文中恍惚想见，这正是“此时无声胜有声”。公输盘败北以后与墨子的两句对白，写得尤其蹊跷，不仅楚王为之生疑，就是读者也会感到奇妙莫测。直到墨子以数语道破公输盘的杀人心机，读者才茅塞顿开。这种故布疑阵的写法，使情节的发展，即使在高潮中也极尽跌宕之姿，可称妙笔。

最后赞扬墨子“治于神”的献身精神。这是故事的尾声。本意在于称道“摩顶放踵，利天下而为之”的殉道精神。他居功不傲，行止如同常人，连宋闾者也认不出他，可见其身上保留着何等可贵的平民本色！但从“治于神者，众人不知其功；争于明者，众人知之”的议论看，显然是对墨子悄悄地消弭战祸，宋人不但不感谢他，反而受人怀疑被拒绝进门躲雨的遭遇，流露出埋怨情绪，说明墨家并不彻底无私，仍不忘情于“众人知之”。

《公输》正是这样，以曲折多变的情节，富有情趣的对话形式，记叙了墨子用道理说服公输盘，迫使楚王放弃攻宋的经过，作品出色地表现了墨子的才智、勇敢和反对攻伐的精神，是“兼爱”“非攻”主张的生动而具体的体现。

这是一篇以记言为主的记叙文，对话中体现出《墨子》一书高妙的论辩艺术。作者有意识地运用了由小到大的逻辑推理方法，辩难析理具有严密的逻辑性。驳难公输盘时，先假设一个“藉子杀人”的要求，诱导对方提出“吾义固不杀人”的要求，然后以这个前提推论，得出攻宋不义的结论，使公输盘理屈词穷。这在逻辑上运用的是演绎推理法。驳难楚王时用的是类比推理法，在引导对方得出“窃疾”结论时，以子之矛攻子之盾，联系楚欲攻宋的现实分析推论，提出被喻事物和比喻事物“与此同类”，楚欲攻宋犹如患了“窃疾”，迫使楚王不得不愧而称是。

本文情节曲折，人物形象鲜明。文章详于记言而略于记事，作者巧妙地在记言的关键之处插入叙事的点睛之笔，交代事件的发展经过，组织起相当复杂曲折的故事情节，层次井然地写出了墨子与公输盘、楚王三个回合的较量，构成三起三伏的戏剧性情节，在腾挪变化的情节中，墨子机敏善辩，智慧过人，不怕牺牲，富于实践和吃苦的精神形象鲜明地凸现出来，给读者留下深刻的印象。

巧设比喻，贴切自然，也是本文的一个显著特点。如：从“行”的方面，选取了舍“文轩”窃“敝舆”的事例作比；从“穿”的方面，选取舍“锦绣”窃“短褐”的事例作比；从“吃”的方面，选取舍“粱肉”窃“糠糟”的事例作比，这样就自然得出“必有窃疾”的论断。同时又用两国的土地与车子对比，用两国的兽鱼之类与食物对比，用两国的木料与衣物对比，这样自然就得出“王之攻宋也，为与此同类”的结论，主动贴切，令人信服。

孟　子

孟子，名轲，字子舆，战国时邹（今山东省邹县）人，约生于周烈王四年（前 382），卒于周赧王二十六年（前 289），是孔子后儒家的主要代表，后世把他和孔子并称为“孔孟”。在政治上主张法先王、行仁政；在学说上推崇孔子，攻击杨朱、墨翟。曾周游列国，不为诸侯所用，退而与弟子万章等发挥孔子的学说，作《孟子》七篇。《孟子》是儒家的重要学术著作，由于其文章巧于辩论，语言流畅，富有文采和感染力，对于后代的散文有较大的影响。

鱼我所欲也（《孟子·告子上》）

孟子曰：“鱼我所欲也；熊掌[1]，亦我所欲也。二者不可得兼，舍鱼而取熊掌者也。生，亦我所欲也；义，亦我所欲也。二者不可得兼，舍生而取义者也。生亦我所欲，所欲有甚于生者，故不为苟得也[2]；死亦我所恶，所恶有甚于死者，故患有所不辟也[3]。如使人之所欲莫甚于生，则凡可以得生者何不用也[4]？使人之所恶莫甚于死者，则凡可以辟患者何不为也？由是则生，而有不用也；由是则可以辟患，而有不为也[5]。是故所欲有甚于生者，所恶有甚于死者，非独贤者有是心也，人皆有之，贤者能勿丧耳。一箪食[6]，一豆羹[7]，得之则生，弗得则死。呼尔而与之[8]，行道之人弗受[9]；蹴尔而与之[10]，乞人不屑也[11]。

万钟则不辩礼义而受之[12]，万钟于我何加焉[13]？为宫室之美，妻妾之奉，所识穷乏者得我与[14]？乡为身死而不受[15]，今为宫室之美为之；乡为身死而不受，今为妻妾之奉为之；乡为身死而不受，今为所识穷乏者得我而为之；是亦不可以已乎[16]？此之谓失其本心[17]。”

注释：

(1) 熊掌：熊的脚掌，是一种非常珍贵的食品。

(2) 苟得：苟且获得。指生存。

(3) 患：指祸患。辟，同避。

(4) 何不用也：那种手段不可用呢？意即将不择手段。

(5) 由是四句：意思说，事实上有这样的情况：有时通过某种方法可以保全生命，然而人们却不愿采用这种方法：通过某种行动可以逃避患难，人们却不愿采取这种行为。

(6) 箪（dān 单）：盛食物的竹器。

(7) 豆：古代盛肉或羹的木器。

(8) 尔：语助词。呼尔，轻蔑或粗暴地呼喝。

(9) 行道之人：过路的人。

(10) 蹴（cù 簇）：践踏。

(11) 屑：洁。不屑，不以为洁，即不愿接受。以上八句意思说，人之饿者，得此一器的食物便可以生，不得则死；但以侮辱态度予之，一般人都会宁死不受。

(12) 万钟：指优厚的俸禄。钟，古量器名，六斛四斗为一钟。

(13) 何加：有什么益处？

(14) 得：同德，感激。

(15) 乡：同向，向来。身死，指“一箪食”以下八句所言。

(16) 已：止，罢休。

(17) 本心：指羞恶之心。

朱熹在《集注》中对本文的主旨曾作过解释：“此章言羞恶之心，人所固有。或能决死生于危迫之际，而不免计丰约于宴会之时，是以君子不可顷刻而不省察于斯焉。”《鱼我所欲也》章，集中论述了舍身取义是人的本性的问题，孟子认为人人皆有羞恶之心，知道“所欲有甚于生者”“所恶有甚于死者”，所以能做到舍生取义。在此基础上，批判了那种不随时省察自己而丧失固有美德终不顾礼义廉耻的行为。他们为物欲所蔽，为“万钟之禄”“宫室之美、妻妾之奉，所识穷乏者得我”而见利忘义，“失其本心”。文章包含有许多进步与合理的观点，如道德情操甚于生命，不食呼尔蹴尔之食，不贪求万钟之禄的物欲享受等，在今天还不失为提高道德修养和加强社会主义精神文明建设的有益借鉴。

本文是孟子散文中比较成熟完整的论说文。作者在文中多处运用了形式逻辑中判断、推理、证明、反驳等方法，尤以比喻论证和推理最具特色。在全文两段中，第一段以性善论作为理论基础，由鱼和熊掌的比喻推论出“舍生取义”的中心论点，然后从正面运用演绎推理阐明为什么要“舍生”，指出应该重义轻生，不能苟且偷生，以此证明“舍生取义”的真实性。又进一层从反面用假设推理。阐明义重于生，指出这种美德是“人皆有之”，从而逆证了“义”是人所固有的善性，唯贤者能存之不失。再进一层用例证法，举出生活中宁死不食箪食杯羹的事来论证舍生取义是人皆有之的本性，肯定舍生取义的重要。这一部分围绕中心反复论证，正反相辅相成，层层深入，环环相扣，具有严密的逻辑性。在第二段中，作者对“失其本心”的错误行为进行反驳，深化了中心论点。全文思路缜密，笔锋恣肆，说理透辟周详，蕴含着凌厉的气势，显示出无可辩驳的逻辑力量。

本文巧妙地使用了排比、比喻、设问、反问、对比等修辞手法，使文句活泼生动，变化多姿，更增强了文章说理的气势和力量。特别是排比句式，运用得又多又好，往往一句话可概括的意思，作者有意分拆成若干句排比列出，一而再、再而三地加以申说，显得理直气壮，雄肆酣畅，富有气势和爱憎分明的感情色彩，同时也增强了语言的节奏感和整饬美。比喻也很巧妙。孟子从生活实际出发，接连地使用了四个比喻。他先用“舍鱼而取熊掌”来比喻“舍生而取义”的必要。这个比喻，十分恰当。在实际生活中，许多人都有爱吃鱼和熊掌的嗜好，但是，当鱼和熊掌不能兼有之的时候，根据惯例，人们是会放弃鱼而选择熊掌的。道理何在，无须说明，人人都会承认的。接着所用的对于接受施与、厚俸、美好的宫室与妻妾时所持态度的三个比喻，也是从一般情况出发，使人感到说得合情合理，无懈可击。这是由于孟子的比喻用得巧妙。故汉代学者赵岐说他：“长于比喻，辞不迫切，而意已独至”（《孟子注题辞》）。

荀 子

荀子，名况，又称荀卿，诸书也作孙卿、卿，赵国人。约生于赵武灵王十三年（前313），卒于楚考烈王二十五年（前238）。他游历过齐、秦、楚诸国，在齐国为列大夫和祭酒。在楚国，春申君举他为兰陵令。李斯和韩非都是他的学生。荀子基本属于儒家，如推崇孔子、赞扬《五经》、“本仁义”、期“正名”等，都表现了他的这种倾向。他的否定天命，强调人为，强调后天的教育改造等思想，具有较多的唯物主义因素。著有《荀子》三十二篇。《荀子》文章多为长篇的专题学术论文，标志着说理文的成熟和发展，其特点是说理绵密，结构严整，笔力浑厚。其中的五篇赋体文，是后来极盛一时的汉赋的渊源之一。

劝学篇（节选）

君子曰(1)：学不可以已(2)。青，取之于蓝(3)，而青于蓝；冰，水为之，而寒于水。木直中绳(4)，輮以为轮(5)，其曲中规(6)；虽有槁暴(7)，不复挺者(8)，輮使之然也。故木受绳则直，金就砺则利(9)，君子博学而日参省乎己(10)，则知明而行无过矣(11)。……

吾尝终日而思矣，不如须臾之所学也(12)。吾尝跂而望矣(13)，不如登高之博见也。登高而招，臂非加长也，而见者远；顺风而呼，声非加疾也[14]，而闻者彰[15]。假舆马者[16]，非利足也[17]，而致千里[18]；假舟楫者[19]，非能水也[20]，而绝江河[21]。君子生非异也[22]，善假于物也[23]。……

积土成山，风雨兴焉；积水成渊，蛟龙生焉；积善成德，而神明自得[24]，圣心备焉[25]。故不积跬步[26]，无以至千里；不积小流，无以成江海。骐骥一跃[27]，不能十步；驽马十驾[28]，功在不舍[29]。锲而舍之[30]，朽木不折；锲而不舍，金石可镂。螾无爪牙之利[31]，筋骨之强，上食埃土，下饮黄泉，用心一也[32]。蟹八跪而二螯[33]，非蛇蟮之穴无可寄托者，用心躁也。……

注释：

(1) 君子曰：古书中凡称引前人有价值的言论，往往以“君子曰”概括之。

(2) 已：止。

(3) 蓝：染青色的植物。以下四句指明物质通过改造，胜于改造以前。

(4) 中（zhòng 众）：合于；绳：匠人制器求直的工具，即绳墨之“绳”。这句说，木性本直，合于绳墨。

(5) 輮（róu 柔）：煣的假借字，以火屈木使曲。

(6) 规：指圆规。

(7) 槁：枯。暴，同曝，晒干。槁暴，枯干。

(8) 挺：直。以上几句比喻人的才性可以改造。

(9) 金：指金属的刀类。砺，磨刀石。

(10) 参：签验。一说，参同三。省（xing 醒）。省察。

(11) 知：同智。

(12) 须臾：片刻。

(13) 跂（qì 气）：提起脚后跟。

(14) 疾：壮，指声音宏壮。

(15) 彰：清楚。

(16) 假：凭借、借助。

(17) 利足：行走便利，迅速。

(18) 致：达到。

(19) 楫（jí 即）：船浆。

(20) 能：当读为耐。

(21) 绝：渡过。

(22) 生：读为性。

(23) 物：指外物。

(24) 而：犹则。神明，指智慧。

(25) 圣心：圣人的心。

(26) 跬（kuǐ傀）步：即半步，即迈出一条腿，等于现在的一步。

(27) 骐骥：千里马。

(28) 驽马：庸劣的马，十驾，指十日之程。早晨驾马，日暮解下，故以一日所行为一驾。据王先谦考证，此句下脱“则亦及之”一句。

(29) 舍：舍弃。

(30) 锲（qiè怯）：与下文的镂（lòu漏）都作雕刻解。

(31) 螾：同蚓，即蚯蚓。

(32) 黄泉：黄土下的泉水。一，专一。

(33) 八跪：八，原作六，据卢文弨说校改。跪，足。

荀子的《劝学》是历来为人们所传诵的名篇。文章劝勉人们努力学习，系统地论述了学习的重要性，及其目的、内容、态度、途径方法等。本文节选的三段，重点在于阐明学习的重要意义和学习应持的态度。

先论述学习的重要意义。开头就明确地提出全文的中心论点：“学不可以已”。接着就围绕这一中心进行论证。先列举草、水、木、金四个事例，说明在一定的条件下，经过一定的变化程序，事物的性质是可以改变的，以此来比喻人经过学习，就会进步、提高，本性也可以得到改造。为什么荀子这么重视学习在提高人的素质和才智方面的意义呢？因为他认为人的本性是恶的，善是人为的。所以必须用礼法来约束，用教育来陶冶，才能够化恶为善。因此，他在设喻之后，就引出论断，指出君子只有“博学而日参省乎己”，即不停地学习，才能达到“知明而行无过”的境界。这样，既从根本上揭示了学习的重要意义，又有力地阐明了中心论点。既然学习如此重要，那么，应该怎么学呢？

次论述学习的方法，说明学习是增长知识和才干的重要途径。首先以“终日思”和“须臾学”对比，强调学习不可“空想”，必须接触客观世界，从实际出发。接着又以“跂而望”不如“登高博见”为喻，指明只要学习就能增长知识和才干。然后连用“登高而招”“顺风而呼”“假舆马”“假舟楫”四个比喻，进一步指出通过学习就能收到“见者远”“闻者彰”“致千里”“绝江河”的效果。而这些都要凭借外界条件的帮助，因而自然地得出结论“君子生非异也，善假于物也。”这就是说，人的聪明才智不是“天生”的，而是“教使之然也”，即在后天，利用各种客观条件努力不断地学习的结果。把“善假于物”同“学”联系起来，就意味着学习的目的在于认识并利用客观事物的规律去改造主观世界（人的本性）和客观世界。

后论述学习态度，是为了进一步论证“学不可以已”的论点。先以“积土成山”和“积水成渊”正面设喻，引出“积善成德”，说明学习要注意积累，只要不断地学习，“积善不息”，就会具备圣人的思想。接着从反面设喻，指出“不积”就无法“致千里”“成江海”。正反对比，更明确地阐明学习是一个不断积累的过程。最后列举“骐骥”“驽马”“朽木”“金石”“螾”“蟹”等正反对比的事物设喻，反复阐释成败的关键不在于条件的好坏，而在于是否有坚持不懈、用心专一的态度，从而更充分、更深刻地论证了全文的中心论点。

本文以标题概括论旨，中心突出，结构严谨，说理精密，是当时立论文章的代表作。文章开篇提出中心论点“学不可以已”，以下各段就用大量的自然界和日常生活的事例作为论据，从各个角度层层推衍，由浅入深，从正反两面反复加以论证，把学习的重要性、方法、态度论述得十分透辟，说理相当深刻。

比喻手法的运用也是本文写作上的一个重要特点。文章大量运用常见事物设喻，比喻连翩，层出不穷，且用法灵活而富于变化。或正面设喻，或反面设喻，或正反比喻对照显出喻意，或先说比喻后揭示意义，或先用比喻引出道理后再连用比喻进一步阐述。这种寓理于喻、喻理结合的手法，增强了文章的生动性和说服力。在句法上，这些重叠排列的比喻构成了不少对偶和排比句式，文句整齐而流畅，显得紧凑详赡，辞采缤纷，气势充沛，音韵流转，已具有明显的赋化倾向。所以这不仅是一篇说理透辟、逻辑性强的优秀论说文，而且也是一篇文采斐然的散文。

庄　周

庄子（约前 369～前 286），名周，字子休，战国时宋国蒙（安徽蒙城，一说河南商丘）人。当过蒙地的漆园吏。

庄子是老子之后道家的主要代表，后世把他和老子并称为“老庄”。主张顺应自然，提倡无为而无不为。他承认事物的相对性，但又否认客观事物的差别。他激烈批判“窃钩者诛，窃国者为诸侯；诸侯之门，而仁义存焉”的黑暗现实，在一定程度上揭露了剥削阶级的残暴和虚伪的本质。他蔑视富贵利禄，拒绝和统治者合作，一生过着清贫的生活。

庄子的文章想象丰富，汪洋恣肆，词藻瑰丽，并多采用寓言形式，富有浪漫色彩，对后代文学有重大的影响。

《庄子》一书，共三十三篇。其中“内篇”七，相传是庄周自著，“外篇”十五、“杂篇”十一是他的门人和后学所作。

秋水（节选）[1]

秋水时至，百川灌河[2]，泾流之大[3]，两涘渚崖之间[4]，不辩牛马[5]。于是焉河伯欣然自喜[6]，以天下之美为尽在己[7]。顺流而东行，至于北海，东面而视，不见水端[8]。于是焉河伯始旋其面目[9]，望洋向若而叹曰[10]：“野语有之曰[11]：‘闻道百，以为莫己若’者，我之谓也[12]，且夫我尝闻少仲尼之闻而轻伯夷之义者[13]，始吾弗信；今我睹子之难穷也[14]，吾非至于子之门则殆矣[15]，吾长见笑于大方之家[16]。”

北海若曰：“井蛙不可以语于海者[17]，拘于虚也[18]；夏虫不可以语于冰者，笃于时也[19]；曲士不可以语于道者，束于教也[20]。今尔出于崖涘[21]，观于大海，乃知尔丑[22]，尔将可与语大理矣[23]。天下之水，莫大于海。万川归之，不知何时止而不盈[24]；尾闾泄之[25]，不知何时已而不虚[26]；春秋不变，水旱不知。此其过江河之流[27]，不可为量数。而吾未尝以此自多者[28]，自以比形于天地，而受气于阴阳[29]。吾在天地之间，犹小石小木之在大山也，方存乎见少，又奚以自多[30]？计四海之在天地之间也，不似礨空之在大泽乎[31]？计中国之在海内[32]，不似稊米之在大仓乎[33]？号物之数谓之万[34]，人处一焉[38]；人卒九州[36]，谷食之所生，舟车之所通[37]，人处一焉[38]；此其比万物也[39]，不似毫末之在于马体乎[40]？五帝之所连[41]，三王之所争[42]，仁人之所忧，任士之所劳[43]，尽此矣[44]。伯夷辞之以为名，仲尼语之以为博[45]，此其自多也，不似尔向之自多于水乎[46]？”

注释：

(1) 本文节选自《庄子·秋水》。

(2) 时：按季节。灌：注入。河：黄河。

(3) 泾（jing 径）流：指水流。

(4) 两涘（sì 似）：河的两岸。涘：水边。渚（zhǔ 主）崖：水洲岸边。渚：水中洲岛。

(5) 辩：通“辨”。

(6) 焉：乎。河伯：黄河之神。

(7) 以天下之美为尽在己：以为天下的美景全集中在自己这里。

(8) 东面：脸朝东。端：边，尽头。

(9) 旋其面目：改变他（欣然自喜）的面容。旋：转，转变。

(10) 望洋：仰视的样子。也作“望羊”“望阳”“盳洋”。若：即海若，海神。

(11) 野语：俗语，谚语。之：代下文所引野语内容。

(12) 莫己若：即莫若己（没有人比得上自己）。宾语位于动词前。我之谓也：即谓我也，宾语位于动词前。

(13) 少仲尼之闻：小看孔子的学识（以孔子的学识为少）。闻：学识，学问。轻伯夷之义：轻视伯夷的义行（以伯夷的义行为轻）。伯夷：商代诸侯孤竹君的长子。因与弟叔齐互让君位，结果一齐逃到周。武王伐纣时，伯夷叔齐叩马谏阻，认为以臣伐君是不义的，商亡后，他们不食周粟，饿死在首阳山。封建社会把他们当做义士的典型。

(14) 睹：看。子：您。本指海神，这里借指海。难穷：难以穷尽。穷：尽。

(15) 殆：危险。

(16) 长：长久，永远。大方之家：明白大道理的人。大方：大道。

(17) 以：与。

(18) 拘于虚也：眼界受狭小居处的局限。拘：拘束，局限。于：被。虚：同“墟”，居住的地方。

(19) 笃：固，拘限。时：时令。

(20) 曲士：乡曲之士，指见识浅陋的人。束于教也：受所受教育的束缚。

(21) 尔：你。崖涘：河岸。

(22) 乃：才。丑：鄙陋。

(23) 大理：大道理。

(24) 盈：满。

(25) 尾闾：神话中排泄海水的地方。

(26) 已：停止。虚：虚空。

(27) 此其过江河之流：海的容水量超过长江、黄河的水流。

(28) 自多：自我夸耀。多：赞美，自负。

(29) 自以二句：我自以为列身于天地之间，禀受了阴阳之气。比：并列；形：身形。

(30) 方存二句：正存有“自己所见甚少”的想法，又怎么会自我夸耀呢？奚以：何以，怎么。

(31) 礨（lěi 磊）空：蚁穴，小孔穴。

(32) 中国：这里指中原。

(33) 稊（tí 题）：一种形似稗的草，实如小米。大（tài 太）仓：储粮的大仓库。

(34) 号物之数谓之万：称物的数量叫做“万”。号，称。

(35) 人处一焉：人只是万物中的一类。处：居，占。焉：于此（于万物之中）。

(36) 人卒九川：人尽九州，即九州都有人。一说，人卒即大众。卒：尽。九州：天下。

(37) 谷食二句：谷物生长的地方，车船所通达的地方。

(38) 人处一焉：个人只是天下人中的一个。这里是以个人对天下人而说的，上文的“人处一焉”是以人类对万物而言的。

(39) 此其比万物也：指个人与万物相比。

(40) 毫末：毫毛的末梢。

(41) 五帝：指黄帝、颛顼（zhuān xū 专旭）、帝喾（kù 酷）、尧、舜。一说指伏羲、神农、黄帝、尧、舜。所连：所连续统治的。

(42) 三王：夏启、商汤、周武王。所争：所争夺的。

(43) 任士：指以天下为己任的贤能之士。

(44) 尽此矣：全在这里了，意谓全是马体之毫末。尽此：尽于此。

(45) 伯夷二句：伯夷以辞让君位取得名声，孔子以谈说天下而显示渊博。

(46) 此其二句：他们这样自我夸耀，不正像你刚才因河水的上涨而自我夸耀一样吗？

庄子的《秋水》篇由七个部分组成，本文节选了其中第一部分——河伯与海若的对话。这一部分结构完整，论证周密。不妨把它作为一篇独立的散文来读。

这是一篇以对话方式展开说理的议论文，集中地向人们宣扬相对主义认识论。庄子在文章中，提出无论是大小、多少、长短、有无，还是贵贱、得失、生死，都是不确定的，没有明确界限的，也就是相对的。绝对的东西只有至高无上的“道”。

文章第一自然段写河伯望洋兴叹，自识其丑。可分为两层意思：①展现一幅秋水应时而降的自然景象，河伯见而自喜；②展现北海的浩瀚景象，河伯见而自识其丑。第二自然段写北海若以自然之广大、宇宙之无穷开导河伯，使之开扩眼界，不敢自满。可分为四个层次：①说明人的认识要受到客观条件的限制；②与天地阴阳相比，大海也微不足道，故自己不敢自满；③进一步说明世间万物的大小都是相对的道理；④对伯夷、仲尼的“自多”进行嘲笑。

文章表明了这样一个道理：在无限广大的宇宙中，个人的认识和作为都要受到主客观条件的制约，因而是十分有限的。这一主旨在客观上给今人的启迪是，人们不能囿于个人有限的见闻而自满自足，应该努力学习，不断进取。

这是一篇说理文章。庄子以巧妙的说理艺术阐述了他的哲学思想。

一、哲理与形象的结合。庄子善于将抽象的哲理寓于形象的描绘之中，借助于具体可感的客观事物景象来表达深微玄奥的哲学道理。《秋水》一文说理的形象化，体现在以下三个方面：

(1) 寓言的运用。本文整篇就是一个生动的寓言故事。所谓寓言，就是言在于此，意寄于彼。作者假托河伯与北海若这两个虚构人物的对话，来开展说理，阐明观点。这里，河伯代表庄子思想的对立面，即他要批判的对象。北海若实际上是作者的化身，这样一种整体性构思，与其他诸子散文在正面说理过程中局部地穿插寓言故事，是有所不同的。

（2）意境的描绘。读《秋水》，我们起先并不觉得这是一篇说理文章，因为作者力图要让读者用感官去感受形象事物，而不是用头脑去思索领悟深奥的哲理。文章开篇向读者展现了一幅雄浑壮观的景象：秋雨应时而来，百川随之奔腾，水流注于黄河，河水汤汤，气势非凡。接着又用简洁的笔墨描绘了大海苍茫浩渺的景观，令我们视野为之一展，心胸为之一舒。这一段景物描写，虽然言未及理，我们却已隐约地体味到自然景象本身所包蕴的理趣。庄子关于认识是无限的观点，借助于意境巧妙地传达出来。而且，文中描写的河景与海景，还对河伯与北海若两种不同的认识境界之间的对照，起到了有力的陪衬作用。河伯见河水汤汤，“欣然自喜，以天下之美为尽在己。”及至见到横无际涯的大海，才望洋兴叹，自识其丑。后来北海若教以“大理”，却又说“吾在天地之间，犹小石小木之在大山也，方存乎见少，又奚以自多?”自以为多与不敢自多的对比，由于有了上述认识背景的衬托，而显得更有力度，更为鲜明。

（3）比喻的迭出。庄子散文，长于比喻，往往连类而及，层见迭出。本文中为了说明人的认识不能超越客观环境，借海若之口，连用了井蛙拘于虚、夏虫笃于时、曲士束于教三个比喻，则河伯洋洋自得之丑可见，而作者的结论亦蕴于比喻之中。又如北海若开导河伯要扩大视野，不能“自多”，借助于生活中常见的事物为譬，如礨空与大泽、稊米与大仓、毫末与马体。这些生动贴切的比喻，构成了一个个具体实在的事物形象，引人联想，发人深思，做到了说理的形象化。

二、逐层推进、生发无穷的论证方法。本文讨论的是认识的无穷相对性问题，所以用逐层推进、生发无穷的论证方法最为合宜。作者在文章中展开的现实世界，显示了由微观到宏观，由局部到整体，由具体到抽象的不同层次，就在对现实世界的逐步展开过程中，文章的道理也逐步得以推进，最终表达了全文主旨。

文章首先展现了河景，引出了河伯“以天下之美为尽在己”的自我价值判断。接着又向前推进一步，展现了大海的景观，引出了河伯对自己的否定："吾长见笑于大方之家"。下面，借北海若开导河伯的答话，又进而把现实世界由河海推扩到更为宏观的"天地"，甚至由现实世界的范畴推扩到哲学的范畴——"阴阳"："而吾未尝以此自多者，自以比形于天地，而受气于阴阳"，从而引出了北海若"未尝自多"的自我价值判断。以"未尝自多"来否定自以为多，说明了认识无止境、不应自满的道理。这就是逐层推进而得出的文章主旨。

值得一提的是，这里所说的逐层推进，并非像在其他诸子散文中常见的那样，基本上是逻辑的推理和演进，而是始终没有离开客观事物形象。对这样一种论证方法，前人评论得很好："假河伯、海若回答，一层进似一层，如剥蕉心，不尽不止。"（宣颖《南华经解》）

三、宏肆有力的语言气势。文章贵有气势，这首先来自于说理的逻辑力量，也得力于语言技巧。本文中北海若答话的部分，也即作者正面说理的部分，有意识地运用了较多的排比句和反诘句，从而造成了滔滔莽莽、宏肆有力的气势。

北海若答话，劈面而来就采用了排比句式："井蛙不可以语于海者，拘于虚也；夏虫不可以语于冰者，笃于时也；曲士不可以语于道者，束于教也。"整齐和谐的排比句，读来具有不容置辩的说服力。"计四海之在天地之间也，不似礨空之在大泽乎？计中国之在海内，不似稊米之在大仓乎？……此其比万物也，不似毫末之在马体乎？"这三句排比句加上反诘语气，更显得语意挺拔，铿锵有力。作者还在表明自己观点的关键之处运用反诘句，如"吾在天地之间，犹小石小木之在大山也，方存乎见少，又奚以自多"是表明自我价值判断的话；"伯夷辞之以为名，仲尼语之以为博，此其自多也，不似尔向之自多于水乎？"这是讽刺儒家浅闻陋见的话，并与文章开头部分"且夫我尝闻少仲尼之闻而轻伯夷之义"云云遥相呼应，所以也用了反诘句，以否定形式加强了肯定无疑的语气。

李 斯

李斯，战国时楚国上蔡（今河南省上蔡县西）人。生年不详，卒于秦二世二年（前208）。是著名思想家荀卿的弟子。后助秦始皇统一中国，官至丞相，为始皇定郡县之制，下禁书令，以小篆为标准统一文书。始皇死时，斯听赵高的阴谋，矫诏杀太子扶苏。二世立，赵高用事，诬斯谋反，被腰斩于成阳。

谏逐客书

臣闻吏议逐客，窃以为过矣[1]！昔缪公求士[2]，西取由余于戎[3]，东得百里奚于宛[4]，迎蹇叔于宋[5]，求丕豹、公孙支于晋[6]。此五者，不产于秦，而缪公用之，开国二十，遂霸西戎。孝公用商鞅之法[7]，移风易俗，民以殷盛，国以富疆[8]，百姓乐用，诸侯亲服，获楚、魏之师，举地千里[9]，至今治强。惠王用张仪之计[10]，拔三川之地[11]，西并巴、蜀[12]，北收上郡[13]，南取汉中[14]，包九夷[15]，制鄢、郢[16]，东据成皋之险[17]，割膏腴之壤，遂散六国之从[18]，使之西面事秦，功施到今[19]。昭王得范雎，废穰侯，逐华阳[20]，强公室，杜私门[21]，蚕食诸侯[22]，使秦成帝业。此四君者，皆以客之功。由此观之，客何负于秦哉[23]！向使四君却客而不内，疏士而不用[24]，是使国无富利之实，而秦无强大之名也。

今陛下致昆山之玉[25]，有随、和之宝[26]，垂明月之珠[27]，服太阿之剑[28]，乘纤离之马[29]，建翠凤之旗[30]，树灵鼍之鼓[31]。此数宝者，秦不生一焉，而陛下说之，何也[32]？必秦国之所生然后可，则是夜光之璧，不饰服廷；犀象之器[33]，不为玩好；郑、卫之女[34]，不充后宫；而骏良駃騠，不实外厩[35]，江南金锡不为用，西蜀丹青不为采[36]，所以饰后宫，充下陈[37]，娱心意，说耳目者，必出于秦然后可，则是宛珠之簪[38]，傅玑之珥[39]，阿缟之衣[40]，锦绣之饰，不进于前；而随俗雅化[41]，佳冶窈窕[42]，赵女不立于侧也[43]。夫击瓮叩缶[44]，弹筝搏髀[45]，而歌呼呜呜快耳目者[46]，真秦之声也；《郑》《卫》《桑间》[47]《韶》《虞》《武》《象》者[48]，异国之乐也。今弃击瓮叩缶而就《郑》《卫》[49]，退弹筝而取《韶》《虞》，若是者何也？快意当前，适观而已矣[50]。今取人则不然。不问可否，不论曲直[51]，非秦者去，为客者逐。然则是所重者在乎色乐珠玉，而所轻者在乎人民也。此非所以跨海内制诸侯之术也[52]。

臣闻地广者粟多，国大者人众，兵强则士勇。是以太山不让土壤[53]，故能成其大；河海不择细流[54]，故能就其深；王者不却众庶，故能明其德。是以地无四方，民无异国，四时充美，鬼神降福，此五帝三王之所以无敌也。今乃弃黔首以资敌国[55]，却宾客以业诸侯[56]，使天下之士，退而不敢西向，裹足不入秦，此所谓"藉寇兵而赍盗粮"者也[57]。夫物不产于秦，可宝者众；士不产于秦，而愿忠者众。今逐客以资敌国，损民以益仇[58]，内自虚而外树怨于诸侯，求国无危，不可得也[59]。

注释：

(1) 窃：私下，表示自谦的意思。

(2) 缪公：秦穆公，春秋时五霸之一。缪，同穆。

(3) 由余：其先晋人，亡入戎，穆公屡次使人设法招致他归秦，以客礼礼之。后秦用由余之计伐戎，开地千里，遂霸西戎。戎，我国古代西部少数民族的统称。

(4) 百里奚：本虞大夫，晋灭虞，奚被晋国俘去，作为晋献公女儿陪嫁的奴仆入秦。奚从秦国逃走至楚国，被楚国边境的人所执。穆公闻其贤，以五羖羊（黑羊）皮赎之，并任用为相。宛（yuān 冤）楚地，今河南省南阳市。

(5) 蹇（jiǎn 简）叔：百里奚对穆公说："臣不及臣友蹇叔，蹇叔贤而世莫知。"于是穆公使人厚币迎蹇叔以为上大夫。蹇叔时游宋，故迎之于宋。

(6) 丕豹：丕郑之子，郑被杀，豹自晋奔秦，秦穆公任用为将。公孙支，又名子桑，先游晋，后归秦。

(7) 商鞅：本卫之庶公子，一称卫鞅。西入秦，佐秦孝公变法，使秦富强。后来秦孝公以商於之地（今陕西省商县）封鞅，号曰商君。

(8) 彊：今强字。

(9) 举：攻克，占领。

(10) 张仪：魏人，惠王用为相，为秦筹划连横的计策。此句以下诸事，并非都是张仪之计，因仪曾为相，故皆归功于他。

(11) 三川：本韩地，在今河南省黄河以南、灵宝以东的地带。

(12) 巴，蜀：皆古国名。巴，在今四川省东部。蜀，在今四川省西部。

(13) 上郡：本魏地，在今陕西省榆林地区。

(14) 汉中：本属楚，在今陕西省汉中地区。

(15) 包：这里有并吞的意思。九夷，属楚的部族。

(16) 鄢（yān 烟）：本楚地，今湖北省宜城县。郢（yǐng 影），楚都，今湖北省江陵县。

(17) 成皋（gāo 高）：一名虎牢，为著名军事要塞，在今河南省荥阳县境内。

(18) 六国：韩、魏、燕、赵、齐，楚。从，同纵，合纵，东方六国结成联合战线以抵抗秦国的一种策略。

(19) 西面：向西。事：侍奉。施（yì 意）：延续。

(20) 昭王三句：范睢（jū 居），魏人，字叔。穰（ráng 攘）侯，华阳君，均秦昭王母宣太后弟。穰侯等擅权，范睢说秦昭王免穰侯相国，和华阳君等并逐出关。

(21) 强公室：增强和巩固了王室的权力。杜：杜塞。杜私门，指限制私家的权力。

(22) 蚕食：形容逐步攻取各诸侯国领土。

(23) 负：辜负，对不起。

(24) 却：拒绝。内：同纳。疏士：疏远外来之士。

(25) 昆山：昆仑山。

(26) 随：同隋，西周春秋时的小国名。隋珠：相传隋侯遇见一条中断的大蛇，使人以药封之，岁余，蛇衔明珠以报，大径寸，绝白有光。因号“隋珠”。和，和氏之璧。相传楚人卞和得璞玉于山中，以献楚厉王，王以为诳，砍其左足；武王即位，再献之，又以为诳，砍其右足。及文王立，乃抱璞泣于荆山下，王使人理其璞，果得玉，遂称它为“和氏之璧”。后秦始皇以为传国玺。

(27) 明月之珠：夜光珠。

(28) 太阿（ē 屙）：利剑名，吴国欧冶子、干将作铁剑三把，其一名太阿。

(29) 纤离：骏马名。

(30) 翠凤之旗：以翠羽为凤形的装饰之旗。

(31) 鼍（tuó 陀）：爬虫类动物，产长江下游，今称扬子鳄，其皮可以张鼓。

(32) 说：同悦。

(33) 犀：犀牛角。象：象牙。

(34) 当时人认为郑、卫之地多美女。

(35) 駃（jué 决）騠（tí 提）：良马名；厩（jiù）：马棚。

(36) 丹青：颜料。丹，丹砂；青，青雘。采，彩色。

(37) 下陈，后列。侍奉君主的嫔妃、宫女，处于后列。

(38) 宛珠：宛地的珠。宛珠之簪，以宛珠所饰的簪。

(39) 傅：通附。玑（jī 机），不圆的珠。珥（ěr 耳）：妇女耳饰，傅机之珥，缀有珠子的耳饰。

(40) 阿（ē 屙）缟：齐国东阿所产的缟。缟，白色绢。东阿，今分属山东省茌平、寿张二县。

(41) 随俗雅化：随着流行的式样打扮自己。

(42) 冶：美。窈窕，美好貌。

(43) 赵：古代赵国出美女著名。

(44) 瓮：盛水的瓦器。缶：瓦器。

(45) 筝：乐器名。瑟类。搏：击。髀（bì 币）：大腿。

(46) 呜呜：秦地乐歌声。

(47)《郑》《卫》：郑、卫之音，是春秋末年流行于郑国、卫国的民间音乐，以悦耳著称。《桑间》：地名，在濮水（今河南省境）之滨，为卫国男女欢会歌唱的地方。

(48)《韶》：原作“昭”，据《史记索隐》说改。下文同。《韶》《虞》：舜乐名。《武》《象》：周乐名。

(49) 就：取，从。

(50) 适观：舒舒服服地欣赏。

(51) 曲直：是非。

(52) 跨：驾凌，喻统一。

(53) 太山：即泰山，在今山东省。让：辞退。

(54) 择：选择，这里是舍弃之意。细流，小水。

(55) 黔首：秦国统治者称百姓为黔首。《史记·秦始皇本纪》载：二十六年，“更名民曰黔首”。黔，黑色。资，资助，给。

(56) 业：这里作动词用，成就其事业的意思。

(57) 藉：借。赍（jī基），给与。这句说，把武器粮食供给寇盗。

(58) 这句说，减少本国的人口而增加敌国的人力。

(59) 这句说，对内使自己陷于虚弱，而对外又和诸侯各国结了许多怨仇。即是说，被逐出者必然恨秦国，等于派了许多仇敌到国外去反对自己。

《谏逐客书》是李斯于秦始皇统一中国前夕，写给秦王的一个奏疏。战国末期，几个大国之间的兼并战争十分激烈。秦国最为强大，其他诸侯国都惧怕秦并吞自己，因而千方百计地遏制秦向外扩张。是时，韩国利用秦国大修水利建设的机会，派一名叫郑国的水工到秦国去，劝说秦王修筑一条很长的灌溉渠，目的是想以浩大的工程，耗费秦国的人力、物力，使其难以对外用兵。可是不久，这一阴谋被识破。于是秦国宗室的贵族大臣纷纷上书，要求秦王下令逐客。李斯为楚人，当然也在被逐之列。就在这种情况下，他收拾行装出走，并留下这个奏疏。由于这个奏疏写得有理有力，秦王读后深受感动，立即撤销了逐客令，并派人把李斯从半途中追回来。

全文的中心论点是：驱逐客卿是错误的。围绕这个中心论点，文章分五个层次进行论述。

首先，提出总论点：驱逐客卿是错误的。统领全文。该段有两个特点：一是开门见山，简洁明快。起句即见事实，即一开头就点明文章议论的中心事件是“逐客”；起句即见用意，即一开头就表明中心思想是论证“逐客之过”。二是简洁明快中体现着斗争策略。《谏逐客书》是写给一个特殊的读者——秦王看的，旨意又是反对这个操生杀大权者的“逐客”成命，而李斯本人也在被逐之列，因此，这个奏疏的成败得失，不仅关系到秦国的命运，而且关系到李斯本人的利害。这就要求奏疏特别注意策略和分寸。当时韩国水工事件，已闹得朝野上下沸沸扬扬。秦国贵族借机排斥打击客卿，矛盾十分尖锐。对此，李斯有意只字不提，只用“臣闻吏议逐客”六字，轻描淡写，一笔带过，而且态度谦卑，语气缓和，这就避开了对主张逐客的权贵们的刺激，绕过了许多可能发生的是非纠缠，并给秦王留下了回旋余地，便于他收回成命。

接着，通过铺陈秦国发展史上的四位君王重用客卿而取得巨大成就的事实，说明没有客卿的功劳，就没有秦国今天的富庶和强大。这里要注意两点：一是秦国历史上的君王很多，为什么只以穆公、孝公、惠公、昭公四位为例？

那是因为这四位君王最重用客卿，所取得的成就最突出，因而也就最能说明任用客卿的重要。二是一口气铺排了四位君王重用客卿的事实，为什么没有重复之感？那是因为在铺排中，作者所取的侧重点有所不同：写穆公用客卿，重在广纳人才；写孝公用客卿，重在变法治国；写惠王用客卿，重在四面扩张；写昭王用客卿，重在打击豪门。其实四位君王重用客卿，富国强兵，对外扩张，有许多共同之处，这里故意避同取异，变化角度，既显示了各自的特点，又避免雷同之嫌。

继之，通过大量铺陈秦王所喜爱的珍宝、美色、音乐，来说明驱逐客卿是错误的。首先，极力铺陈秦王所喜爱的珍宝、美色、音乐，是为了突出这些玩好之物都是别的诸侯国所产，从而与秦王唯独在用人上排斥客卿构成对比，说明秦王下令逐客是与自己的其他作为相矛盾的，是违背常理的；接着又进一层，通过秦王喜爱别国出产的"物"而排斥从别国投来的"人"这一对比，说明逐客是"重物轻人"的表现，并指出这一轻重倒置的做法，是与秦王意在统一天下、制服诸侯的根本目的背道而驰的。

之后，又从理论上阐明纳客与逐客的利与害：纳客就能"无敌于天下"，逐客则是削弱了自己而资助了敌国。这一段又分四个小层次：先用"地广者粟多，国大者人众，兵强则士勇"的道理说明招纳人才要多多益善；再用泰山、河海作喻，说明君王只有广纳人才才能使自己的功德昭著；又用五帝三王广纳人才而无敌于天下的历史事实，说明广纳人才的重要；最后用"今"字一转，落实到秦王"却宾客"的严重危害上，古今对比，利害彰明。

最后，指出逐客必将造成秦国的危亡，总收全文。这一段，针对前面各段来收束："物不产于秦，可宝者多"一句，结第三段之意；"士不产于秦，而愿忠者众"一句，结第二段之意；"今逐客以资敌国，损民以益仇"一句，结第四段之意；最后"求国无危，不可得也"一句，回应第一段的总论点，把逐客之"过"上升到亡国的高度，强化主题，十分有力。

《谏逐客书》之所以能说服秦王，不仅是由于李斯能抓住秦王的最大欲望，站在统一天下的高度来论，而且也以写作技巧取胜。

一、环环扣击要害。战国末期，几个大国逐鹿中原，秦王的最大欲望就是尽快并吞六国，统一天下。李斯正是从秦王的这一最大欲望着眼，把每个层次的结论，都集中在这一根本利害关系上：纳客就能统一天下，逐客就可能亡国。这就抓住了关键，打动了秦王的心。

而且，这种环环扣击要害的写法，又是由远到近、由轻到重、层层推进、步步升级的。大体说来，第二段道古，第三段道今，第四、五段说到将来，时间推移有序。道古是借鉴历史，论今是分辨是非，将来关系到家国命运，利害渐趋切近。第二段的结论是，没有客卿的功劳，就没有秦国今天的富强，将“统一天下”之意留在言外，让秦王思而得之。第三段引出“重物轻人”不是“跨海内，制诸侯之术”的结论，直接提出统一天下的问题，切中了要害。第四段的结论是，逐客就等于“藉寇兵而赍盗粮”，削弱了自己而资助了敌国，立意比前一段又进一层，最后一段则干脆说逐客就要亡国，从而把逐客的危害引申到了极点。这种由轻渐重、步步进逼的立论特点，符合人的心理接受规律，它不仅避免了开首突兀冲撞，造成相反结果的可能性，而且可以使被劝说者不知不觉就落入了劝说者的思想轨道，从而收到水到渠成的效果。

二、事实胜于雄辩。说服至尊无上的君王，不宜过分宣泄大道理，以免产生盛气凌人之嫌。用无可辩驳的事实说话，尽量让对方自己得出结论，更容易达到说服目的。

本文二、三两段主要是摆事实，而且这些事例是切近的、典型的。秦王急于富国强兵，统一天下，就用他最熟悉的秦国历史上“以客之功”的君王作为实例，而且是从众多君王中选取四个成就最大的君王为典型；秦王最喜好、最熟悉身边的珍宝、美色、音乐，就大大铺陈这方面的事实，并引出“重物轻人”这一发人深思的道理。事例充分，启发诱导力强，稍加点拨，即可使对方得出正确结论；事例切近，使对方易于理解，便于接受；事例典型，强化了说理的依据和分量。

三、铺陈手法和排比句式的大量运用。因二、三两段是用大量事实说话，所以采用了铺陈手法，论据充实，文气饱满。

铺陈要有变化，否则会产生烦琐、臃肿之感。本文铺陈的变化，主要体现在三方面：一是角度的变化，连写四位君王“以客之功”的事实，各取一个侧重点；二是句式的变化，罗列大量珍宝、美色、音乐，大意相同，但格式不同；三是用词的变化，写穆公八方求士，用“取”“得”“迎”“来”四个近义词，避免重复；写惠王四面扩张，用“拔”“并”“收”“取”“包”“制”

"据""割"八个动词，灵活多变；写秦王获得珍宝，用"致""有""重""服""乘""建""树"七个动词，分别与一定的名词配搭，贴切自然。由于铺陈中角度、句式、用词的同中有变，变中有同，所以铺陈虽多，仍能一气贯通，做到了恣肆与严谨的相辅相成。

排比句的大量运用，是与铺陈手法相对应的一个语言特点。排句接踵联翩，语意畅达，气势充沛，感染力强。不少排句有对偶特点，增强了句式的对称美和音调的节奏感。本文综合运用铺陈、排比和对偶等方法，使文章具有骈俪的特色，体现了先秦散文向汉赋的过渡，而且大大强化了语言的说服力量。

四、正反论证，利害对举，反复对比，透彻有力。本文反复用正面论述和反面推理相结合的方法进行说理。第二段中，四位君王的"以客之功"的事实是正面例证，"向使"一转，则折入反面推理。第三段中，"用外物"与"逐客卿"、"重物"与"轻人"的双重对比中，也包含着正反论证。第四段中，五帝三王之成功与秦王却客以助仇，也是正反对比论证。正面论述以强调纳客之利，反面推理以突出逐客之害，一正一反，一利一害，两相对照，是非明显，利害昭晰。品味全文，正反论证中处处交织着昔与今、物与人、纳客与逐客、利与害、损己与益仇、统一与亡国的鲜明对比，因而做到了论证切中腠理，劝说精警逼人，大大增强了说服力。

贾　谊

贾谊（前200—前168），洛阳（今河南省洛阳市）人。汉文帝初年，由洛阳守吴公推荐，被召见，官至大中大夫。力主改革政制，因被权贵中伤，出为长沙王太傅。四年后，复被召为梁怀王太傅。怀王坠马死，谊自伤为傅无状，郁郁而死。贾谊在政治上建议逐步削弱地方割据势力，巩固中央政权，以全力抗击匈奴；并强调重农，充裕民食。政论文如《陈政事疏》《论积贮疏》《过秦论》等，分析形势，陈述利害，内容充实，具有说服力。辞赋以《鹏鸟赋》《吊屈原赋》最有名。后人辑其文为《贾长沙集》。另外著有《新书》十卷。

过秦论上

秦孝公据殽函之固[(1)]，拥雍州之地[(2)]，君臣固守，而窥周室[(3)]；有席卷天下、包举宇内、囊括四海之意[(4)]，并吞八荒之心[(5)]。当是时，商君佐之[(6)]，内立法度，务耕织，修守战之备；外连衡而斗诸侯[(7)]。于是秦人拱手而取西河之外[(8)]。

孝公既没，惠王、武王蒙故业[(9)]，因遗册，南兼汉中，西举巴蜀[(10)]，东据膏腴之地，收要害之郡[(11)]。诸侯恐惧，会盟而谋弱秦，不爱珍器重宝肥美之地，以致天下之士，合从缔交，相与为一。当是时，齐有孟尝，赵有平原，楚有春申，魏有信陵[12]。此四君者，皆明知而忠信，宽厚而爱人，尊贤重士，约从离衡[13]，兼韩、魏、燕、楚、齐、赵、宋、卫、中山之众[14]。于是六国之士，有宁越、徐尚、苏秦、杜赫之属为之谋，齐明、周最、陈轸、召滑、楼缓、翟景、苏厉、乐毅之徒通其意，吴起、孙膑、带佗、倪良、王廖、田忌、廉颇、赵奢之朋制其兵[15]，常以十倍之地，百万之众，叩关而攻秦。秦人开关延敌，九国之师，逡巡遁逃而不敢进[16]，秦无亡矢遗镞之费[17]，而天下诸侯已困矣。于是从散约解，争割地而奉秦。秦有余力而制其敝，追亡逐北，伏尸百万，流血漂卤[18]，因利乘便，宰割天下，分裂河山。强国请服，弱国入朝[19]。

延及孝文王、庄襄王，享国之日浅，国家无事[20]。及至秦王[21]，继六世之余烈[22]，振长策而御宇内[23]，吞二周而亡诸侯[24]，履至尊而制六合[25]，执棰拊以鞭笞天下[26]，威震四海。南取百越之地，以为桂林、象郡[27]。百越之君，俛首系颈，委命下吏[28]。乃使蒙恬北筑长城，而守藩篱[29]，却匈奴七百余里。胡人不敢南下而牧马，士不敢弯弓而报怨[30]。

于是废先王之道，焚百家之言，以愚黔首[31]。隳名城，杀豪俊，收天下之兵，聚之咸阳，销锋铸鐻，以为金人十二，以弱黔首之民[32]。然后斩华为城，因河为津[33]，据亿丈之城，临不测之溪以为固。良将劲弩，守要害之处；信臣精卒，陈利兵而谁何[34]！天下已定，秦王之心，自以为关中之固，金城千里，子孙帝王万世之业也[35]。

秦王既没，余威振于殊俗[36]。（然而）陈涉，瓮牖绳枢之子[37]，甿隶之人，而迁徙之徒也[38]，才能不及中人，非有仲尼、墨翟之贤，陶朱、猗顿之富[39]；蹑足行伍之间，而倔起什伯之中[40]，率罢散之卒，将数百之众，而转攻秦[41]，斩木为兵，揭竿为旗，天下云集响应，赢粮而景从[42]，山东豪俊遂并起而亡秦族矣。

且夫天下非小弱也[43]。雍州之地，殽函之固，自若也[44]。陈涉之位，非尊于齐、楚、燕、赵、宋、卫、中山之君；鉏櫌棘矜，非铦于句戟长铩也[45]。适戍之众，非抗于九国之师也[46]；深谋远虑，行军用兵之道，非及乡时之士也[47]。然而成败异变，功业相反也。试使山东之国与陈涉度长絜大[48]，比权量力，则不可同年而语矣。然秦以区区之地，千乘之权[49]，招八州而朝同列[50]，百有余年矣。然后以六合为家，殽函为宫[51]。一夫作难而七庙堕[52]，身死人手，为天下笑者，何也？仁义不施，而攻守之势异也[53]。

注释：

(1) 秦孝公：名渠梁，公元前361—前338年在位。殽函，即秦函谷关。在今河南省灵宝县西南。殽，一作崤。关在西崤山谷中，深险如函，故名曰崤函。秦国据有崤函，大概在秦孝公十四年到二十三年之间，已是孝公晚年的事了。

(2) 雍州：《禹贡》九州之一。约占有今陕西省主要部分，及甘肃全省和青海省部分地区。雍州四面有河山之阻，为形势扼要的四塞之地。

(3) 窥：伺机而取之意。周室：指微弱的东周王朝。

(4) 席卷天下三句：席卷，像卷席子一样全部卷了去。包举：像打包袱一样全都裹包了去。囊括，像装袋子一样全部装了进去。囊：口袋。三句都是统一天下的意思。

(5) 八荒：荒是远的意思。占代称四方最边远之地，曰“四荒”。四正方之外再加以四隅方，故称为“八荒”。

(6) 商君：即商鞅。本卫之庶公子，一称卫鞅。西入秦，佐秦孝公变法，使秦富强，后来秦孝公以商於之地（今陕西省商县）封鞅，号曰商君。

(7) 连衡：即连横。东西为横，南北为纵，当时各国间有两种政治斗争的策略：处于西方的秦与东方齐、楚等国个别联合以打击其他国家，叫作连横；东方各国北自燕，南至楚联合起来以抗秦，叫作合纵。

(8) 拱手：两手合抱表示敬意貌。这里是形容很轻易的样子。西河之外，指魏在黄河以西的广大土地。《通鉴》载：秦孝公二十二年使商鞅伐魏，袭虏公子卯，大破魏师，“魏惠王恐，使使献河西之地于秦以和”。

(9) 惠王、武王：《汉书》所载《过秦论》作“惠、文、武、昭、襄”，《文选》作“惠、文、武、昭”。以下文所举事例看来，应当是指惠文王、武王、昭襄王三世事。此“惠王武王”，系作者约举。

(10) 因：遵循。册：一作策。遗册，指孝公记载政治规则的简册。巴、蜀：皆古国名。巴，在今四川省东部。蜀，在今四川省西部。

(11) 秦武王四年，攻取韩宜阳（在今河南省宜阳县西，迫近东周王朝）。昭襄王二十年，魏献其河东之故都安邑。魏、韩、赵皆曾割地求和。即所谓要害之郡与膏腴之地。

(12) 这是将不同时代的四公子并同列举，以综括前后八十年间东方人才荟萃的形势。孟尝君田文、平原君赵胜、春申君黄歇、信陵君魏无忌，皆以招致宾客著称。

(13) 从：同纵，合纵。约从离衡，使山东各国“合纵”相亲，以击破秦人的“连衡”。

(14) 并：联合起来。

(15) 以上所列举的这谋划、外交、军事上的著名人才，有的到今天已不知他们的事迹，如宁越、徐尚、翟景、倪良、带佗、王寥等。之属、之徒、之朋，意同，即这一些人。制，掌握的意思。

(16) 常：通尝，曾经。关：就是函谷关。关据山谷，故攻关为仰攻。延，引他进来。逡巡，背行而后退貌。班固《汉书》及贾谊《新书》皆无遁逃二字。此段所论，当系公元前318年（秦惠文王二十年）五国攻秦事。《通鉴》载此年事云："楚、赵、魏、韩、燕同伐秦，攻函谷关口，秦人出兵迎之，五国之师皆败走。"亦即《史记·楚世家》所载"怀王十一年，苏秦约从，山东六国兵攻秦，楚怀王为从长。至函谷关，秦出兵击六国，六国兵皆引而归"之事。

(17) 镞：箭头。

(18) 制其敝：控制并利用他们的弱点。追亡逐北，追逐败走的逃亡者。北：败走。卤：大的盾牌。《国策·中山策》载：秦与韩、魏战于伊阙（今河南省洛阳县南），"大破二国之军，流血漂卤。斩首二十四万。韩，魏至今称东藩"。此公元前293年（秦昭襄王十四年、楚顷襄王六年）事。伏尸百万，是夸张之词。

(19) 公元前302年后，魏、韩、皆曾朝秦，自比于藩臣之列。东周君亦朝秦。至公元前254年（秦昭襄王五十二年）后，西周君尽献其地。各国皆服于秦。魏且委国听令。（皆见《史记·秦本纪》）

(20) 秦昭襄王在位五十六年之间，帝业已基本建立。所遗留的尚有两种任务：一是扫尾工作；一是建立新帝国的规划。孝文王在位数日，庄襄王在位也仅首尾三年，此期间无重大发展，故云"无事"。

(21) 秦王：即秦始皇。《新书》及《文选》皆作始皇。下面所论事例，是综括前后来说，不尽是始皇时事。

(22) 续：继承。一作奋。六世：指秦孝公、惠文王、武王、昭襄王、孝文王、庄襄王。（《史记集解》引张晏说）余烈：遗留下来的功业。

(23) 长策：长鞭。御：驾驭。此句以牧马来比喻秦的控制天下。

(24) 东周王朝在最后的周赧王时，东西周分治。西周都于旧东都王城，东周则都巩，史称西周君、东周君，故云二周。西周灭于昭襄王五十一年，东周灭于庄襄王元年。亡诸侯：指六国皆亡，则在始皇二十六年（前223年）。

(25) 履：足登其位曰履。至尊：指皇帝，以其地位最高，故曰至尊。制：控制。六合：天地四方。

(26) 棰（chuí 垂）：杖。拊（fǔ 府）：即棓，大棒。鞭笞（chī 痴）：鞭打，这里意即统治。

(27) 百越：也称百粤。古越族种类繁多，故称百越。散居于今浙江、福建、广东、广西等地。《汉书·地理志》云："自交阯至会稽，七八千里，百粤杂处，各有种姓。"春秋间越国及楚国皆开百越地，至秦更向南开展。桂林郡（今广西壮族自治区北部及东部地区）、象郡（今广西壮族自治区南部及以南以西地区），均为秦所开置的新郡。

(28) 俛：同俯。古代向人表示降服的时候，自以组带系颈。下吏：秦下级官吏。越人系颈降服，听从下吏的支配。

(29) 藩篱：篱笆，这里引申为边疆。

(30) 士：指胡人的军士。弯弓：把弓张开。报怨：报驱逐他们的怨恨。此后，匈奴的首领冒顿畏秦，率部北徙。

(31) 黔：黑色。黔首，秦国统治者对百姓的称呼。

(32) 隳（huī 灰）：毁坏。兵：兵器。咸阳，秦都城，在今陕西省咸阳市东。销，毁。锋，指兵器。鐻（jù 巨），钟鼓的架子。《秦始皇本纪》载：二十六年，"收天下兵，聚之咸阳，销以为钟鐻金人十二，重各千石（二十四万斤）"。他以为这样做，人民就不会再有反抗他的武器。

(33) 斩：截开。作"践"，是。践华，据守华山以为帝都东城。津：渡口。这里是说以黄河作帝都的护城河。

(34) 信臣：忠诚可托之臣。谁何：古词汇成语。何，是呵问。谁何，关塞上哨兵诘问出入者之意。

(35) 关中：秦以函谷关为门户，关中指秦雍州地。金城：言都城像钢铁般坚固。从前秦以函谷关为东部要塞，今则以函谷为都城东门。万世之业．始皇的命令中曾说："朕为始皇帝，后世以计数。二世、三世、四世，至于万世，传之无穷"。

(36) 殊：异。殊俗，指边远地区风俗不同的部族。

(37) 牖（yǒu 有），窗。瓮牖，用破瓮砌为窗户。枢：是门扇开关的枢轴。绳枢，用绳子系着门板。句首括弧中"然而"二字，依照《汉书》补。

(38) 甿：古氓字，种田之民。隶，贱者之称。迁，谪罚。迁徙之徒，谪罚到边地作戍守的士卒。《史记·陈涉世家》："二世元年七月，发闾左适（谪）戍渔阳。"陈涉即是这次征发的士卒。

(39) 仲尼：孔子字。陶朱：即范蠡。范蠡弃官经商于陶（在今山东省曹县），号陶朱公。猗顿：鲁人，以经营盐业致富。

(40) 蹑（niè 臬）：践履意。行（háng 航）和伍，皆军队下层组织名称。倔起，倡首起义。什伯，军队中小头目。《汉书·陈胜传》："（陈）胜、（吴）广皆为屯长。行至蕲（在今安徽省宿县）大泽乡……胜自立为将军，攻大泽乡，拔之。"

(41) 罢：同疲。罢散，疲困散乱。转：辗转。随地收兵，辗转推进之意。

(42) 赢（yíng 盈）：担负。景：同影。

(43) 这句说，秦之天下并未外受侵夺削弱。

(44) 自若：仍然和从前一样。

(45) 鉏：即锄字。櫌（yōu 优）：打土块的木棒。棘矜：是用棘木做的杖，古代也叫杖作矜。铁，一作銛（xiān 先），锋利。句（同拘），戟，一名钩釨，刃端有小枝似鉤形。铩（sh 杀），是长矛类兵器。

(46) 适戍：即被谪征发戍守边地之兵。适，同谪。抗：同亢，高出之意。

(47) 乡（xiàng 向），同向。乡时，早先，从前，这里指六国联合攻秦之时。士，指谋士。

(48) 度量物的粗细叫做絜（xiè 谢）。度长絜大，是说较量长短大小。

(49) 区区：小貌。雍州较之天下则为区区。千乘：古称可出千辆兵车的国家曰“千乘之国”。权，势力。

(50) 八州：雍州以外的八州。古分中国内部辖区为九州，《尔雅·释地》：“两河间曰冀州。河南曰豫州。河西曰雍州。汉南曰荆州。江南曰扬州。济、河间曰兖州。济东曰徐州。燕曰幽州。齐曰营州。”招：是说招令入朝于秦。招，《贾子》作“序”，俞樾说，序是给他们排列次第。朝同列，东方诸侯本来和秦同列，后皆入朝于秦，称藩臣。

(51) 六合为家：把天地四方之内都作为秦帝国的私有产业。殽函为宫，上面说过秦扩大帝都到函关和黄河，则函关以西，可以看作他的宫室。

(52) 堕：毁废。一作隳。古代天子才建七庙之制。

(53) 仁义不施两句：大意是，秦从前兼并六国时处于攻势，故可依恃地险，采用诈力，取得成功。但在统一天下后，形势已不同了，就需要顺应新的情况，施行仁义，才能守住天下。中篇所谓“夫兼并者，高诈力；安定者，贵顺权；此言取与守不同术也”，即指此意。

《过秦论》分上、中、下三篇，旨在指责秦在政治上的过失，揭示秦至二世而亡的主要原因，为汉文帝改革政治提供借鉴。鲁迅先生在《汉文学史纲要》中，盛赞贾谊之文是“沾溉后人，其泽甚远”的西汉鸿文。这里选的是上篇，重在述评秦之兴起、灭亡及其原因，意在阐明夺天下者可以靠权术和暴力，而巩固政权者则必须施行仁义。

文章以史带论，论证方式颇为奇绝，文辞精彩，气势雄浑，千百年来脍炙人口。全文由五段构成，而竟用四大段叙述叱咤风云百余年的强秦如何从胜利顶峰走向失败和灭亡，极力渲染“七庙堕，身死人手，为天下笑”的悲剧，最后通过催人警醒的分析对比，雄辩而不容置疑地从“果”中推导出“因”来。

首先写秦的地理优势及秦孝公的功业。第一句先叙秦孝公时秦国地理形势的险固和并吞天下的雄心。作者连用“席卷天下”“包举宇内”“囊括四海”“并吞八荒”四个意思大致相同的词组，极能显示秦孝公的雄心之大，在修辞上收到了强调的效果。第二句叙秦孝公用商鞅变法，力图富强。为实现统一，对内厉行法治，发展生产，充实战备；对外实行“连横”策略，利用六国之间的矛盾，使他们互相斗争、削弱，坐收渔人之利。最后用“于是”承上文作结束，指出秦国执行这些政策的效果——“拱手而取西河之外”，奠定了强盛的基础。

接着叙述秦孝公死后，惠文、武、昭襄三世和孝文、庄襄二世的赫赫功业。这一段可分五层：第一层（“孝公既没……北收要害之郡”），点明秦孝公死后秦国在已有的基业和策略的基础上，用武力向四外推进，疆域日广。“南取汉中……北收要害之郡”，这些对偶语句，写出了秦国武力的强大。第二层（“诸侯恐惧……叩关而攻秦”），叙述由于秦国的日益强盛，引起了诸侯的恐惧，使他们不得不罗致人才，采取“合纵”策略，共谋削弱秦国。文章具体地罗列了各国的许多人才，极力渲染反秦声势的浩大，以衬托秦国之强。第三层（“秦人开关延敌……而天下诸侯已困矣”），正面叙述秦国之强。诸侯“尝以十倍之地，百万之师”攻秦，似乎可以绝对战胜秦国，而结果是秦国“开关延敌”，毫不费力地击败“九国之师”。文章把诸侯之“谋弱秦”写得紧张忙碌，把秦国之困诸侯，写得从容轻易，极能显示秦国实力的强大。第四层（“于是从散约解……弱国入朝”），叙述六国攻秦失败以后，争着割地赂秦。于是秦国乘势“宰割天下，分裂山河”，结果是“强国请服，弱国入朝”。第五层（“延及孝文王……国家无事”），叙述孝文王、庄襄王犹得享受他们祖先的余威。这一段从“孝公既没”起，都是写秦国之强，文笔转折很多，滔滔滚滚，如急水过峡。最后“延及孝文王……”一句是文字停顿处。明朝归有光说这里“如人吐气”，读这一段，确实有这种感觉。

之后淋漓尽致地铺叙秦始皇的功业。这一段可分为两层：第一层（“及至秦王……士不敢弯弓而报怨”），写秦始皇登上皇帝宝座以后，力量越来越强大，南取百越，北筑长城，使得“胡人不敢南下而牧马，士不敢弯弓而报怨”。文章从开端写到这里，都是论“攻”，以下论“守”。第二层（“于是废先王之道……子孙帝王万世之业也”），写始皇一面削弱人民的力量，一面加强自己的武备，巩固他的统治，自以为子子孙孙可以永为帝王。这一段极力写始皇之盛，以映衬下文所叙秦朝灭亡之速。

继之叙述秦朝覆灭之速。开头“始皇既没，余威震于殊俗”一句，承接上文，把始皇的威势和秦国的强盛再宣扬一笔，然后紧接着用“然”字一转，把文章转到相反的面——秦朝的灭亡却也很快。文章要说秦朝如何不得人心，如何得不到人民的支持，却极力写陈涉出身的贫贱，说他尽管没有社会地位，兵不强，人不多，武器缺乏，可是把义旗一举，居然卷起巨大的风暴，摧毁了秦朝的残暴统治。这样写，更能显示推翻秦朝并不是难事。

最后在上述大量事实的基础上，论“攻守之势异”，引出秦朝灭亡的原因。这段首先指出秦朝的江山依旧，与第一段开端的话相照应。接着又就陈涉的地位、武器、兵力、人才几个方面跟过去为秦所灭的诸侯作比较，说明陈涉的力量显然不能与“山东六国”相提并论（照应前边第二段）；可是在对秦的斗争中成功的是陈涉，失败的是六国。再就秦国来说，“秦以区区之地，致万乘之势”，“以六合为家，崤函为宫”（照应前边第一、二、三段），固非一朝一夕之功，可是“一夫作难而七庙堕，身死人手，为天下笑”，灭亡如此之速（照应第四段），这到底为什么呢？回答这个问题，便是全文的结论：秦朝灭亡的原因就在于：“仁义不施，攻守之势异也。”全文一直都在述说秦朝灭亡的始末，直到结尾一句，才用下判断的话，把文章的中心意思说出来，写得极为有力。就写作技巧来看，这篇文章前四段按历史的顺序叙事，议论的部分很少，作者的立场，是通过叙事来表明的。第五段是议论，议论的根据就是前边叙述的那些历史事实，结论是从分析史实中得出来的。层次清楚，逻辑性和说服力都很强。

从全文看，文章虽用了大量篇幅记叙，但为的是运用前后反比论证法。文中繁富的史实，构成四组对比，即秦国先兴与后亡对比，秦与诸侯国对比，陈涉与诸侯国对比，秦和陈涉对比。这四组对比有力地证明了秦具有悲剧性的结局。全文的中心论点放在秦亡的原因上。而这原因，则是从秦悲剧性结局中，顺理成章地推导出来的。

在语言方面，本篇多用词采华丽的对偶句和排比句，开阖纵横，气势充沛，具有强烈的论辩力量。有时数语一意，运用同义和近义词语构成排比，一气呵成。如“席卷天下，包举宇内，囊括四海，并吞八荒”，这四个同义叠用的动宾词组，都有“并吞天下”的意思。作者一连用了四组，起了恣意渲染秦孝公“虎狼之心”的作用。有时一意数语，用结构相似的词组或句子构成排比，起语意互补作用。如用“南取汉中，西举巴、蜀，东割膏腴之地，北收要害之郡”，这四个排比句，从不同角度强调了秦国力日盛、疆域日广。而排比的结构又往往灵活多变，句子又长短相间，使文气起伏跌宕，错落有致。如“齐有孟尝，赵有平原，楚有春申，魏有信陵”，用的是主谓结构，其后用“此四君者”一转，又用联合结构：“皆明智而忠信，宽厚而爱人，尊贤而重士”，如此连弩般不断翻新句式，给人留下极难忘的印象。

司　马　迁

司马迁，字子长，夏阳（今陕西省韩城县）人，生于汉景帝中元五年（前145），卒年不详。他的先代，世为周代史官。父谈，精熟天文、史事，通晓诸子学术，武帝建元、元封年间，任为太史令。迁少而好学，二十岁以后，游踪几遍全国。武帝元封三年（前108年），迁继任太史令，有机会博览政府所藏的大量书籍。太初元年（前104年）开始着手编写《史记》，天汉二年（前99年），他为了替投降匈奴的李陵辩解，触怒武帝，下狱，被处腐刑。狱中仍继续写作。太始元年（前96年）被赦，出任中书令。当时中书令大都是由宦者充任，因此他深以为耻，忍辱含垢，发愤著述，最后在征和初年（前92年）左右，基本完成这部巨著。不久即去世。

《史记》是我国第一部纪传体通史，记载上自传说中的黄帝，下至汉武帝时代三千多年的历史，共五十二万余字，一百三十篇。内分“本纪”十二篇，按帝王世序和年代记述政治上的重大事件和帝王本人的事迹；“表”十篇，把错综复杂的史实用简明的表格谱列出来；“书”八篇，分别记载礼乐、经济、天文、地理等各方面的情况；“世家”三十篇，主要记载诸侯、王的史事；“列传”七十篇，主要记载官吏、名人以及一部分下属社会的人物。各体相互有机地配合，构成这部“通古今之变”的历史著作。

《史记》的取材非常宏富。作者游踪所至，在各地进行调查研究，又广泛参考《左传》《国语》《世本》《战国策》《楚汉春秋》及诸子百家之书，充分利用了国家收藏的文献。《史记》企图通过考察历史变革过程，稽考成败兴亡的道理，为巩固封建统治提供借鉴。书中对不合理现实和统治阶级的残暴、奢侈、腐朽有比较深刻的批判；对历代爱国爱民、舍己救人的英雄人物（其中包括许多出身中下阶层的人物），则热情地加以歌颂；对农民起义予以相当重视，如列陈涉为世家，对他首先发难之功作了充分估计。全书语言丰富生动，刻画人物，形象鲜明，笔致跌宕，如项羽、张良、廉颇、蔺相如、李广等，无不写得栩栩如生，因而也是一部伟大的传记文学作品，两千年来一直被视为散文的典范。鲁迅先生称其为“史家之绝唱，无韵之《离骚》”。

“史记”二字，原非迁书专名，先秦时代，诸侯国的史书，都可称为“史记”，迁书在《汉书》中颇多异称，《艺文志》中称为《太史公百三十篇》，《杨恽传》称为《太史公记》，《宣元六王传》称为《太史公书》。大约至魏、晋间，始以《史记》为该书专称。

今本《史记》中，有部分是后人所补缀。这些篇章，或是司马迁在当时即未写定，或是已经写定而遭到窜改。除《三王世家》等篇冠有“褚先生曰”四字可肯定系汉代褚少孙所补外，其余已难确定何者为后人所补及其补者为谁。

廉颇蔺相如列传（节选）

廉颇者，赵之良将也。赵惠文王十六年(1)，廉颇为赵将，伐齐，大破之，取阳晋(2)　拜为上卿(3)，以勇气闻于诸侯。

蔺相如者(4)，赵人也。为赵宦者令缪贤舍人(5)。

赵惠文王时，得楚和氏璧(6)。秦昭王闻之(7)，使人遗赵王书(8)，愿以十五城请易璧。赵王与大将军廉颇诸大臣谋：欲予秦，秦城恐不可得，徒见欺；欲勿予，即患秦兵之来。计未定，求人可使报秦者，未得。宦者令缪贤曰：“臣舍人蔺相如可使。”王问：“何以知之？”对曰：“臣尝有罪，窃计欲亡走燕(9)。臣舍人相如止臣曰：‘君何以知燕王(10)？’臣语曰：‘臣尝从大王与燕王会境上，燕王私握臣手曰：“愿结友。”以此知之，故欲往。’相如谓臣曰：‘夫赵强而燕弱，而君幸于赵王(11)。故燕王欲结于君，今君乃亡赵走燕，燕畏赵，其势必不敢留君，而束君归赵矣[12]。君不如肉袒伏斧质请罪[13]，则幸得脱矣。’臣从其计，大王亦赦臣。臣窃以为其人勇士，有智谋，宜可使。”

于是王召见，问蔺相如曰：“秦王以十五城请易寡人之璧，可予不[14]？”相如曰：“秦强而赵弱，不可不许。”王曰：“取吾璧，不予我城，奈何？”相如曰：“秦以城求璧而赵不许，曲在赵。赵予璧而秦不予赵城，曲在秦。均之二策[15]，宁许以负秦曲[16]。”王曰：“谁可使者？”相如曰：“王必无人，臣愿奉璧往使[17]。城入赵而璧留秦；城不入，臣请完璧归赵[18]。”赵王于是遂遣相如奉璧西入秦。

秦王坐章台见相如[19]，相如奉璧奏秦王[20]。秦王大喜，传以示美人及左右[21]。左右皆呼万岁。相如视秦王无意偿赵城[22]，乃前曰：“璧有瑕[23]，请指示王！”王授璧。相如因持璧却立[24]，倚柱，怒发上冲冠[25]，谓秦王曰：“大王欲得璧，使人发书至赵王。赵王悉召群臣议，皆曰：‘秦贪，负其强[26]，以空言求璧，偿城恐不可得。’议不欲予秦璧。臣以为布衣之交尚不相欺[27]，况大国乎？且以一璧之故，逆强秦之欢[28]，不可。于是赵王乃斋戒五日[29]，使臣奉璧，拜送书于庭[30]。何者？严大国之威以修敬也[31]。今臣至，大王见臣列观[32]，礼节甚倨；得璧，传之美人，以戏弄臣。臣观大王无意偿赵王城邑，故臣复取璧。大王必欲急臣[33]，臣头今与璧俱碎于柱矣。”

相如持其璧睨柱[34]，欲以击柱。秦王恐其破璧，乃辞谢固请[35]，召有司案图[36]，指从此以往十五都予赵[37]。相如度秦王特以诈佯为予赵城[38]，实不可得，乃谓秦王曰：“和氏璧，天下所共传宝也[39]。赵王恐，不敢不献。赵王送璧时，斋戒五日，今大王亦宜斋戒五日，设九宾于廷[40]，臣乃敢上璧。”秦王度之，终不可强夺，遂许斋五日，舍相如广成传舍[41]。相如度秦王虽斋，决负约不偿城，乃使其从者衣褐怀其璧[42]。从径道亡[43]，归璧于赵。

秦王斋五日后，乃设九宾礼于廷，引赵使者蔺相如。相如至，谓秦王曰：“秦自缪公以来二十余君[44]，未尝有坚明约束者也[45]，臣诚恐见欺于王而负赵，故令人持璧归，间至赵矣[46]。且秦强而赵弱，大王遣一介之使至赵[47]，赵立奉璧来。今以秦之强而先割十五都予赵，赵岂敢留璧而得罪于大王乎！臣知欺大王之罪当诛，臣请就汤镬[48]，唯大王与群臣孰计议之[49]！”秦王与群臣相视而嘻[50]。左右或欲引相如去。秦王因曰：“今杀相如，终不能得璧也，而绝秦、赵之欢。不如因而厚遇之[51]，使归赵。赵王岂以一璧之故欺秦邪!”卒廷见相如[52]，毕礼而归之。

相如既归，赵王以为贤大夫使不辱于诸侯，拜相如为上大夫。秦亦不以城予赵，赵亦终不予秦璧。

其后，秦伐赵，拔石城[53]。明年，复攻赵，杀二万人。

秦王使使者告赵王，欲与王为好，会于西河外渑池[54]。赵王畏秦，欲毋行[55]。廉颇、蔺相如计，曰："王不行，示赵弱且怯也。"赵王遂行。相如从。廉颇送至境，与王诀曰[56]："王行，度道里会遇之礼毕[57]，还，不过三十日。三十日不还，则请立太子为王，以绝秦望[58]。"王许之。

遂与秦王会渑池。秦王饮酒酣，曰："寡人窃闻赵王好音[59]，请奏瑟[60]。"赵王鼓瑟。秦御史前书曰[61]："某年月日，秦王与赵王会饮，令赵王鼓瑟。"蔺相如前曰："赵王窃闻秦王善为秦声[62]，请奉盆缻秦王，以相娱乐[63]。"秦王怒，不许。于是相如前进缻，因跪请秦王。秦王不肯击缻。相如曰："五步之内，相如请得以颈血溅大王矣[64]!"左右欲刃相如[65]，相如张目叱之[66]，左右皆靡[67]。于是秦王不怿[68]，为一击缻。相如顾召赵御史，书曰："某年月日，秦王为赵王击缻。"秦之群臣曰："请以赵十五城为秦王寿[69]!"蔺相如亦曰："请以秦之咸阳为赵王寿[70]!"秦王竟酒[71]，终不能加胜于赵。赵亦盛设兵以待秦，秦不敢动。

既罢归国，以相如功大，拜为上卿，位在廉颇之右[72]。

廉颇曰："我为赵将，有攻城野战之大功，而蔺相如徒以口舌为劳，而位居我上。且相如素贱人[73]，吾羞，不忍为之下。"宣言曰："我见相如，必辱之。"相如闻，不肯与会。相如每朝时，常称病，不欲与廉颇争列[74]。已而相如出[75]，望见廉颇，相如引车避匿。于是舍人相与谏曰："臣所以去亲戚而事君者，徒慕君之高义也，今君与廉颇同列，廉君宣恶言，而君畏匿之，恐惧殊甚，且庸人尚羞之，况于将相乎！臣等不肖，请辞去。"蔺相如固止之，曰："公之视廉将军孰与秦王[76]?"曰："不若也。"相如曰："夫以秦王之威，而相如廷叱之，辱其群臣。相如虽驽[77]，独畏廉将军哉？顾吾念之[78]，强秦之所以不敢加兵于赵者，徒以吾两人在也。今两虎共斗[79]，其势不俱生[80]，吾所以为此者，以先国家之急而后私也!"廉颇闻之，肉袒负荆[81]，因宾客至蔺相如门谢罪[82]，曰："鄙贱之人，不知将军宽之至此也!"卒相与欢，为刎颈之交[83]。

注释：

(1) 赵惠文王：名何，在位三十三年。赵惠文王十六年即公元前283年。

(2) 阳晋：齐邑，在今山东省菏泽市西北。原本作晋阳，据司马贞《索隐》改。

(3) 上卿：秦以前最高的官位。

(4) 蔺（lìn 吝）：姓。

(5) 宦者令：宦官（太监）的首领。舍人，有职务的门客。

(6) 楚和氏璧：楚人卞和在山里得璞（pú，含有玉的石块），献给楚厉王。王派玉人（琢玉石的匠人）去看，说是石。王以为他诈骗，截去他的左足。武王立，他又去献璞，玉人又说是石，再截去他的右足。文王立，卞和抱着璞在山中号哭。王使玉人剖璞，果得宝玉，因称曰“和氏璧”。事见《韩非子·和氏篇》。

(7) 秦昭王：即昭襄王，名则，在位五十六年（前306—前251年）。

(8) 遗（wèi 畏）：送。

(9) 亡走燕：逃到燕国去。

(10) 何以知燕王：凭什么了解燕王。

(11) 幸于赵王：得赵王的宠爱。

(12) 束君归赵：捆绑您送回赵国。

(13) 肉袒（tǎn 坦）伏斧质：解衣露体，伏在斧质上。袒，脱衣露体。质，同锧，承斧的砧板。斧质，指腰斩人的刑具。

(14) 不：通否。

(15) 均之二策：衡量予璧不予璧两个计策。均，衡量。

(16) 这句说：宁可允许秦的要求，使秦负理曲的责任。

(17) 奉：同捧。

(18) 完璧归赵：使璧仍旧完整无缺地归还赵国。

(19) 章台：秦离宫，旧址在今陕西省长安县故城西南角。

(20) 奏：进献。

(21) 这句说，秦王把璧传递给姬妾和左右近侍看。

(22) 偿赵城：把十五城补偿给赵国。

(23) 瑕：小赤点。璧贵洁白，有小赤点就是毛病。

(24) 却立：倒退几步立定。

(25) 怒发上冲冠：愤怒得头发直竖，顶起帽子。形容极其愤怒。

(26) 负：仗倚。

(27) 布衣之交：平民交朋友。古代平民只穿麻布、葛布，因称平民为布衣。

(28) 逆：拂逆，触犯。

(29) 斋戒：古人祭祀鬼神时，必先沐浴更衣，不饮酒，不茹荤，不妄行动，不苟言笑，表示虔诚，称斋戒。

(30) 书：指赵王复信。庭：通廷，听政的朝堂。

(31) 严：尊重。修敬：致敬。

(32) 列观（guàn 贯）：一般的台观。观：同馆。说明秦对赵使的不尊重，故不在朝廷接见。

(33) 急：逼迫。

(34) 睨（nì 腻）：斜视。

(35) 辞谢：道歉。固请：坚决请相如不要把璧撞破。

(36) 有司：指职有专司的官吏。案：同按。案图：查明地图。

(37) 都：城。

(38) 特：但。佯：假装。

(39) 共传：犹公认。

(40) 设九宾：一种外交上最隆重的仪式。由傧相九人依次传呼接引宾客上殿。宾：同傧。

(41) 舍：安置。广成：宾馆名。传舍：宾馆。

(42) 褐（hè 曷）：粗麻布短衣。

(43) 径道：小路。

(44) 缪公：即秦穆公任好。缪：通穆。从缪公到昭王共二十二君。

(45) 坚明约束：坚决明确地遵守信用。约束：信约。

(46) 间：顷间，这会儿。一说，间：抄小路，与上“从径道亡”句相应。

(47) 介：通个。

(48) 镬（huò 或）：大锅。这句说，愿受烹刑。

(49) 熟：仔细。

(50) 嘻（xī 希）：苦笑声。

(51) 因而厚遇之：趁此好好地待他。

(52) 卒廷见相如：终于在朝廷上接见相如。

(53) 拔：攻取。石城，在今河南省林县西南。事在赵惠文王十八年，秦昭襄王二十六年，公元前 281 年。

(54) 欲与两句：为好，联欢。西河，黄河西边。渑（miǎn 免）池，今河南省渑池县。事在赵惠文王二十年。

(55) 欲毋行：想不去。

(56) 诀：诀别时相约。

(57) 这句说，估计前往渑池的路程和会谈完毕的时间。

(58) 绝秦望：断绝秦国要挟敲索之望。

(59) 寡人：诸侯自称，谦言德行少。好音：爱好音乐。

(60) 瑟：乐器。比琴长大，通常有二十五弦。

(61) 御史：官名。战国时御史专管图籍、记载国家大事。

(62) 秦声：秦国的音乐。

(63) 盆缻（fǒu 否）：均瓦器。缻：同缶，盛酒浆的瓦器。秦人敲打盆缶作为唱歌时的节拍。这句意思要秦王击缶。

(64) 五步两句：意思说，您不答应，我要和您拼命。五步之内，言距离近，秦王的卫士不能保卫他。

(65) 刃：刀锋，这里作杀解。

(66) 叱：喝骂。

(67) 靡：倒退。

(68) 怿（yì 亦）：快乐。

(69) 为秦王寿：向秦王献礼。

(70) 咸阳：秦国都，在今陕西省咸阳市东。

(71) 竟酒：宴会完毕。

(72) 右：朝见时席位以右为尊，以左为卑。廉颇也是上卿，蔺相如的位置排在廉颇之上。

(73) 素贱人：相如是太监的家臣，本来出身微贱。素：素来。

(74) 争列：争位次的上下。

(75) 已而：过了一些时候。

(76) 孰与秦王：比秦王怎样。孰与，何如。

(77) 驽：愚笨，拙劣。

(78) 愿：但是。

(79) 两虎：喻自己和廉颇。

(80) 不俱生：谓必有一死。

(81) 负荆：背着荆条，表示愿受鞭打。

(82) 因宾客：通过宾客的关系。

(83) 刎颈之交：共患难、同生死的朋友，彼此可以为对方牺牲。刎（wěn 吻），割。

这篇人物传记，是《史记》的优秀篇章之一。作者选取“完璧归赵”“渑池之会”“廉蔺交欢”三个典型事件，成功地塑造了蔺相如勇敢机智、不畏强暴的形象，并表现了他深明大义，“先国家之急而后私仇”的品质。同时，还用十分简洁的文字描写廉颇，凸现了廉颇的公忠体国、勇于改过的精神。

全文共13个自然段。按故事情节可归纳为四大段，第1、2自然段为一大段，简介廉、蔺身份地位。悬殊的地位，形成鲜明的对比，为以后廉蔺矛盾的产生埋下伏笔。第3至9自然段为二大段，以和氏璧为线索，记叙蔺相如“完璧归赵”的始末。第10至12自然段为三大段，记叙渑池之会，蔺相如再次挫败秦王的阴谋。第12、13自然段为四大段，记叙廉蔺交欢。

文章用三个故事，描写两个主要人物，表现两种矛盾（秦赵两国矛盾和廉蔺两人的矛盾），可以说是头绪纷繁，但作者都安排得脉络分明，详略得宜。关键是抓住秦赵这对主要矛盾，按照这个矛盾的发展变化来展开故事情节，并把人物置于激烈的矛盾冲突中，从而塑造出真实可信、有血有肉的人物形象。当赵得璧，秦称愿以十五城易璧，实为强夺，文章以此作为缘起引出秦赵之间的冲突，由于秦强赵弱，赵陷入进退维谷的窘境，这时缪贤推荐了蔺相如。蔺相如审时度势，权衡利弊，提出“宁许以负秦曲”的善策，同时不顾个人安危送璧入秦，当秦王无意偿还赵城时，他略施小计，借口“璧有瑕”，巧妙地取回璧，当面斥责秦王的贪心和欺诈，用“臣头今与璧俱碎于柱矣”的拼死精神，迫使秦王作出让步，并先发制人，派人把璧送回赵国。在虎狼之地，瞬息万变，惊心动魄的斗争中，蔺相如的智勇精神如同黑夜中的耀眼火光让人眩目赞叹。在“完璧归赵”中，作者着重写相如在对外斗争中的表现，形象地刻画了他多谋善断、勇敢无畏的性格。以城易璧不了了之，秦王很不甘心，于是出兵伐赵，并出现了渑池之会的斗争。“渑池之会”侧重写相如与秦王“短兵相接”，针锋相对，进一步刻画了相如智勇双全的形象。会上秦王蓄意侮辱赵王，让赵王奏瑟。因此时“赵亦盛设兵以待秦”，在廉颇的有力配合下，蔺相如针锋相对地回敬了秦王的挑衅，捍卫了赵国的尊严。“五步之内，相如请得以颈血溅大王矣”，惊雷闪电般的神威进一步地表现蔺相如的果敢牺牲精神。渑池之会是廉蔺团结，赵国在军事外交上又一次重大胜利。斗争的结果是出身卑微的蔺相如一步步升迁，由上大夫，再“拜为上卿”，位在廉颇之右，因而引起廉颇的不满。这就构成了廉蔺两人的内部矛盾冲突。“廉蔺交欢”侧重写相如坚持“先国家之急而后私仇”的原则，突出了他深明大义的高尚风格。在秦赵之间矛盾趋向缓和的新的历史条件下，过去处于潜伏状态的矛盾就显露出来了，廉颇公开说要羞辱相如，而相如的态度却是平时“不肯与会”，每朝时，不与“争列”，相遇时“引车避匿”。由于蔺相如的忍让、宽宏、顾全大局，终于使廉颇深明大义，负荆请罪，将相更加精诚团结，“强秦之所以不敢加兵于赵者，徒以吾两人在也”，说明内部矛盾是服从外部矛盾获得解决的。这样，廉颇、蔺相如的精神都得以升华。同时本来零散的材料也终于得到有机的组织，人物性格得以充分的刻画，故事波澜起伏，有很强的吸引力。

除此以外，运用对比、衬托的艺术手法来刻画人物性格也是值得玩味的。在强秦提出“以城易璧”的骗局的同时，赵国君举棋不定。作者通过缪贤推荐贤人的这种侧面描写，以及蔺相如与赵王几句明快的答话，这种正面描写同诸大臣的态度形成鲜明的对比，显示出相如是个“勇士”，有智谋。这种对比又为下文的“取璧”“归璧”“廷斥秦王”作了必要的铺垫，才不至于对人物有些突兀的感觉。“渑池之会”是在秦重创赵国后举行的。其背景的交代，对蔺相如在会上的斗争作了有力的衬托。接着又把秦王的色厉内荏、节节退让同蔺相如的先礼后兵、步步进逼进行对比，从而把蔺相如睥睨强权的豪迈气概表现得淋漓尽致。廉蔺的矛盾显露出来之后，又把两人的言行态度进行对比。一方是居功自傲，一方是识大体、顾大局。在简朴的叙述比较中含有深刻的褒贬。为了表现蔺相如这种政治家的高尚品质，又用舍人的气度狭小、目光短浅来进行反衬。就是描写廉颇时，也把前后感情态度作了鲜明的对比，赞美了他勇于改过、深明大义的高贵品质。由于多角度地运用比较、衬托，人物形象的立体感增强了。从这篇文章，我们不难看到司马迁塑造人物的精湛技巧。

文章通过大量的对话和描写来突出人物的思想品质和精神面貌，语言非常精练形象，如蔺相如奉璧奏秦王时，“左右皆呼万岁”，这就显示了秦王的气派，相如没有被这种威势所吓倒，持璧却立，倚柱，怒发上冲冠，寥寥数语，人物形象跃然纸上，栩栩如生。又如“相如持璧睨柱，欲以击柱”，秦王与群臣相视而“嘻”，一个“睨”字突出了人物的神态，一个“嘻”字活画出秦国群臣无可奈何、强作嘻笑的嘴脸，写得惟妙惟肖，活灵活现。

班　固

班固，字孟坚，扶风安陵（今陕西省咸阳市东）人。生于光武帝建武八年（32），卒于和帝永元四年（92）。青年时在太学读书，学问渊博。他因父亲班彪续补《史记》而作的《后传》不够详尽，遂进一步搜集史料，续写父书。有人告发他私改国史，被捕入狱。赖弟班超求见明帝，说明原委；明帝见到他的原稿，也很赞赏；因而得以释放，任为兰台令史。后升为郎，并奉诏撰写《汉书》。和帝永元元年，大将军窦宪出征匈奴，命班固为中护军，随同出征。永元四年，和帝因宪企图谋反，迫令自杀。班固也被捕，死于狱中。其时《汉书》尚未全部写完，后由妹班昭和马续继续写成。

《汉书》共一百卷，是我国最早的纪传体断代史。记事起自高祖元年（前206），迄于王莽地皇四年（23），记载了整个西汉一代史事，由十二本纪、八表、十志、七十列传组成，共一百篇，后人分为一百二十卷。在体例和内容上虽多有承袭《史记》之处，但史料丰富，保存了许多重要文献，在史学上有相当高的地位。《汉书》思想内容上封建正统观点比较浓厚，进步性不及《史记》，但一部分篇章表扬、同情民族志士或正直之士，讽刺、批判了某些封建统治者，仍有可取。文章结构谨严，某些篇章的描写也颇生动。语言简练，时有骈偶文句，开世骈文的先声。

班固同时是汉代的重要辞赋家。所作《两都赋》），规模宏大，是汉赋中描写京都的最早作品。

苏武传（节选）

武，字子卿。少以父任，兄弟并为郎[1]。稍迁至栘中厩监[2]。时汉连伐胡，数通使相窥观[3]。匈奴留汉使郭吉、路充国等[4]，前后十余辈[5]。匈奴使来，汉亦留之，以相当[6]。

天汉元年[7]，且鞮侯单于初立[8]，恐汉袭之。乃曰："汉天子，我丈人行也[9]。"尽归汉使路充国等[10]。武帝嘉其义，乃遣武以中郎将使持节送匈奴使留在汉者[11]，因厚赂单于[12]，答其善意。

武与副中郎将张胜及假吏常惠等[13]，募士斥候百余人俱[14]。既至匈奴，置币遗单于[15]，单于益骄，非汉所望也。方欲发使送武等，会缑王与长水虞常等谋反匈奴中[16]。

缑王者，昆邪王姊子也[17]。与昆邪王俱降汉，后随浞野侯没胡中[18]。及卫律所将降者[19]，阴相与谋劫单于母阏氏归汉[20]。会武等至匈奴，虞常在汉时，素与副张胜相知，私候胜曰[21]："闻汉天子甚怨卫律，常能为汉伏弩射杀之。吾母与弟在汉，幸蒙其赏赐[22]。"张胜许之，以货物与常。后月余，单于出猎，独阏氏子弟在[23]。虞常等七十余人欲发[24]，其一人夜亡[25]，告之[26]。单于子弟发兵与战，缑王等皆死，虞常生得[27]。

单于使卫律治其事[28]。张胜闻之，恐前语发，以状语武[29]。武曰："事如此，此必及我[30]。见犯乃死，重负国[31]。"欲自杀。胜、惠共止之。虞常果引张胜[32]。单于怒，召诸贵人议，欲杀汉使者。左伊秩訾曰[33]："即谋单于，何以复加[34]？宜皆降之[35]。"单于使卫律召武受辞[36]，武谓惠等："屈节辱命，虽生，何面目以归汉？"引佩刀自刺。卫律惊，自抱持武，驰召医[37]。凿地为坎，置煴火[38]，覆武其上，蹈其背以出血[39]。武气绝，半日复息。惠等哭，舆归营[40]。单于壮其节，朝夕遣人候问武，而收系张胜[41]。

武益愈。单于使使晓武，会论虞常[42]，欲因此时降武。剑斩虞常已，律曰："汉使张胜谋杀单于近臣[43]，当死，单于募降者赦罪[44]。"举剑欲击之，胜请降。律谓武曰："副有罪，当相坐[45]。"武曰："本无谋，又非亲属，何谓相坐?”复举剑拟之，武不动[46]。律曰：“苏君，律前负汉归匈奴，幸蒙大恩，赐号称王，拥众数万，马畜弥山[47]。富贵如此。苏君今日降，明日复然。空以身膏草野[48]，谁复知之?”武不应。律曰：“君因我降[49]，与君为兄弟。今不听吾计，后虽欲复见我，尚可得乎?”武骂律曰：“女为人臣子[50]，不顾恩义，畔主背亲，为降虏于蛮夷，何以女为见[51]？且单于信女，使决人死生，不平心持正，反欲斗两主，观祸败[52]。南越杀汉使者，屠为九郡[53]；宛王杀汉使者，头县北阙[54]；朝鲜杀汉使者，即时诛灭[55]。独匈奴未耳。若知我不降明[56]，欲令两国相攻，匈奴之祸，从我始矣。”律知武终不可胁，白单于。单于愈益欲降之。乃幽武置大窖中[57]，绝不饮食[58]。天雨雪，武卧齧雪与旃毛并咽之[59]，数日不死，匈奴以为神。乃徙武北海上无人处，使牧羝[60]，羝乳乃得归[61]。别其官属常惠等，各置他所。

武既至海上，禀食不至[62]，掘野鼠去草实而食之[63]。杖汉节牧羊[64]，卧起操持，节旄尽落。积五、六年，单于弟於靬王弋射海上[65]。武能网纺缴[66]，檠弓弩[67]，於靬王爱之，给其衣食。三岁余，王病，赐武马畜、服匿、穹庐[68]。王死后，人众徙去。其冬，丁令盗武牛羊[69]，武复穷厄。

初，武与李陵俱为侍中[70]。武使匈奴明年，陵降，不敢求武[71]。久之，单于使陵至海上，为武置酒设乐。因谓武曰：“单于闻陵与子卿素厚[72]，故使陵来说足下，虚心欲相待。终不得归汉，空自苦亡人之地，信义安所见乎[73]？前长君为奉车[74]，从至雍棫阳宫[75]，扶辇下除[76]，触柱折辕，劾大不敬[77]，伏剑自刎，赐钱二百万以葬。孺卿从祠河东后土[78]，宦骑与黄门驸马争船[79]，推堕驸马河中溺死。宦骑亡，诏使孺卿逐捕，不得，惶恐饮药而死[80]。来时大夫人已不幸[81]，陵送葬至阳陵[82]。子卿妇年少，闻已更嫁矣。独有女弟二人[83]，两女一男，今复十余年，存亡不可知。人生如朝露[84]，何久自苦如此？陵始降时，忽忽如狂[85]，自痛负汉，加以老母系保宫[86]。子卿不欲降，何以过陵？且陛下春秋高，法令亡常[87]，大臣亡罪夷灭者数十家，安危不可知，子卿尚复谁为乎？愿听陵计，勿复有云[88]。”武曰：“武父子亡功德，皆为陛下所成就，位列将，爵通侯[89]，兄弟亲近[90]。常愿肝脑涂地。今得杀身自效，虽蒙斧钺汤镬，诚甘乐之[91]。臣事君，犹子事父也。子为父死，无所恨。愿勿复再言。”

陵与武饮数日，复曰：“子卿壹听陵言[92]。”武曰：“自分已死久矣[93]，王必欲降武[94]，请毕今日之欢，效死于前[95]。”陵见其至诚，喟然叹曰：“嗟乎！义士。陵与卫律之罪，上通于天。”因泣下沾衿，与武决去[96]。陵恶自赐武[97]，使其妻赐武牛羊数十头。

后陵复至北海上，语武：“区脱捕得云中生口[98]，言太守以下吏民皆白服[99]，曰上崩。”武闻之，南乡号哭，欧血[100]。旦夕临，数月[101]。

昭帝即位[102]，数年，匈奴与汉和亲。汉求武等，匈奴诡言武死。后汉使复至匈奴，常惠请其守者与俱[103]，得夜见汉使，具自陈道[104]。教使者谓单于，言天子射上林中[105]，得雁，足有系帛书，言武等在荒泽中。使者大喜，如惠语以让单于[106]。单于视左右而惊，谢汉使曰：“武等实在。”

于是李陵置酒贺武曰：“今足下还归，扬名于匈奴，功显于汉室。虽古竹帛所载，丹青所画[107]，何以过子卿！陵虽驽怯[108]，令汉且贳陵罪[109]，全其老母[110]，使得奋大辱之积志[111]，庶几乎曹柯之盟[112]，此陵宿昔之所不忘也[113]。收族陵家[114]，为世大戮，陵尚复何顾乎[115]？已矣，令子卿知吾心耳。异域之人，壹别长绝[116]！”陵起舞，歌曰：“径万里兮度沙幕[117]，为君将兮奋匈奴[118]。路穷绝兮矢刃摧[119]，士众灭兮名已隤[120]。老母已死，虽欲报恩将安归?”陵泣下数行，因与武决。单于召会武官属[121]，前以降及物故[122]，凡随武还者九人。

武以始元六年春至京师[123]。诏武奉一大牢谒武帝园庙[124]。拜为典属国[125]，秩中二千石[126]，赐钱二百万，公田二顷，宅一区。常惠、徐圣、赵终根皆拜为中郎[127]，赐帛各二百匹。其余六人老，归家，赐钱人十万，复终身[128]。常惠后至右将军，封列侯，自有传[129]。武留匈奴凡十九岁，始以强壮出，及还，须发尽白。

注释：

(1) 少以父任两句：以父任，因为父亲职位的关系而任官。汉制，年俸二千石以上的官员其子弟可为郎。苏武父亲建曾为代郡太守，苏武和兄苏嘉，弟苏贤，皆因此得官。郎，官名，皇帝近侍。

(2) 稍迁：逐渐升迁。栘（yí 移）：指汉宫廷中的栘园。厩：马棚。栘中厩监，即此园中掌管鞍马鹰犬射猎用具的官。

(3) 数（shuò 朔）通使：屡次派遣使者。窥观：窥探、观察对方情况。

(4) 留：此处为扣留之意。

(5) 辈：批。

(6) 当：抵。以相当，以相抵偿。

(7) 天汉：汉武帝年号。天汉元年为公元前100年。

(8) 单（chán 蝉）于：广大之貌，匈奴称其君主为单于。且（jū 疽）鞮（dī 低）侯，此单于之号。

(9) 丈人：家长。行：行辈。这句说，汉朝的皇帝乃是我的长辈。

(10) 归：送还。

(11) 中郎将：官名。节，使臣所持的信物，亦称旄节，以竹为之，柄长八尺，其上缀以牦牛尾的装饰品，其三层。这句大意说，于是派遣苏武出使，假以中郎将的位号，持着旄节，护送扣留在汉的匈奴使者回国。

(12) 赂：赠送。

(13) 假吏：本非吏而临时充任为吏者。

(14) 斥候：军中侦察人员，此处指在路途中担任侦察工作者。这句说，招募人以充当士卒和斥候，凡百余人，同往匈奴。

(15) 置：准备，安排。遗（wèi 畏）：赠送。这句说，准备了礼物赠给且鞮侯。

(16) 会：适逢，恰值。缑（gōu 勾）王：匈奴的一个贵族。长水：在今陕西省蓝田县西北，汉派遣“胡骑”，(归化的胡人所组成的骑兵）屯聚于此。虞常当为长水的“胡骑”，后降匈奴。

(17) 昆（hún 浑）邪王：匈奴贵族，统率所部居于匈奴西方，于武帝元狩二年（前121年）降汉。

(18) 浞野侯：汉将赵破奴。太初元年（前104年)，匈奴左大都尉欲杀单于降汉，武帝于太初二年遣赵破奴统兵前往接应，事被单于发觉，杀死左大都尉，发兵袭击破奴。破奴被俘，其军皆没于匈奴。缑王当时隶属于破奴军，亦投降匈奴。

(19) 沈钦韩说：“降者”下脱去“虞常”二字。卫律，其父为长水胡人，律生长于汉，与协律都尉李延年相善，以延年推荐，被派遣出使匈奴。律自匈奴还时，延年因罪全家被捕。卫律遂逃奔匈奴，匈奴封为丁零王。虞常当时属于卫律统辖。

(20) 阏（yān 烟）氏（zhī 支）：匈奴称单于妻为阏氏。这句连上句说，缑王、虞常以及卫律所带来投降匈奴的人们在暗中策划，打算把单于的母亲阏氏劫掠到汉朝去请功。

(21) 私：此处指不公开。候：访。私候：犹言偷偷地拜访。

(22) 幸蒙：希望受到。

(23) 阏氏子弟：阏氏及单于的子弟。

(24) 发：发动。

(25) 夜亡：夜间逃亡。指逃离其同党。

(26) 告之：告发此事。

(27) 生得：犹言活捉。

(28) 治：审理。治其事，审理此案件。

(29) 发：显露。状：情况。语：此处作动词用，告诉之意。

(30) 及，连及。这句说，虞常的事件既牵涉张胜，必然因而连及自己。

(31) 见犯两句：见犯，被侵犯，被凌辱，指事情发作后匈奴对自己所必然采取的侮辱性措施。重，更加。这两句大意是说，自己奉命出使，不能申明约束，致副使张胜有此错误行为，已经辜负了国家；若不乘此时自杀，以致日后受到匈奴凌辱，那就更对不起国家了。

(32) 引：牵引。指其出张胜之事。

(33) 左伊秩訾：匈奴王号。王号有左、右之分。

(34) 即谋两句：何以复加，怎样来加重对他们的处分呢？这两句大意说，即使他们想谋害单于，也不过判处死罪罢了。意谓处分过重。

(35) 宜皆降之：宜令其全部归降。

(36) 辞：指口供。受辞：受审，取口供。

(37) 驰召医：驰马去找医生。

(38) 煴（yūn 氲）火：火之无焰者。一说，其烟聚而不散之火。

(39) 蹈：通掐。

(40) 与：此处作动词用。与归营，以车载苏武回返营幕。

(41) 收系：逮捕而系于狱中。收：捕。

(42) 单于两句：使使，派遣使者。上一使字为动词，下一使字为名词。晓，告白，通知之意。会，共同。判决罪犯叫“论”。这两句说，单于派人通知苏武，要苏武和卫律一起来判决虞常。案，所谓“会论虞常”，其实是要使苏武目睹虞常判罪，乘机威胁苏武，一说，“单于使使晓武”系单独为句，“论虞常”句属下读。晓武，劝谕苏武，令其投降。会，值、恰遇。

(43) 单于近臣：此处指卫律自己。近臣：亲近之臣。

(44) 募：招求之意。这句说，单于招求降者，赦免降者之罪。

(45) 相坐：相连坐。古代法律：凡犯谋反等大罪者，其亲属也要处罪，称为连坐。

(46) 拟之：做出杀的样子。不动：指内心不动摇。

(47) 弥：满。弥山：充满山野。

(48) 膏：肥沃之意。此处作动词用。这句说，徒然以身体来润泽草野，使之肥沃。意谓死于草野而尸体成为肥料。

(49) 因：依靠。因我降：依靠我的引荐而投降。

(50) 女：即汝，你。畔：通“叛”。

(51) 何以女为见：王念孙说，见字当在女字上。何以见女为，见你作什么？

(52) 斗两主：使单于和汉天子相争斗。意谓通过此次事件而使两国关系恶化，发生战争。观祸败，犹言坐观祸败。

(53) 南越两句：汉武帝元鼎五年（前114年），南越王相吕嘉杀死南越王、王太后及汉使者，武帝遣将讨之。六年，南越降，吕嘉被获。以南越之地，设置儋耳、珠崖、南海、苍梧、郁林、合浦、交阯、九真、日南九郡。屠，犹夷，平定。

(54) 宛王两句：宛王，大宛国王。（大宛，西域国名。其地在今葱岭西之霍阐。县，同悬。北阙，汉宫的北阙。汉武帝常派遣者往大宛求良马，大宛不与，汉使者发怒，骂宛王。其国中贵人令其东边之郁成王攻杀汉使。太初元年，汉武帝遣李广利率兵征大宛。太初四年，大宛因遭到汉兵围攻，其国中贵人杀死国王毋寡，汉军乃立其贵人亲汉者昧蔡为王。这句说，毋寡的头终于悬挂在汉朝的宫阙之下。

(55) 朝鲜两句：元封二年（前109年），武帝遣涉何出使朝鲜。涉何派遣御者刺死伴送自己的朝鲜人，伪称杀死朝鲜将领。武帝封何为辽东东部都尉。朝鲜发兵袭击涉何，杀之。汉武帝遣将攻朝鲜。至第二年，朝鲜尼谿相参杀死朝鲜王右渠，降汉。

(56) 若知我不降明：你明知我不会投降。若：你。

(57) 幽：幽囚。大窖：空的粮窖。

(58) 饮（yìn）食（shì）：皆作动词用。绝不饮食，断绝其生活供应，不予饮食之意。一说，此句当本作“绝不与饮食”，“不”下脱去“与”字。

(59) 齧（niè 臬）：咬。旃（zhān 沾）：通氈。

(60) 北海：即西伯利亚的贝加尔湖，为当时匈奴的北境。羝，公羊。

(61) 乳：生育，此处指生小羊。

(62) 禀（lìn 凛）食：公家所给的粮食，此处指匈奴当局所应供给苏武的粮食。禀：通“廪”。

(63) 去：通弆。弆（jǔ 举），藏。这句说，苏武掘取野鼠所储藏的草实以食。一说，“掘野鼠”当加顿号，意为掘取野鼠、收藏草实而食。

(64) 杖汉节：拄着代表汉廷的节去牧羊。

(65) 於（wū 乌）靬（qián 虔）王：单于弟封为王者，弋射，射猎。

(66) 武能网纺缴：据《太平御览》所引，“能”下有“结”字。结网，编结狩猎所用的网。缴（zhuó 酌），箭的尾部所系的丝绳。

(67) 檠：矫正弓弩的器具；此处作动词用，指以檠矫正弓弩。

(68) 服匿：盛酒酪的瓦器，状如器小口大腹方底。穹庐：大型的圆顶帐篷。

(69) 丁令：即丁零，匈奴族的别支。当时卫律为丁零王，丁零盗苏武牛羊，应是卫律主使。

(70) 李陵：李广孙，字少卿。武帝时为骑都尉，统兵五千，与匈奴作战，杀伤匈奴兵甚多，以无接应，力竭而降。侍中：官名，汉时为加官（即由他官兼任者），掌管“乘与服物”。

(71) 求：访求。李陵因自己投降匈奴，感到羞愧，故不敢访求苏武。

(72) 素厚：指交谊一向深厚。

(73) 空自苦两句：亡，通无。这两句说，空自受苦于无人之地，你的信义又如何能表见于世呢？

(74) 长君：指苏武兄苏嘉。奉车，奉车都尉，官名，《汉书·百官公卿表》：“奉车都尉，掌御乘与车。”御乘与车，皇帝所乘的车。

(75) 雍：地名，春秋秦都，在今陕西省凤翔县南。汉置雍县。棫（yu 域）阳宫，官名。这句说，随从武帝至雍的棫阳宫。

(76) 除：殿阶。

(77) 劾：弹劾。这句说，被弹劾为大不敬。

(78) 孺卿：苏武弟苏贤之字。祠，引处作动词用，祭祀之意。河东，地名，今山西省夏县一带。后土，地神。

(79) 宦骑：充当骑从的宦官。黄门驸马，皇帝的骑侍。

(80) 饮药：犹言服毒。

(81) 来时：谓李陵离开长安时。大，通太。大夫人，指苏武母亲。不幸，指死亡。

(82) 阳陵：地名，汉时有阳陵县，在今陕西省咸阳市东。苏氏墓地当在阳陵。

(83) 女弟：谓妹。

(84) 朝露：早晨的露水。朝露见太阳即被晒干，存在的时间很短。这句说，人生短促，和朝露相似。

(85) 忽忽：失意貌。

(86) 保宫：汉代官署名，即灌夫所系的“居室”，武帝太初元年改名保寓。李陵投降后，汉逮捕李陵家属，其母系于保宫。

(87) 春秋：谓年龄。春秋高，谓年老。亡：通“无”，下同。亡常，无一定。

(88) 勿复有云：不要再说什么。李陵请求苏武听从自己的意见，不再进行反驳。

(89) 成就：栽培，提拔。位列将，指苏武父亲苏建曾为右将军，武为中郎将，兄嘉为奉车都尉，弟贤为骑都尉。爵通侯，指建封平陵侯。

(90) 亲近：指为武帝所亲近。

(91) 蒙：受。钺（yuè 越），大斧。镬（huò 获）：大锅。上二者都是古代刑具。蒙斧钺汤镬，指被处以极刑。诚甘乐之，的确甘心乐意于这样。

(92) 壹听陵言：犹云听一听我李陵的话罢！

(93) 分：读去声，料定的意思。

(94) 王：指李陵。匈奴封陵为右校王。

(95) 请毕今日之欢两句：毕今日之欢，犹云尽今日这欢。这两句大意说，请让我在今日和你尽情欢乐一天，然后死在你的面前。

(96) 决：诀别。

(97) 恶（yù）：羞愧之意。

(98) 区（ōu 欧）脱：边地。此处指匈奴与汉交界地区。云中，汉云中郡，在今内蒙古自治区。生口，指俘虏。

(99) 白服：指为汉武帝穿孝。

(100) 乡：通向。南乡，向着南方。欧：通“呕”。

(101) 临：哭。这句说，早晚哀哭，数月始止。

(102) 昭帝：汉武帝子弗陵，于公元前87年即位。

(103) 俱：偕，犹今言一起。常惠请求其看守者与自己一起去见汉使。

(104) 具：完全。陈道，犹陈述。这句说，陈述事情的整个经过。

(105) 上林：汉上林苑。

(106) 让：责备。这句说，使者按常惠所教之语来责备单于欺骗汉朝。

(107) 丹青：谓图画。丹：丹砂；青：青雘，皆绘画所用颜料。故称图为丹青。丹青所画，指古代丹青所画的杰出人物。

(108) 驽怯：无能和胆怯。驽：材质庸劣之意。

(109) 令：使，犹言假使。贳（shì 士）：宽恕。

(110) 全：保全之意。全其老母，谓不杀其（李陵）老母。

(111) 奋：奋起、奋发之意。积志，蓄积已久的志向。奋大辱之积志，奋起实现其在此奇耻大辱的处境中所蓄积已久的志向。

(112) 曹柯之盟：指曹沫劫齐恒公之事。曹沫，春秋时鲁人，为鲁庄公将。齐军伐鲁，曹沫三战皆败，庄公献遂邑之地以求和，与齐盟于柯。曹沫于盟时执匕首劫齐桓公，迫使桓公归还所侵之地。这句说，希望做出曹沫劫齐桓公一类折服敌国的事。

(113) 宿昔：以前。李陵投降匈奴之初，汉并未诛杀其家属。后因讹传李陵为匈奴训练军队，以与汉为敌，武帝遂将李陵母亲、妻子、兄弟全都处死。此处“宿昔”，指李陵已降、其家属尚未被杀之时。一说，宿通夙，昔通夕；夙夕，犹言早晚。

(114) 族：族灭。大戮：大耻辱。

(115) 顾：留恋。

(116) 壹别长绝：这次分别就要永久隔绝了。

(117) 径：此处作动词用，犹言行经。幕：读为漠。

(118) 奋：奋击之意。

(119) 路穷绝：指李陵及其军队被困在狭谷中。矢刃摧：说兵器都被损坏。

(120) 隤：坠。即颓坏之颓的本字。名已隤，声名已经败坏。

(121) 会：集聚。召会：犹召集。

(122) 物：通殁（mò没）。物故，死亡。这句说，除前已投降匈奴及死亡者外。

(123) 始元：汉昭帝年号。始元六年，即公元前81年。

(124) 大：同太。太牢，以一牛、一豕、一羊为祭品。园：陵寝，帝后的葬所。庙：古代祀祖先的处所。

(125) 典属国：官名，掌管降服于汉朝的外族。

(126) 秩：官秩。汉代官吏，按照俸禄大小，分为中二千石、二千石、比二千石等不同的等级。

(127) 徐圣、赵终根：皆随苏武出使的官吏。中郎：官名。

(128) 复：免除徭役。复终身：终身免除徭役。

(129) 自有传：另有传，别有传。

苏武在汉武帝天汉元年（前100年），奉命出使匈奴，被匈奴扣留十九年，历尽艰辛，始终忠于汉室，不肯投降敌人，最后得以回到汉朝。班固在《汉书·李广苏建传》后的赞语中说："孔子称：'志士仁人，有杀身以成仁，无求生以害仁。一使于四方，不辱君命。'苏武有之矣。"对苏武不屈节、不辱命的优秀品质给予了高度评价。由于历史条件所决定，苏武的爱国感情与忠君思想是融为一体的。但苏武主要是以爱国使臣和民族英雄的形象光耀后世的。

这篇传记以时间为顺序记叙苏武一生经历的主要事迹。先（第一、二两小节）写苏武奉命出使匈奴，以通和好。其次（第三小节至第十二小节）重点写苏武被扣留在匈奴长达十九年的艰辛历程和返回汉朝的经过。最后写苏武返回汉朝后所受的尊宠之情形。

苏武是我国人民千古传诵的英雄。从本文的记述看，苏武可歌可泣的爱国主义精神主要表现在以下三个方面：

1. 身负和番使命，维护民族团结。苏武作为一个出身官宦家庭的封建官僚，是有比较浓厚的封建忠君思想的。李陵告诉他汉武帝老来昏愦，"法令无常，大臣亡罪夷灭者数十家"，苏武的兄长、弟弟也得祸而死，他的回答却是"武父子无功德，皆为陛下所成就……常愿肝脑涂地。今得杀身自效，虽蒙斧钺汤镬，诚甘乐之。臣事君，犹子事父也。子为父死，亡所恨。”听说武帝死了，他“南向号哭，呕血，旦夕临数月”。但是，受命出使匈奴，却不是出于愚忠。文中说，匈奴王且鞮侯单于“尽归汉使”，“武帝嘉其义，乃遣武以中郎将使持节送匈奴使留在汉者，因厚赂单于，答其善意”，完全是出于汉民族与少数民族的和解、亲善。苏武到匈奴后，事态发生变故，但他始终不忘和善使命，竭力维护民族团结。卫律威逼、诱劝他，他义正词严：“女……不平心持正，反欲斗两主，观祸败！……若知我不降明，欲令两国相攻，匈奴之祸从我始矣！”就是从挑拨两国关系，破坏汉匈和好的角度谴斥卫律的，表现苏武不忘和善使命、坚持民族团结的正义立场。

2. 身为汉使，不使国家受辱，维护民族尊严。苏武虽然只是一个使者，但却代表着一个国家。张胜把虞常谋反可能牵连到他的事告诉他，他考虑的不是如何为自己洗刷，而是“见犯乃死，重负国”，宁可“自杀”，也不肯使国家受辱。单于派卫律召他受审，他感到有辱国家，就对常惠等人说：“屈节辱命，虽生何面目以归汉”，便“引佩刀自刺”。民族自尊心，是何等高尚而感人！

3. 宁死不屈的民族气节。苏武出使匈奴，被扣十九年之久。敌人的凶蛮狠毒，环境的恶劣艰难，非一般人所能忍受。但苏武却以顽强的斗争、坚韧的毅力，战胜一切，克服一切，于“须发尽白”时才胜利返回，他那屠刀不能迫其屈，富贵不能诱其降，饥寒不能摇其志，私情不能动其心的民族气节和爱国精神，令人感动。

从文学角度看，《苏武传》是《汉书》中写得最生动、最有文学性的一篇。这主要表现在：

作者采用写人物传记较常运用的纵式结构来组织文章的以顺叙为主，适当运用插叙的叙事方法，依时间的先后叙述苏武一生主要事迹。首段介绍了苏武的身世、出使的原因和背景。第二段重点记叙苏武被扣留十九年，历尽艰辛，视死如归，坚持民族气节的事迹。苏武于汉武帝天汉元年（前100年）出使匈奴，适逢匈奴缑王、降臣虞常会同汉副使张胜图谋阏氏归汉，事情败露，苏武间接受牵连，被无理扣押。匈奴用种种办法迫使苏武投降，在审判虞常时，卫律“举剑拟之”，以死相威胁，“武不动”；卫律又以“赐号称王，拥众数万，马畜弥山，富贵如此”相引诱，“武不应”，反而痛斥卫律背叛汉朝的可耻行为，揭露他“不平心持正，反欲斗两主，观祸败”的险恶用心。匈奴逼降，诱降不成，又妄图以生活的折磨来磨灭苏武的忠心，把他囚禁在地窖中，流放到北海上，并断绝其饮食。苏武则卧雪吞毡，掘野鼠洞中草实充饥，在寒风凛冽的北海边，杖汉节牧羊。在这艰难困苦的日子里，又断然拒绝了故友李陵以人生情义和利害关系的劝降。苏武面对单于的逼降、诱降，十九年如一日，始终胸怀磊落。置个人安危于不顾，忠心耿耿，矢志不移，突出地表现了他那种富贵不能淫，贫贱不能移，威武不能屈，甚而人情不能服的高尚情操。第三段简要叙述苏武等人终于胜利回到汉朝，并受到嘉奖的情况。全文所包含的史实错综复杂，历时悠久漫长，但文章结构却非常严密，以苏武的经历为主线，线索十分清楚。材料剪裁得当，有详有略，在苏武的一生中，以被扣留在匈奴的十九年为主；在苏武十九年的艰苦卓绝的斗争中，则以卫律逼降、诱降、牧羊北海和李陵劝降为重点。

传记文学是注重人物刻画的。苏武的形象之所以感人，就在于作者通过人物语言行动的绘声绘形描写，突出其性格和品质，生动鲜明地表现出苏武的形象。当苏武识破单于要加害自己的用心之后，果断地说：“见犯乃死，重负国”；听到卫律要审问自己的消息时，又说：“屈节辱命，虽生，何面目以归汉！”他首先想到的是国家的荣辱，民族的尊严，而对自己的生死早置之度外。苏武痛斥卫律“畔主背亲”“欲斗两主”，用事实宣扬汉朝的声威，充分表现了他的爱国之心。在与李陵劝降的对答中，又处处表现了他忠君爱国的思想。在封建社会里，“爱国”与“忠君”往往是联系在一起的。作者还通过描写人物的行动来表现其性格特征。苏武恐“负国”“辱命”，两次要自杀；当卫律举剑刺来时，他安然不动；当李陵再三劝降时，他要求李陵“毕今日之欢”“效死于前”，表现他威武不能屈，富贵不能淫，以死报国的决心。在北海，他“杖汉节牧羊，卧起操持”等，则充分表现了他坚持民族节操的高尚品质。

作者除了翔实细腻的正面描写，突出苏武艰苦卓绝的斗争精神，刻画苏武忠于祖国、忠于民族的高尚品格外，还运用对比手法，用卫律、李陵等人作为衬托，来突出苏武的英雄形象。在卫律诱降一段，通过卫律腆颜媚敌、以耻为荣的丑恶形象，反衬出苏武不为利禄所诱、坚持民族气节的高尚情操。

在李陵劝降一段，以李陵重个人得失和身家荣辱而轻国家民族的思想与苏武把民族国家的荣辱放在首位，把个人的生死恩怨置之度外的品格作对比，衬托出苏武忠贞不渝，不为私情所动的爱国精神。又如，在单于的威逼下，张胜“请降”，而苏武“不动”，同是使者，两人的态度截然相反，也是一个十分鲜明的对比。通过反面人物的衬托，更显示出正面人物苏武一心以民族尊严、国家利益为重的形象。

诸 葛 亮

诸葛亮，字孔明，琅玡阳都（今山东省临沂市南）人。生于汉灵帝光和四年（181），卒于蜀汉后主建兴十二年（234）。早年避难荆州，躬耕陇亩，自比管仲、乐毅。后佐刘备连吴拒曹，西取益州，建立蜀汉。备称帝，拜为丞相。备卒，受遗诏辅刘禅。前后六次出师北伐曹魏，卒于军中。谥忠武。有《诸葛丞相集》。

出 师 表

先帝创业未半[1]，而中道崩殂[2]。今天下三分[3]，益州疲弊[4]，此诚危急存亡之秋也[5]。然侍卫之臣不懈于内，忠志之士忘身于外者，盖追先帝之殊遇[6]，欲报之于陛下也。诚宜开张圣听[7]，以光先帝遗德[8]，恢弘志士之气[9]；不宜妄自菲薄[10]，引喻失义[11]，以塞忠谏之路也。

宫中府中[12]，俱为一体[13]，陟罚臧否[14]，不宜异同。若有作奸犯科及为忠善者[15]，宜付有司论其刑赏[16]，以昭陛下平明之理，不宜偏私，使内外异法也[17]。侍中、侍郎郭攸之、费祎、董允等[18]，此皆良实[19]，志虑忠纯，是以先帝简拔以遗陛下[20]。愚以为宫中之事，事无大小，悉以咨之[21]，然后施行，必能裨补阙漏[22]，有所广益。将军向宠[23]，性行淑均[24]，晓畅军事，试用于昔日，先帝称之曰能，是以众议举宠为督。愚以为营中之事，悉以咨之，必能使行阵和睦，优劣得所。

亲贤臣，远小人，此先汉所以兴隆也[25]；亲小人，远贤臣，此后汉所以倾颓也。先帝在时，每与臣论此事，臣未尝不叹息痛恨于桓、灵也[26]。侍中、尚书、长史、参军，此悉贞良死节之臣[27]，愿陛下亲之信之，则汉室之隆，可计日而待也。

臣本布衣，躬耕于南阳，苟全性命于乱世，不求闻达于诸侯[28]。先帝不以臣卑鄙，猥自枉屈[29]，三顾臣于草庐之中，谘臣以当世之事，由是感激，遂许先帝以驱驰[30]。后值倾覆，受任于败军之际，奉命于危难之间，尔来二十有一年矣[31]。先帝知臣谨慎，故临崩寄臣以大事也[32]。受命以来，夙夜忧叹[33]，恐托付不效，以伤先帝之明。故五月渡泸[34]，深入不毛[35]。今南方已定，兵甲已足，当奖率三军[36]，北定中原，庶竭驽钝[37]，攘除奸凶[38]，兴复汉室，还于旧都[39]。此臣所以报先帝而忠陛下之职分也。至于斟酌损益[40]，进尽忠言，则攸之、祎、允之任也。

愿陛下托臣以讨贼兴复之效；不效，则治臣之罪，以告先帝之灵。若无兴德之言[41]，则责攸之、祎、允等之慢[42]，以彰其咎[43]。陛下亦宜自谋，以谘诹善道[44]，察纳雅言[45]，深追先帝遗诏，臣不胜受恩感激。今当远离，临表涕零，不知所言！

注释：

(1) 先帝：指刘备。胡刻《文选》本句前有“臣亮言”三字。

(2) 崩殂（cú 徂）：天子死称崩，又称殂。

(3) 三分：谓分为蜀、魏、吴三国。

(4) 益州：蜀国所在地。汉置益州，今四川省及陕西、云南两省部分地区。

(5) 秋：这里作“时”解。

(6) 追：追念。殊遇：特殊的厚遇。

(7) 圣听：圣明的听闻。这句勉励后主广泛听取群臣的意见。

(8) 光：发扬光大。

(9) 恢弘：犹发扬扩大。

(10) 菲薄：鄙薄。菲：也是薄的意思。

(11) 引喻失义：称引譬喻不合道理。

(12) 宫中：指皇帝的宫禁中的侍臣。府中，指丞相府所属官吏，也即政府中一般官吏。建兴元年（223年），诸葛亮被封武乡侯，开府治事。丞相负责国家行政工作，统率百官，故此丞相府也即国家政务部门。

（13）这句意思说，不论宫中的侍臣和府中官吏，都是蜀汉之臣，没有亲疏之别。刘禅后期宠信宦官，可能这时已露端倪，故有以下诸语。

（14）陟：升。臧：善。否（pǐ 痞）：恶。陟罚指升降官吏，臧否指评论人物。

（15）犯科：犯法。科：律条。

（16）有司：有专职的官吏，各有专司，故叫有司。

（17）内：指宫中。外：指府中。

（18）侍中、侍郎：都是皇帝亲近的侍臣。郭攸之，南阳人。费祎，字文伟，江夏人。董允，字休昭，南郡人。三人都是当时具有德才的人，为诸葛亮所识拔，这时郭攸之、费祎任侍中，董允任黄门侍郎。

（19）良实：忠良笃实。

（20）简拔：选拔。

（21）咨：同谘，询问。

（22）裨：增益。

（23）向宠：襄阳人。刘备时为牙门将。刘备伐吴兵败，宠营独完好无损。刘禅即位，封都亭侯，为中部督，掌管宿卫兵。诸葛亮北伐时，上表后主，迁宠为中领军。

（24）淑：和善。均：公平。

（25）先汉：指西汉。

（26）桓、灵：后汉时桓帝、灵帝，历来都被认为昏君，因用人不当，宠信宦官，政治腐败，造成了汉末大乱。

（27）侍中两句：侍中，指郭攸之、费祎。尚书、长史、参军，均职官名。尚书，指陈震。长史，指张裔。参军，指蒋琬。贞良死节之臣，坚贞忠直，能以死报国的臣子。

（28）臣本布衣四句：布衣，平民，南阳，《三国志·蜀志》引《汉晋春秋》说："亮家于南阳之邓县。在襄阳城（今湖北省襄阳）西二十里，号曰隆中。"闻达，扬名显达。

（29）先帝两句：卑鄙，指地位卑微，识见鄙陋。猥：发声词，有乃字义。枉屈：委屈，指屈尊就卑。

（30）驱驰：奔走效劳。

（31）后值四句：汉献帝建安十三年（208年），刘备为曹操所败，遣亮使吴，与孙权约，共御曹操于赤壁。至此时整二十年，刘备与亮相遇在败军之前一年，故合称二十一年。

（32）故临崩句：刘备病笃，召亮属以后事，对亮说，"君才十倍曹丕，必能安国，终定大事。若嗣子（指后主）可辅，辅之；如其不才，君可自取。"亮涕泣说："臣敢竭股肱之力，效忠贞之节，继之以死。”刘备又对后主说：“勿以恶小而为之，勿以善小而不为，惟贤惟德，可以服人……汝与丞相从事，事之如父。”

(33) 夙：早。

(34) 泸：今金沙江。后主建兴元年（223年），南中诸郡发生事变。三年，诸葛亮率军南征，连战皆胜。其秋，南方全部平定，因此出师北伐没有后顾之忧。

(35) 不毛：不生粮食，指未经开发之地。

(36) 奖率：鼓励、率领。

(37) 驽：下等的马。驽钝：自谦才能平庸。

(38) 攘：排除。奸凶：指曹魏。

(39) 旧都：指长安、洛阳之地，两汉建都所在。蜀以继汉统自承，故以攻取二地为还旧都。

(40) 斟酌：对事情度量它的可否，加以去取。损：减少。益：增加。

(41) 若无句：本句六字及下句“则”字，原缺，据胡刻《文选》李善注引《蜀志》校补。

(42) 慢：怠慢。

(43) 彰其咎：暴露他们的过失。

(44) 谘诹（zōu 邹）：询问。善道：善良之道。

(45) 雅言：正言。

蜀汉自猇亭战役惨败以后，经过五年努力，国力已初步恢复过来。由于通好吴国，免除了东顾之忧。又由于平定了南方的叛乱，战略后方日益巩固，公元227年，诸葛亮决定出师伐魏，行前写下了这篇表文，呈给后主刘禅。文中针对当时形势，以恳切的语言劝说后主要继承先帝遗志，广开言路，严明赏罚，亲贤远佞，以修明政治，完成兴复汉室大业，并表达了诸葛亮报答先主知遇之恩的真挚感情和北定中原的决心，体现了诸葛亮非凡的政治才干和感人的忠臣本色。

本文以议论为主，兼用叙事和抒情。全文主要目的在于劝谏后主修明政治，兴复汉室，因而以说理为主。为了让后主了解创业的艰难，激励他完成先帝未竟的事业，因而叙述了自己的身世和追随先帝艰苦创业的历程。出于对刘氏父子的无限忠诚，文中处处不忘先帝，处处为后主着想，对后主满怀期望之情。既喻之以理，又晓之以事、动之以情。叙事和抒情，都是为议论服务的。

文章第一部分（一、二自然段），重在议论，寓情于议。作者分析蜀汉面临的不利的客观形势和有利的主观条件，运用正反对比的方法，有针对性地提出了三项建议：一、广开言路，“诚宜开张圣听”，勿“塞忠谏之路”；二、赏罚严明，“陟罚臧否，不宜异同”；三、亲贤臣，远小人，列举一批可亲可信之文臣武将，并以先汉“兴隆”，后汉“倾颓”作对比，说明这关系到国家的兴亡。作品在论形势、提主张之中，贯穿着抒情线索。文章一开始就提到“先帝创业”，接着讲到先帝对贤臣的“殊遇”“简拔”以及论史时的“叹息痛恨”，既表现了对先帝的崇敬、爱戴，又饱含着激励后主之情。

第二部分（第三自然段），着重叙事，寓情于事。作者自叙身世，叙述了先帝三顾草庐之事，赞颂了先帝的恢宏气度，抒发了对先帝的感激之情。接着回顾二十一年来的艰难历程，追叙先帝临终托孤之事，指出目前出师伐魏时机已经成熟，对国内政事作了安排，表达自己“报先帝”“忠陛下”，为兴复汉室而竭智尽忠的愿望和对后主的殷切期望。

第三部分（第四自然段），继续议论，结合抒情。一个“愿”字，统领全段。作者分述各人职责，表明自己“讨贼兴复”的决心，对自己、对朝廷提出了严格的要求，对后主表示了诚挚的希望。本文以议论为主，抒情和叙事都因“议”而发，又反过来加强“议”的分量，通篇围绕出师北伐，谆谆规劝，反复叮咛，中心突出，分析精辟透彻，感情真诚深切，句句从肺腑中流出，具有很强的说服力和感染力。诚如刘勰在《文心雕龙·章表》中所云：“孔明之辞后主，志尽文畅……表之英也。”苏轼也称赞《出师表》写得“简而且尽”。具体说来主要表现在以下方面：

一、布局周密严谨，脉络环环相扣。从布局结构看，作者先指出蜀汉所处的“危急存亡”的形势，自然引入对后主的劝勉，然后转笔叙说己志，表明出师北伐的决心和信心，最后以对后主表示惜别结束全文。前后连贯紧密自然，结构完整，层次清晰。再从具体的叙事说理来看，文章条分缕析，简明畅达，如劝后主一段，先劝他“开张圣听”，不宜“塞忠谏之路”；其次劝他秉公持正，执法如一；再劝他在待士用人方面要亲贤臣，远小人。条理井然，言简意赅，点点相连，层层深入，极富说服力。

二、叙说精辟透彻，抒情酣畅淋漓。这是一篇叙事说理性的散文。它虽然叙事简单明了，议论要言不繁，但却能用简练的语言把事理叙说得精辟透彻，使其文具有很强的说服力。如在论说用人时，作者先举文臣郭攸之等都是先帝简拔以遗陛下的忠臣；再荐武将向宠是先帝称之曰能的忠良之将。话虽不多，但立之于一己的明察善辩，证之以先帝的试用之道，还辅之以"众议"拥戴，不仅话说得肯定不疑，读者也听信不疑。继而又改换角度，进一步用史实加以印证"亲贤臣，远小人，此先汉所以兴隆也；亲小人，远贤臣，此后汉所以倾颓也"。一正一反，对比鲜明，把亲贤远佞提高到关系国家兴亡的高度。最后又从历史回到现实，明确指出郭攸之等人都是"贞良死节之臣"，对他们"亲之信之"，就能使"汉室兴隆"。经过这样正反结合，多方论述，亲贤远佞的重要性便得到了精辟透彻的说明。

文章的叙事说理充满着浓郁的感情色彩。全篇提到"先帝"者十三处，"陛下"者八处，"报先帝而忠陛下"的浓烈感情，浸透纸背。不少语言和段落语重心长，感情深切，感染力强。如忆及"三顾茅庐"一段话，感激之情，溢于言表。

三、语言质朴恳切，不用华丽的词藻，也没有精辟的典故，句句不失臣子身份，又切合长辈的口吻。陈寿在《表上诸葛氏集目录》中称本文"文彩不艳，而过于丁宁周至"。刘勰《文心雕龙·章表》认为本文"志尽文畅"，堪称"表之英"。文中语汇丰富，有独创性，有不少词语，如："疲弊""危急存亡之秋""裨补阙漏""晓畅""计日而待""和睦""驽钝""攘除奸凶""斟酌"等，至今仍有生命力。有些词语经过提炼，已成为成语，如：妄自菲薄、作奸犯科、三顾茅（草）庐、感激涕零、不知所言（云）等。"受任于败军之际，奉命于危难之间"两句，工整洗练，自然流畅，成为脍炙人口、广为传诵的名句。

曹　操

曹操（155—220），即魏武帝。三国时政治家、军事家，文学家。字孟德，小名阿瞒。沛国谯县（今安徽亳州）人。出身于宦官家庭，少机警，有权数。年二十举孝廉，为郎，除洛阳北部尉。灵帝光和末，参加镇压黄巾起义。迁济南相。中平六年（189），董卓废少帝而立献帝，他起兵讨卓。建安元年（196），迎献帝都许昌，“奉天子以令诸侯”。先后擒杀吕布，打败袁绍，统一中国北方。十三年，进位丞相，率军南下，被孙权、刘备败于赤壁。二十一年，封魏王。死后子丕称帝，追尊为武帝，庙号太祖。

曹操掌握政权后，抑制豪强，任用廉吏，限制兼并，广兴屯田，破格用人，赏罚分明。这对安定当时社会、恢复农业生产、促进经济繁荣发挥了重要作用。

曹操博学勤奋，雄才大略。外定武功，内兴文学。“雅好诗书文籍。虽在军旅，手不释卷”（曹丕《典论·自叙》），而且“登高必赋，及造新诗，被之管弦，皆成乐章”（《三国志》本纪裴松之引注《魏书》），对乐府诗尤为爱好。曹操现存的二十多首乐府诗，多反映汉末动乱的社会现实，表现了曹操统一天下的雄心壮志，被人称为“汉末实录，真诗史也”。

曹操的四言诗继承了《诗经》中“国风”和“小雅”的抒情诗的传统，并加以发展，创造出一些抒发政治情怀的动人的篇章，使四言诗再次大放光彩，为后来的嵇康、陶渊明等人在四言诗的发展上填平了道路。曹操的文章也同他的诗歌一样，富有创造性，他以简洁朴素的笔触自由地无拘无束地写出自己要说的话，很有鲜明的个性。鲁迅先生称他为“改造文章的祖师”。留下的比较完整的文章有140余篇，皆是实用性的公文，代表作有《让县自明本志令》等。遗著《魏武帝集》已佚，有明人辑本，今中华书局辑校的《曹操集》较完备。近人黄节著有《魏武帝诗注》。

让县自明本志令

孤[1]始举孝廉[2]，年少，自以本非岩穴知名之士[3]，恐为海内人之所见凡愚，欲为一郡守，好作政教，以建立名誉，使世士明知之。故在济南[4]，始除残去秽[5]，平心选举[6]，违迕诸常侍[7]。以为强豪所忿，恐致家祸[8]，故以病还。

去官之后，年纪尚少，顾视同岁中[9]，年有五十，未名为老。内自图之：从此却去[10]二十年，待天下清，乃与同岁中始举者等耳。故以四时归乡里，于谯[11]东五十里筑精舍，欲秋夏读书，冬春射猎，求底下[12]之地，欲以泥水自蔽，绝宾客往来之望，然不能得如意。

后征为都尉[13]，迁典军校尉[14]，意遂更欲为国家讨贼立功，欲望封侯作征西将军，然后题墓道言“汉故征西将军曹侯之墓”，此其志也。而遭值董卓之难[15]，兴举义兵[16]。是时合兵能多得耳，然常自损，不欲多之。所以然者，多兵意盛，与强敌争，倘更为祸始。故汴水之战[17]数千，后还到扬州[18]更募，亦复不过三千人，此其本志有限也。

后领兖州[19]，破降黄巾三十万众。又袁术僭号[20]于九江[21]，下皆称臣，名门曰建号门，衣被皆为天子之制，两妇预争为皇后。志计已定，人有劝术使遂即帝位，露布天下[22]，答言“曹公尚在，未可也”。后孤讨禽其四将[23]，获其人众，遂使术穷亡解沮，发病而死[24]。及至袁绍据河北[25]，兵势强盛，孤自度势，实不敌之。但计投死为国，以义灭身，足垂于后。幸而破绍[26]，枭[27]其二子。又刘表[28]自以为宗室，包藏奸心，乍前乍却，以观世事，据有当州[29]，孤复定之，遂平天下。身为宰相[30]，人臣之贵已极，意望已过矣。今孤言此，若为自大，欲人言尽，故无讳耳[31]。设使国家无有孤，不知当几人称帝，几人称王。

或者人见孤强盛，又性不信天命之事，恐私心相评，言有不逊之志[32]，妄相忖度，每用耿耿[33]。齐桓、晋文[34]所以垂称至今日者，以其兵势广大，犹能奉事周室[35]也。《论语》云[36]："三分天下有其二，以服事殷，周之德可谓至德矣。"夫能以大事小也。昔乐毅走赵[37]，赵王欲与之图燕。乐毅伏而垂泣，对曰："臣事昭王，犹事大王；臣若获戾，放在他国，没世然后已，不忍谋赵之徒隶[38]，况燕后嗣乎?"胡亥之杀蒙恬[39]也，恬曰："自吾先人及至子孙，积信于秦三世矣。今臣将兵三十余万，其势足以背叛，然自知必死而守义者，不敢辱先人之教以忘先王也。"孤每读此二人书，未尝不怆然流涕也。孤祖、父以至孤身[40]，皆当亲重之任，可谓见信者矣，以及子桓兄弟[41]，过于三世矣。孤非徒对诸君说此也，常以语妻妾，皆令深知此意。孤谓之言："顾我万年之后，汝曹皆当出嫁，欲令传道我心，使他人皆知之。"孤此言皆肝鬲之要[42]也。所以勤勤恳恳叙心腹者，见周公有《金縢》[43]之书以自明，恐人不信之故。

然欲孤便尔委捐所典兵众，以还执事[44]，归就武平侯国[45]，实不可也。何者? 诚恐已离兵为人所祸也。既为子孙计，又已败则国家倾危，是以不得慕虚名而处实祸，此所不得为也。前朝恩封三子为侯，固辞不受，今更欲受之[46]，非欲复以为荣，欲以为外援，为万安计。孤闻介推[47]之避晋封，申胥[48]之逃楚赏，未尝不舍书而叹，有以自省也。奉国威灵，仗钺征伐，推弱以克强，处小而禽大。意之所图，动无违事，心之所虑，何向不济，遂荡平天下，不辱主命。可谓天助汉室，非人力也。然封兼四县，食户三万，何德堪之! 江湖未静，不可让位；至于邑土，可得而辞。今上还阳夏、柘、苦三县[49]户二万，但食武平万户，且以分损[50]谤议，少减孤之责[51]也。

注释：

(1) 孤：《左转·僖公四年》传注："孤、寡、不谷，诸侯谦称。"东汉末州牧和刺史割据，多自称孤。建安中曹操司空，手令也多自称孤。

(2) 孝廉：两汉郡国推举的被称为孝悌清廉的人，是官僚的后备人选。

(3) 岩穴知名之士：隐居山间有名望的人士。岩穴：山洞。

(4) 济南：东汉王国名，治在今山东济南东。

(5) 除残去秽：除豪猾去奸吏。

(6) 平心选举：指推选茂才、孝廉公正、不受请托。

(7) 常侍：即宦官掌权的人，桓帝时有张让、王甫、曹节等十常侍。

(8) 恐致家祸：怕导致全家受祸害。

(9) 同岁：同年举孝廉的人。

(10) 却去：度过。

(11) 谯：谯县，故治在今安徽亳州市西。

(12) 底下：同“低下”。

(13) 都尉：武官名，汉末有关都尉及右扶风与京兆虎牙都尉，此指中平元年置八关都尉。

(14) 典军校尉：中平五年(188)灵帝置西园八校尉，宦官蹇硕为上军校尉，袁绍为中军校尉，曹操为典军校尉。

(15) 董卓之难：董卓，临洮人，西北军队将领，大将军何进召他入京师除宦官。宦官杀了何进，袁术也杀掉宦官二千余人。卓入京，自命为相国，废灵帝，立献帝。

(16) 义兵：初平元年(190)，关东州郡起义兵讨董卓，推渤海太守袁绍为盟主，曹操行奋武将军。

(17) 汴水之战：指曹操与董卓将徐荣战于荥阳(今河南荥泽县西)之汴水。

(18) 扬州：东汉扬州包括九江、庐江、会稽、吴郡、豫章、丹阳六郡。《三国志·武帝纪》：“刺史陈温、丹阳太守周昕与兵四千人。”

(19) 后领兖州：初平三年(192)，青州黄巾破兖州，曹操被推为兖州牧。破黄巾，受降卒三十余万。兖州，当今河北省西南部，山东省西北地区，东汉治所在山东濮县东。

(20) 僭(jiàn 贱)号：非分地称帝。

(21) 九江：东汉九江郡，包括今安徽寿春、合肥、当涂等地。治在寿春。

(22) 露布天下：即公开告示天下。诏书不加封缄叫露布，此为动词。

(23) 讨禽其四将：建安二年曹操讨杀袁术大将桥蕤、李丰、梁纲、乐就四人。

(24) 发病而死：建安四年六月袁术穷困病死于寿春江亭。

(25) 袁绍据河北：初平二年(191)袁绍领冀州牧。冀州，今河北省地，在黄河之北。

(26) 幸而破绍：建安五年(200)袁绍进军官渡，曹操兵力不及袁绍强大，用来降的袁氏谋士徐攸计，袭乌巢，烧袁军粮草，于是打败袁军。

(27) 枭(xiāo 消)：斩首示众。

(28) 刘表：高平(在今山东邹县西南)人，西汉鲁恭王之后，所以说他自以为宗室。

(29) 据有所在之州，即荆州，刘表为当时的荆州牧。

(30) 身为宰相：建安十三年六月，废三公官，立丞相一人，以曹操为丞相。

(31)“欲人言尽”二句：谓人情都希望别人把话说尽，所以我也不隐讳什么。

（32）不逊之志：即不顺之心，谓篡汉位。

（33）每用耿耿：常常因此忧虑。

（34）齐桓、晋文：春秋时齐桓公小白、晋文公重耳，是五霸之二。

（35）周室：东周王朝。

（36）《论语》云：这是《论语·泰伯篇》上的话，是讲周文王是纣臣，虽占有天下三分之二，还服事殷王朝。

（37）乐毅走赵：乐毅，燕昭王将，曾攻下齐国七十余城，后被田单离间，逃到赵国。曹操所引，未详出自何书。

（38）徒隶：刑徒奴隶。

（39）蒙恬：秦大将，祖父蒙骜事秦武王。父蒙武事秦庄襄王，三世为将。他和公子扶苏三十万人守长城。被秦二世胡亥所杀。以下事见《史记·蒙恬传》。

（40）“孤祖”句：指中常侍曹腾、太尉曹嵩和他自己。

（41）子桓兄弟：指曹丕、曹植等，曹丕字子桓。

（42）肝鬲之要：心腹中最重要的话。鬲同“膈”，横膈膜。

（43）《金縢》：《尚书》篇名，记周公把为武王祈祷而病愈的祷书，藏于铜封缄的柜中。周公遭流言而出居东方，后成王打开金縢，才明白周公心迹。

（44）执事：朝廷执政人。

（45）武平侯国：建安元年曹操迎献帝都许昌，封为武平侯。武平，故城在今河南鹿邑县西北。

（46）今更欲受之：次年即建安十六年据《三国志》注引《魏书》，封三子，植为平原侯，据为范阳侯，豹为饶阳侯。

（47）介推：即介之推，春秋晋公子重耳逃亡时的从行者，晋文公即位，他逃避封赏，隐于绵山，传说晋文公焚山逼他出来，竟被烧死。

（48）申胥：即申包胥，楚大夫。伍员以吴兵灭楚，他求救于秦国复国，楚昭王要封赏他，他逃避不受。

（49）阳夏（jiǎ 假）、柘、苦（hù 户）三县：阳夏，即今河南太康县。柘，即今河南柘城县。苦，汉县名，故城在今河南鹿邑县东。

（50）分损：减少。

（51）责：罪责。

《让县自明本志令》发布于建安十五年（210）十二月。时年曹操五十六岁，处于军事上、政治上取得了辉煌成就的晚年。两年前失利的赤壁之战，虽使他失去了统一全国的时机，并导致了事实上的吴、蜀、魏三国鼎立的局面的形成。但三方当中，他的实力最强，并且拥有奉天子以令诸侯的政治优势。此时，已经统一了淮河以北广大地区，政权逐渐巩固。因位高权重，招致谤议。孙权、刘备更直接抨击他“托名汉相，其实汉贼”和“欲废汉自立”等。在这种形势下，曹操写了这篇“令”以表白自己的心迹，并让还大部分食邑。文章叙述自己政治抱负及其在重大历史事件中所发挥的作用，自我表白没有废汉自立之心，以驳斥政治对手的所谓“不逊之志”的非议；同时也表明“江湖未静，不可让位”，即绝不慕虚名而受实祸，放弃兵权而“归就武平侯国”，致使自己和国家遭受严重的祸害，表达勇于担当的信念。作者思想通脱，行文随意，畅言无忌，表现出非凡的气度与见识，是一篇开魏晋新风气的好文章。

从内容上，本文可分为三大段。

第一段，从开头到“不知当几人称帝，几人称王”，作者从自己的切身经历和所建树的功业，表明自己虽已尊贵，但并无废汉自立的野心。开始，曹操只想做一郡太守，为官一方，树立名誉。但为“豪强所忿，恐致家祸”，因而称病辞官归乡，不求闻达。回乡后他“筑精舍”，想“秋夏读书，冬春涉猎”“绝宾客往来之望”，但这种愿望未能实现。后来他迁为典军校尉，就改变了主意，想为国讨贼立功，作征西将军。由于董卓之乱，豪强割据，他募兵讨伐，遂荡平天下。作者这段自述，不免有自夸之嫌，但是，为了回答政敌的攻击，曹操才毫不隐讳地历数自己为国家所做出的贡献，意在说明“设使国家无有孤，不知当几人称帝，几人称王”，表明自己并无废汉自立的野心。

第二段，从“或者人见孤强盛”到“恐人不信之故”，作者以历史典故喻比，表明自己无“不逊之志”。作者列举了齐桓公、晋文公虽然得到大多数诸侯的拥护，但仍能服从周朝的管辖，仍然能向周王称臣的事例，说明强大的诸侯仍要臣服弱小天子，才算是高尚道德。又列举乐毅被燕王驱逐逃亡赵国，仍不忘故国；蒙恬将被诛仍坚持君臣大义的事例，表明作者对他们的行为是十分钦佩的。“孤每读此二人书，未尝不怆流涕也。”以古喻今，以古喻已，说明自己虽然武力强大，功绩卓著，但君臣大义和祖宗的教诲使他不能二心。这就进一步反击了政敌的攻击，表明自己无废汉自立之心。

接着以自家几代被信用的具体事例，表明自己并无“不逊之志”。曹操氏几代都在朝廷任职，祖父曹腾，桓帝时任中常侍大长秋，封费亭侯。其父曹嵩，为曹腾养子，官至太尉。对此曹操感恩戴德。因此，他常常把这种心迹告诉给家人，甚至想到在他死后，仍要让自己的妻妾宣扬他的这种心意，使别人都知道。作者的这番肺腑之言，意在表明自己同周公一样，是忠于朝廷的。

第三段，从“然欲孤便尔委捐所典兵众”到结束，作者坦率地表达了自己宁肯减少俸禄也不放弃军权的思想。曹操之所以不肯放弃军队，一是怕放弃兵权，被人谋害，这既是替子孙打算，也是为社稷的安危着想，因此不能图虚名而遭受灾祸；二是借朝廷的威望，以弱克强，处小禽大，“遂荡平天下，不辱主命”，今“江湖未静，不可让位”。自然，这也是为社稷的安危着想。至于封地，“可得而辞”，就是说可以把他原来三县二万户的封地交给朝廷，只享受一县一万户的租税，这样，减少了别人的诽谤和攻击。

曹操的这篇令文详细地叙述了自己的思想发展过程，即在不同时期不同形式下产生的不同愿望，表现出政治家的非凡气度。它不仅是研究曹操生平和思想发展的重要资料，也是一篇十分优秀的散文。

文章结构严谨，精心组织。看似漫无边际，想到哪里就写到哪里。其实不然。全文信笔挥洒却文气贯通，结构安排井然有序。大体上说，前半部侧重叙事，后半部侧重“明志”，而“明志”之意又统贯全篇：先言志于郡守，继言志于封侯，再言志于平天下。后半部畅言平生之志在于荡平天下，但又断无“不逊之志”，只是出于利害得失的种种考虑才不肯让出兵权的。这种结构突出了中心和重点，而且前后文之间有其内在的必然联系，不枝不蔓，首尾呼应。全文无论引古还是证今，都做到有事实，有分析，有理有据，有材料有观点，二者有机统一。

令文抒情言志，饶有文学意味。鲁迅先生指出，汉末魏初文章的特点是“清峻”和“通脱”。此令文典型地体现出了这种艺术特色。“清峻”即简约严明的意思；“通脱”即随便不拘的意思。鲁迅先生还说曹操是改造文章的祖师，说他胆子很大，文章从通脱得力不少，做文章时没有顾忌，想写的便写出来（《魏晋风度及文章与药及酒之关系》）。这篇文章确实是想怎么说就怎么说，无拘无束，毫无禁忌。如“设使有国家无有孤，不知当几人称帝，几人称王”，诚恐己离兵为人所祸，不得慕虚名而处实祸，这诚实的话，非一般的文人或当权者能够说出来的。

令文善于引古证今，以历史事实证明自己的现实思想之合情合理，而且十分可信。用齐桓、晋文说明自己同样尊王攘夷；用乐毅、蒙恬说明自己忠心耿耿；用介推、申胥说明自己不贪封赏；用周公《金滕》说明自己写本文时之良苦用心。由于这些类比得当，就增强了文章的说服力，并且使文章典雅庄重而又多彩多姿。

文章的语言质朴明白，浅显自然，丝毫没有刻意雕饰的痕迹，句句平易近人，字字熨帖自如，利落而痛快地表现了曹操在根本问题上绝不妥协，不能让权让位，而在一些枝节问题上却可以做出让步，表现出政治家的器量和风度。

曹　丕

曹丕，字子桓，曹操次子，汉灵帝中平四年（187）生于谯（今安徽省亳州市）。建安十六年（211）为五官中郎将、副丞相。建安二十二年（217）立为魏太子。建安二十五年（220）曹操卒，他继承其父的官职和爵位，为丞相、魏王。是年终，废汉自立为大魏皇帝，成为亳州历史人物中的第一位封建皇帝，在位七年。黄初七年（226）卒，终年四十一岁，谥文帝。

曹丕“天资文藻，下笔成章，博闻强识，才艺兼该”。自述五岁学射箭，六岁而知射，八岁会骑马。十岁时随父南征刘表，亲兄子修阵亡，他因善骑射而得以脱险。平时工剑、弹、棋、技能戏弄，不减其父。他运筹帷幄，料敌如神，尝对人说：“吉策之于帷幕之内，诸将奋击于万里之外，其相应若合符节”。据记载，他八岁时“能属文”，“少颂诗论，及长而备历五经、四部、史、汉、诸子百家，靡不毕览”，实在是文武全才。

曹丕执政期间，实行九品中正制，确立和巩固士族门阀在政治上的特权。曾两次兴师伐吴，力图完成父亲未竟之统一大业，只是由于客观条件的限制，未能实现。他内心很仰慕汉文帝，曾著《太宗论》，推荐其为君之道，立志做一个“宽仁弘厚、躬修玄默、以俭率下、奉生送终、事从省约”的仁君。他所施行的一些政治措施确也表明了这种心迹：他吸取东汉政纲紊乱的教训，下诏明令“后族之家不得当辅政之任”，“宦人之官不得过诸署令”。下令除了“谋杀大逆”之外，民间其他事端不得相告讼。广询臣民，求贤礼士。广议轻刑，以惠百姓。止复仇，禁淫祀，薄赋税，罢墓祭。多次遣使者巡行各地，访问民间疾苦，赈济灾民，不愧为“旧式明君的典型”。

曹丕爱好文学，他与其父曹操、其弟曹植都是建安文学的积极创作者和热心提倡者，在文学创作和文学理论上都有成就。他的《典论·论文》是我国文学理论的最早一篇文论，提出了文学上前人从未涉及的新课题，对我国文学批评的发展颇有贡献。散文成就较高，尤擅长书信。现存诗歌约四十多首，在形式上受民歌影响，语言通俗，描写比较细致。他敢为人先，富有创造精神，虽以五言为主，但四言、六言、七言、杂言都尝试用，对七言诗的形成有重大贡献。尤其是两首七言诗《燕歌行》，是我国早期七言诗走向成熟的标志，是现存七言诗中最早的优秀之作，被称为“初唐鼻祖”“迭韵歌行之祖”。《陌上桑》的三三七句式，在当时也是少见的。《大墙上蒿行》被评为“长句长篇，斯为开山第一祖”。这种对新诗体的大胆开发，体现出曹丕的文学自觉精神。清人沈德潜说：“子桓诗有文人气，一变乃父悲壮之习矣。要其便娟婉约，能移人情。”明人辑有《魏文帝集》，近人黄节有《魏文诗注》。

浮淮赋　并序

建安十四年，王师自谯东征[(1)]，大兴水运，泛舟万艘[(2)]。时余从行，始入淮口，行泊东山[(3)]，睹师徒，观旌帆，赫哉盛矣[(4)]，虽孝武盛唐之狩，舳舻千里，殆不过也[(5)]。乃作斯赋云。

泝淮水而南迈兮，泛洪涛之皇波[(6)]。仰岩冈之崇阻兮，经东山之曲阿[(7)]。浮飞舟之万艘兮，建干将之铦戈[(8)]。扬云旗之缤纷兮，聆榜人之喧哗[(9)]。乃撞金钟，爰伐雷鼓[(10)]。白旄冲天，黄钺扈扈[(11)]。武将奋发，骁骑赫怒[(12)]。于是惊风泛，涌波骇。众帆张，群棹起。争先逐进，莫适相待[(13)]。

注释：

(1) 王师：指曹操率领的军队。谯：在今安徽省亳州市，为曹操的故乡。

(2) 泛：浮行。

(3)“时余从行”至“赫哉盛矣”二十二字，见于《北堂书钞》《初学记》，《艺文类聚》不载。淮口：淮河河口。洎（jì 计）：及，到。“洎”，别本作“泊”，《北堂书钞》作

“薄”。东山：山名，在涡水与淮河交汇处附近。

(4) 师徒：士卒，也指军队。《左传·成公二年》：“子丧师徒，何以复命?”赫哉：盛大的样子。

(5) 孝武盛唐之狩：据《汉书·武帝纪》，元封五年（前106）冬，汉武帝“行南巡狩，到于盛唐……自寻阳浮江……舳舻千里，薄枞阳而出”。盛唐：地名，在今安徽省六安市。狩：古代君主冬天围猎的声称，后来也指帝王外出巡视。按，《艺文类聚》《北堂书钞》无“盛唐之狩”四字，此据《初学记》补。舳舻（zhú lú 竹庐）：舳为船尾，舻为船头，舳舻指船。殆：大概。

(6) 泝（sù 诉）：逆流而上。淮水：淮河。其上流在今河南桐柏山一带，东经今安徽、江苏境，汇入东海。迈：远行。泛：浮行。皇波：大波浪。

(7) 岩冈：山冈。崇阻：形容山高险要。曲阿：本指房屋的曲角，这里应该指的是东山的山角。

(8) 建：树立，高举。干将（gān jiāng 甘姜）：传说中善于铸造剑的巧匠。《吴越春秋·阖闾内传》记载，吴国人干将和他的妻子莫邪善铸造剑。他们铸造了两把锋利无比的剑，一把是干将，一把是莫邪，献给吴王阖闾。铦（xiān 先）戈：锋利的戈矛。《文选》司马相如《子虚赋》：“曳明月之珠旗，建干将之雄戟。”此句意谓，曹军驾着万艘快船，高举着像干将一样锋利的戈矛等兵器。

(9) 云旗：古时把熊、虎的形象绘在旌旗上，以似云气，称云旗。后来也指高耸入云的旌旗。《文选》司马相如《上林赋》：“拖霓旌，靡云旗。”榜（bàng 傍）人：船工。《文选》司马相如《子虚赋》：“榜人歌，声流喝。”

(10) 撞：击。爰：于是。伐：敲击。雷鼓：此处指战鼓。《文选》张衡《东京赋》：“撞洪钟，伐灵鼓。”

(11) 白旄：用旄牛尾作装饰的白旗，古代用以指挥军队作战。汉·史岑《出师颂》：“昔在孟津，惟师尚父。素旄一麾，浑一区宇。”黄钺（yuè 越）：饰以黄金的长柄斧子，是天子仪仗，也用来征伐。《尚书·牧誓》：“王左杖黄钺，右秉白旄以麾。”扈扈：光彩鲜明夺目。《文选》司马相如《上林赋》：“煌煌扈扈，照耀巨野。”

(12) 赫怒：盛怒。赋文中意指奋起、奋发。《诗·大雅·皇矣》：“王赫斯怒，爰整其旅。”

(13)“争先逐进”二句：意思是众人都不想等待，争先恐后地前进。《左传·昭公三十年》：“楚执政众而乖，莫适任患。”《文选》枚乘《七发》：“驰骋角逐，慕味争先。”

建安十三年（208），曹操与吴蜀联军会战于赤壁，大败，遂引军北还。是年十二月，孙权又围攻合肥，周瑜复在夷陵大败曹仁，仁驻江北与之相拒。为了巩固中国北方的统一，解除合肥之围，曹操于建安十四年三月率军至谯，造轻舟，治水军；七月，引军自涡入淮，出淝水，驻军合肥。时，曹丕从征，目睹了水军到达淮河口时的壮观场面，故作斯赋以歌颂这次出征的盛威。与他同时作赋的还有王粲。

隋·杜台卿《淮赋序》云："魏文帝虽有《浮淮赋》，止陈将卒赫怒；至于兼包化产，略无所载。"（《初学记》卷六）传统的纪行赋多是描绘沿途物产景致，记叙历史典故，曹丕的《浮淮赋》与此不同，它主要是形容军威、颂美武功。

这篇赋可分为两个部分，前一部分写淮河波涛起伏。东山高峻险要，曹军战船浮行，劈波斩浪，集结在淮河广阔的水面上，锋利的戈矛林立，旌旗蔽空。后一部分写曹军威元戎麾旗，钟鼓齐鸣，雷鼓震天，将士奋发，斗志昂扬。对于曹军来说，战船万艘不过是运送军队及辎重物质的工具。而步将骁骑被拘禁在船上无从厮杀，不可驰骋，郁闷已久。忽闻进军的号令，于是人人奋勇、个个争先，众帆高涨，群櫂齐举，你追我赶，无人肯稍待。这飞舟如箭、万艘齐发的气势激起惊风，掀起骇波。以如此锐不可当之势勇往直前，何愁东吴不平？

此赋虽残缺不全，却写出了曹操水军的雄壮气势，表现了一股锐不可当的英雄气概。特别是后半部分，全是短句，密集使用动词，节奏快促有力，把行军时紧张热烈的气氛很好地传达了出来，曹军将士的必胜信心，神采飞扬的形象可见于字里行间。可以说，《浮淮赋》是曹魏军旅纪行赋中非常优秀的一篇作品。

曹　植

曹植（192—232），字子建，沛国谯（今安徽省亳州市）人，三国时期最负盛名的杰出诗人。他是曹操第三子，封陈王，谥思，世称陈思王。曹植聪敏好学，富有才华，诵读诗论及辞赋数十万言，擅长于诗文。18岁作《登台赋》，名声大噪。他被曹操宠爱，一度欲立为太子，但终因“任性而为，不自雕励，饮酒不节”而失宠。建安十年（211）封平原侯，次年又改为鄄城王。曹丕称帝后，他备受犯忌和排挤，郁闷不得志，屡次贬爵和改换封地。曹丕的儿子曹叡即位后，曹植曾几次上书，希望能够得到任用，但都未能如愿，最后忧郁而死，时年四十一岁。

其文学创作以丕即帝位为界，分为前后两期。前期颇多抒发建功立业的豪情壮志之作，如《白马篇》《鰕䱇篇》等，亦有少数关涉社会、反映动乱的作品，如《送应氏》等，另有不少美遨游、叙酣宴之作。后期作品，诗如《赠白马王彪》《野田黄雀行》《七步诗》《泰山梁甫行》，文如《求自试表》《求通亲亲表》，赋如《洛神赋》等，或诉说骨肉相残、屡遭疑忌之苦痛，或发抒有志不能施逞之悲愤，或申述己志，或悯惜世乱，多忧患之辞和慷慨之音；表现上亦趋向沉郁内敛，多用比兴寄托，愈见婉曲深入。其诗、文、赋兼工而俱美。文以表尤善，刘勰《文心雕龙·章表》有“独冠群才”之称。赋以《洛神赋》为著，代表建安辞赋创作最高成就。诗之成就更在文、赋之上。钟嵘《诗品》谓其“骨气奇高，词采华茂，情兼雅怨，体被文质，集溢今古，卓尔不群”，推为“建安之杰”。为诗工于起调，讲求辞藻华赡，造语精工，音韵自然和美，堪称独步；形式则以五言为主，对中国五言诗发展卓有贡献，《诗品》誉其为“五言之冠冕”。原有集，已佚，宋人辑有《曹子建集》，今赵幼文《曹植集校注》为现今所见较好的校注本。生平事迹见《三国志》卷一九。

洛　神　赋

黄初三年(1)，余朝京师，还济洛川。古人有言，斯水之神，名曰宓妃(4)。感宋玉对楚王神女之事，遂作斯赋，其词曰：

余从京域，言归东藩(2)，背伊阙，越轘辕，经通谷，陵景山(3)。日既西倾，车殆马烦。尔乃税驾乎蘅皋，秣驷乎芝田，容与乎阳林，流眄乎洛川(4)。于是精移神骇，忽焉思散(5)。俯则未察，仰以殊观。睹一丽人，于岩之畔。乃援御者而告之曰：“尔有觌于彼者乎？彼何人斯，若此之艳也!”御者对曰：“臣闻河洛之神，名曰宓妃。然则君王所见，无乃是乎？其状若何，臣愿闻之。”

余告之曰：其形也，翩若惊鸿，婉若游龙，荣曜秋菊，华茂春松。髣髴兮若轻云之蔽月，飘飖兮若流风之回雪。远而望之，皎若太阳升朝霞。迫而察之，灼若芙蕖出渌波。秾纤得衷，修短合度。肩若削成，腰如约素。延颈秀项，皓质呈露。芳泽无加，铅华弗御。云髻峨峨，修眉联娟，丹唇外朗，皓齿内鲜。明眸善睐，靥辅承权(6)，瑰姿艳逸，仪静体闲。柔情绰态，媚于语言。奇服旷世，骨象应图。披罗衣之璀粲兮，珥瑶碧之华琚。戴金翠之首饰，缀明珠以耀躯。践远游之文履，曳雾绡之轻裾(7)。微幽兰之芳蔼兮，步踟蹰于山隅。

于是忽焉纵体，以遨以嬉。左倚采旄，右荫桂旗。攘皓腕于神浒兮，采湍濑之玄芝(8)。余情悦其淑美兮，心振荡而不怡。无良媒以接欢兮，托微波而通辞。愿诚素之先达兮，解玉佩以要之。嗟佳人之信修兮，羌习礼而明诗。抗琼珶以和予兮，指潜渊而为期(9)。执眷眷之款实兮，惧斯灵之我欺。感交甫之弃言兮，怅犹豫而狐疑(10)。收和颜而静志兮，申礼防以自持。

于是洛灵感焉，徙倚彷徨。神光离合，乍阴乍阳[11]。竦轻躯以鹤立，若将飞而未翔。践椒涂之郁烈，步蘅薄而流芳[12]。超长吟以永慕兮，声哀厉而弥长。尔乃众灵杂沓，命俦啸侣[13]。或戏清流，或翔神渚。或采明珠，或拾翠羽。从南湘之二妃，携汉滨之游女。叹匏瓜之无匹兮，咏牵牛之独处[14]。扬轻袿之猗靡兮，翳修袖以延伫[15]。体迅飞凫，飘忽若神。凌波微步，罗袜生尘。动无常则，若危若安。进止难期，若往若还。转眄流精，光润玉颜。含辞未吐，气若幽兰。华容婀娜，令我忘餐。

于是屏翳收风，川后静波。冯夷鸣鼓，女娲清歌[16]。腾文鱼以警乘，鸣玉鸾以偕逝[17]。六龙俨其齐首，载云车之容裔[18]。鲸鲵踊而夹毂，水禽翔而为卫[19]。于是越北沚，过南冈，纡素领，回清阳[20]，动朱唇以徐言，陈交接之大纲。恨人神之道殊兮，怨盛年之莫当。抗罗袂以掩涕兮，泪流襟之浪浪。悼良会之永绝兮，哀一逝而异乡。无微情以效爱兮，献江南之明珰。虽潜处于太阴，长寄心于君王。忽不悟其所舍，怅神宵而蔽光[21]。

于是背下陵高[22]，足往神留。遗情想像，顾望怀愁。冀灵体之复形，御轻舟而上溯。浮长川而忘返，思绵绵而增慕。夜耿耿而不寐，沾繁霜而至曙。命仆夫而就驾，吾将归乎东路。揽騑辔以抗策，怅盘桓而不能去。

注释：

(1) 黄初三年：公元 222 年。黄初为魏文帝曹丕年号。据本传和《赠白马王彪》序言，曹植到京城朝拜文帝在黄初四年（223），此赋可能故意不写明真实时间。

(2) 东藩：东方藩国。当时曹植封鄄城王，其地在京城洛阳东北。

(3) 背：离开。伊阙：山名，在洛阳南。轘辕：山名，在今河南偃师县东南。通谷：谷名，在洛阳城南五十里。陵：升。景山：山名。

(4) 税驾：解马卸车。蘅皋：长有杜蘅的水边。秣：喂养。芝田：种植芝草之田，一说为地名。阳林：地名。流眄（miǎo 免）：流转目光观看。

(5)“精移神骇”二句：神思恍惚，忽然思绪散乱。

(6) 睐（lài 赖）：旁视。靥（yè 夜）辅：两颊上的酒窝。权：通“颧”，面颊。

(7) 珥（èr 耳）：珠玉耳饰，此处作动词用，即佩戴。瑶、碧：均为美玉。华琚：有花纹的佩玉。文履：有花纹的鞋。绡（xiāo 消）：生丝织的帛。裾：衣襟，此指襟边。

(8) 采旄：彩色旗（杆上有旄牛尾装饰）。桂旗：桂枝为杆的旗。攘：捋。浒：水边。湍濑：急流。玄芝：黑色灵芝。

(9) 要：约。抗：举。琼珶（dì 弟）：美玉名。和：答。期：会。

(10) 款实：真诚。交甫：郑交甫。传说他行于汉水之滨，遇一仙女，目而挑之，女遂解佩与之。交甫行数步，佩玉不见；回视其女，也消失不见。弃言：失信。

(11) 徙倚：低徊。阴：暗；阳：明。

(12) 竦：耸立。椒涂；长着花椒的路。蘅，草木丛生处。

(13) 杂沓：众多。命俦啸侣；呼朋唤侣。

(14) 匏（páo袍）瓜：星名，在牵牛星东。无匹：没有配偶。

(15) 袿（guī归）：女子上衣。猗靡：随风飘动状。翳：遮蔽。延伫：久立。

(16) 屏翳：风神。川后：水神。冯夷：河伯。

(17) 腾：传告。警乘：警卫车乘。

(18) 俨：庄严。容裔：闲暇自得状。

(19) 毂（gǔ古）：车轮中心承轴接辐部分，此指车子。

(20) 沚：水中小洲。素领：白晰的颈项。清阳：眉目清秀状。

(21) 宵：同"消"。蔽光：隐没光彩。

(22) 背：离。陵：登。

《洛神赋》是曹植后期所写的一篇名作。传说洛神本为宓羲氏之女，名为宓妃，因死于洛水，遂为洛水之神。关于此赋的创作，有以下几种说法：一是认为它通过所写的人神恋爱故事，赞美了女神之美，歌颂了男女之间美好纯真的爱情。二是感甄之说。甄，指甄后，汉末甄逸之女。曹植曾求她为妻，但曹操却把她给了曹丕。甄氏被谗致死。黄初中，曹植入朝京师，曹丕以甄后所遗玉枕相赠。返封国时，曹植将息于洛水之上，忽见甄氏来会，自诉衷情，言讫即不见。为了感念她，于是写了这篇赋。初名《感甄赋》，后来曹丕的儿子曹叡将其改名为《洛神赋》。此说系出于小说家的附会，于事理均有所不合。三是说它隐喻了"君臣大义"。这三种看法以第一说较为可信，但并不排除寄寓了作者在曹丕即位以后有志不遂的思想感情。

赋前简短的序言扼要说明此赋的写作时间、地点和缘由，并说明斯赋传承了宋玉《神女赋》的艺术，然其结构则过之，描绘神女更细纤入骨，神采飞扬。

第一段写自己归藩路过洛水遇见洛神的情形。作者从洛阳出发归东藩，经过一天的劳顿，终于在"日既西倾"的时刻来到了洛水之滨。正当停驾休息、流连光景之际，忽然精神恍惚，思绪涣散，隐约地见到一位美人站在前面的岩畔。她，就是洛神宓妃。这里作者仿枚乘《七发》、司马相如《子虚》

《上林》等汉赋惯用的主客问答式引出洛水女神，用一“艳”字就把其惊人容貌和风采突现出来了。赋一开始就通过这一“殊观”的描绘，把人们带进一个美妙梦幻境界，给全赋涂上一层美丽的神话色彩。

第二段集中写洛神之美貌。作者汲取《诗经·硕人》、宋玉《神女赋》《登徒子好色赋》描写女性的经验，从她的体态仪容、举止打扮和神情风采，多方面地描绘其风姿丽采，柔情绰态。

首先，作者浓墨重笔地描绘了她体态之美。她翩翩然若鸿雁之惊，婉婉然如游龙之升，光彩像秋菊一样鲜明，容光像春松一样焕发，忽隐忽现，如轻云之蔽月，摇荡不定，似回风旋雪。远望，皎洁得如同朝霞中升起的太阳；近看，鲜明得好像挺立在清水中的荷花。作者就是这样采用了一连串优美的比喻，从不同角度描绘出洛神的柔姿美态、光彩照人的形象。特别是以“秋菊”“春松”“荷花”等作比，不仅刻画出洛神仪态的端庄秀美，而且也暗示其品格的高洁。接着描写她的容貌：胖瘦适中，高矮合度，轮廓鲜明，腰如束帛，延颈秀项，皓质呈露，不施芳泽，粉脂弗用，发髻高高，长眉弯弯，丹唇皓齿，外朗内鲜，“明眸善睐，靥辅承权”，这些刻画极为细腻传神。洛神姿态天然，举世无双，堪称绝代佳人。对其服饰的描写也极为精妙：所穿奇服举世无双，罗衣璀粲，装饰着美玉，头上是金翠的首饰，身上点缀着明珠闪闪发光，穿着远游花鞋，拖曳着薄绢裙。端庄秀美的容貌，再加上这精心的打扮和装饰，真是无与伦比。而对其神态动作的描写更是楚楚动人。她隐身于浓郁芳香的幽兰丛中，徘徊于山脚之下，忽然又轻举遨游嬉戏，左倚采旄，右荫桂旗，伸出皓腕，在水流中采摘黑芝。一位纯真活泼、可爱无比的少女形象跃然纸上，真是呼之欲出，栩栩如生。在我国文学史上，以这样丰富的词汇、秾丽的辞采、生动比喻、细致入微地刻画女性美貌，尚属首次。

第三段写作者对洛神的爱慕和追求之情及由此而产生的矛盾心理。这与作者当时的政治处境相吻合。作者被女神的人品和外貌所吸引，初恋的激情使得他心情不能平静，甚至还有几分悒郁。作者苦于没有良媒来和洛神沟通情谊，所以，只能靠眼神的微妙变化来传递衷情，并赠送玉佩作为定情的信物。这正是《离骚》“解佩纕以结言兮，吾令蹇修以为理”的意思。可喜的是洛神知礼明诗，多才多情。“习礼”说明女神有文化教养；“明诗”说明女神与作者志同道合，有共同话语。女神当即回报以美玉琼琋，并约定幽会处。

神女如此爽朗明快地作出积极的响应，爱情来得如此容易，反而使作者顿生狐疑。自然想到郑交甫江滨遗珮的故事，于是作者立即“收和颜而静志”，即从爱情的迷惘中清醒过来，并且马上“申礼防以自持”，即用封建礼教约束自己。在情场中表现出的这种克制，似乎暗示了当时政治处境的险恶，人身安全均受威胁，前途更是变化莫测，因此作者后期立身行事，备加小心。对女神，作者热烈追求也好，忍痛割爱也罢，终究不能忘怀世事。此段心理变化描摹细腻入微；由爱慕而追求，将成功而克制，深刻地表现了恋爱过程中感情和理智的矛盾与斗争。

第四段写洛神对作者的倾心仰慕及爱情受挫的苦闷。洛神被作者的追求所感动，和作者在感情上产生共鸣，因而在作者面前情不自禁，流连忘返。作者感到“神光离合”，这正是洛水女神情动于中而不能自持的表现。“竦轻躯以鹤立，若将飞而未翔”二句和上文若即若离，表现女神仍在恋恋不舍，尽管对方已经“申礼防以自持”。“轻躯”言洛神体魄轻盈，照应上文“游龙”“惊鸿”之喻，“鹤立”有卓而不群、遗世独立之意。“超长吟以永慕兮，声哀厉而弥长”，是说洛神伤感地大声叹息，声音极其悲哀、激越而深长，表示缠绵的相思之意。这些细节和心理描绘，突出了洛神的丰富而多情的感情。

继之写众神的安闲快活，用以反衬洛神爱情受挫时的苦闷。当洛神只身陷于爱情的痛苦之中时，众多神灵却纷至沓来，这些无忧无虑的快活神灵，互相呼朋唤友，尽情戏闹。有的在河里戏水，有的在水面或小洲之上翱翔，有的在采集宝珠，有的在拾取翠鸟的羽毛，显得何其逍遥。人之哀乐不得相通，神之感情竟也如此隔膜。作者以这欢快的情境，表现洛神悄然延伫、举袖掩面之悲叹情意，诚有王夫之所说的“以乐景写哀情”的强烈反衬效果。接着是对洛神举止形体的动态描写，是对第二段女神描写的补充。“体迅飞凫”四句照应上文“翩若惊鸿”“竦轻躯以鹤立”，再一次描写洛神体态苗条，步履轻盈，上能腾飞，下能踏水，神通广大，高深莫测，充满神秘气氛和诡谲色彩。“转眄流精，光润玉颜”再次描写洛神的眼睛光芒四射、炯炯有神，越发显出洛神的容颜像美玉一样光泽清润，楚楚动人。“含辞未吐，气若幽兰”写洛神的内向性格和兰蕙气质，这是《离骚》香草美人的比兴手法的传承。

第五段写洛神因人神道殊不得与作者结合而怅然离去。首先作者极力渲染离去的场面和气氛，风神停息了风，水神平静了水，驾驭阴阳的冯夷敲起鼓，炼石补天的女娲唱起歌，飞腾的文鱼警卫着车驾，鸾铃叮铛，众神皆逝。越过北边的沙洲，经过南面的山冈。同时转过头来，露出眉清目秀的脸庞。女神启动朱唇慢慢地述说男女之间爱情交接的伦理纲常。“恨人神之道殊兮，怨盛年之莫当”是女神的警策之论，道出了这场爱情悲剧的根本原因，表达了女神悲恸欲绝之情，倾吐了对作者笃诚纯真的爱情。

第六段写洛神离去后作者的无限思恋与惆怅之情。洛神去后，“君王”惆怅若失，回想洛神的神情音貌，顾望遇见洛神之处，愁绪无穷，他多么希望洛神再现。为了寻觅洛神，竟驾轻舟逆流而上。在洛水里行船，忘了归返，思念不绝，耿耿难眠，以致身上沾满了浓霜，直到天明。末尾四句转入现实，追寻不见，只好命仆夫整驾归藩。但当手执騑辔，扬起马鞭时，却又徘徊依恋，不忍离去。至此，收束全篇。作者的绵绵情思，眷恋深情，令人深受感动。这样的结尾，起到了直接抒发情感的作用，给人一唱三叹之美感。

全文就是这样随着故事情节的不断发展，逐步塑造洛神的形象。作者的情感也随之抒发出来。从赋中，我们可以看到，作者赞美洛神与生俱来的外在形象美与内在的品格美，正是作者所追求的理想，洛神就是作者理想的化身。而这种理想的产生又是与作者当时的生活处境密不可分的，是作者现实生活中思想和情感的反映。

《洛神赋》是传承我国优秀文化传统的名篇，它源于《诗经》中的恋歌和《楚辞》中的发愤抒情及神话传说，运用汉赋铺张扬厉的艺术手法，熔叙事、抒情、描写于一炉，创作成为一篇人神恋爱不欢而散的悲剧。

本篇在总的思想倾向上和屈原赋的矢志不移地追求政治理想的精神是一致的。而故事的构思又直接借鉴了宋玉的《神女赋》《高唐赋》和《登徒子好色赋》。《洛神赋》运用铺陈手法，恰到好处，适可而止。如对洛神的外形、容貌、体态、服饰、举止都详加细致描绘。即如容貌还从高矮、胖瘦、肩、腰、颈、眉、眼、唇、齿，以及肤色、发型等多方面一一描写，这显然是对汉赋手法的有选择地继承。《洛神赋》有些词语都明显蹈袭《神女赋》。如《神女赋》言神女“秾不短，纤不长”，《洛神赋》则说洛神“秾纤得衷，修短合度”。《神女赋》言“忽兮改容，婉若游龙”，《洛神赋》说“翩若惊鸿，婉若游龙”。《神女赋》言“眉联娟以蛾扬兮”，《洛神赋》说“修眉联娟”。诸如此类，不胜枚举。至于整个洛神的描写，更从《登徒子好色赋》里受到启发。

对洛水女神容貌外形的细致描写，是《洛神赋》的巨大艺术成就。《诗经·硕人》开创了对女性美的肖像描写的先河："手如柔荑，肤如凝脂，领如蝤蛴，齿如瓠犀。螓首蛾眉。巧笑倩兮，美目盼兮。"后来宋玉的《登徒子好色赋》对女性美的描写有了发展，但偏于一般介绍，其形象描写的只有四句："眉如翠羽，肌如白雪。腰如整素，齿如含贝"。都远不如《洛神赋》描写的生动。特别是，曹植笔下的洛神，不但外貌俊美，而且是一个内心世界十分丰富、有血有肉的充满生命力和人情味的艺术形象，这是巫山神女和东家之子远远不及的。作品中美丽善良、纯洁多情的洛神，已成为千百年来人们所公认的美的典型，在她身上体现了作者的美学观点，寄托了他的美学理想；然而她又是那样可望而不可即，给作者带来的是求之不得、结合无缘的失望与惆怅。这失望里，难免他在曹丕统治下君臣难合、平生抱负难期实现的痛苦与幽愤。或者说，作品寄寓着作者对理想的追求与求之不得的失落情绪。

《洛神赋》故事性强，情节富有变化。汉赋长于咏物，自宋玉《神女赋》等作品问世后，叙事性的辞赋几乎绝迹。《洛神赋》给辞赋以新的生命活力。作者和洛神一见倾心，特别是洛神的美貌更打动作者的心弦。但爱情的进展并不顺利。在双方心许之后，作者忽然想起郑交甫爱情失败的教训而狐疑起来，使好事多磨，爱河生波，作者竟然"申礼防以自持"，这给情窦初开的洛神不啻是一瓢凉水，只好"声哀厉而弥长"了。这是一次爱的波折。下面洛神的孤独之感和"转眄流精，光润玉颜"的神态，又燃起作者的爱恋之情，这又是一个波折。然而此时洛神的热情却减退了，准备返回故地，同时也"陈交接之大纲"。这正和作者"申礼防以自持"的行为相辉映。双方只能怀恨而别，这是最后的波折。之后作者的思念，又完美了洛神和作者形象的塑造。全文情节曲折变化，感情起伏错落，结构一波三折，跌宕多姿，富有戏剧性，难怪洛神形象至今仍然活跃在舞台之上。

《洛神赋》是汉代大赋向魏晋抒情小赋发展过程中的具有代表性的一篇名作。它改变了汉赋平板铺叙的传统做法而转向抒情化、个性化；在体制上它突破了汉赋的固定格式与铺叙的框框，带有故事性、戏剧性；它避免了汉赋大量堆砌生词僻字的做法，而使用了清新流畅的语言和华美的词采来描绘形象，抒发感情，从而增强了描绘的生动性、形象性和感人的艺术魅力；它由汉赋的注重写实而转向了浪漫主义，表现出丰富而细致的想象力，塑造出十分美艳动人的浪漫主义形象，使作品放射出灿烂夺目的浪漫主义光辉。总的看，作者在赋体的抒情化方面较多地接受了屈原《离骚》《九歌》的影响，在描写、刻画形象和故事化方面则较多地受到了宋玉《神女赋》的影响，并且丰富和发展了他们的描写手法，作者充分发挥了自己的才华和创造力，使赋体脱离扬雄、司马相如、班固、张衡的传统体制而另开新境，为它注入了新的活力，使之走上一条新的发展道路。《洛神赋》不但对后来的文学创作产生了很大影响，而且对戏剧、绘画艺术也有深远的影响。

李　密

李密（224—278）字令伯，犍为武阳（今四川彭山县东）人。父早逝，母何氏改嫁，由祖母刘氏抚养成人。年轻时师事名儒谯周。曾任蜀汉尚书郎，多次出使东吴，有才辩。司马炎建立晋朝，征召他为太子洗马，辞不应命，祖母死后，他才去洛阳，先后任太子洗马、尚书郎、汉中太守等职。最后怀怨被谗，免官老死家园。他长于经学训诂，曾授徒讲学。

陈　情　表

臣密言：臣以险衅，夙遭闵凶[1]，生孩六月，慈父见背；行年四岁，舅夺母志[2]。祖母刘愍臣孤弱，躬亲抚养[3]。臣少多疾病，九岁不行[4]。零丁孤苦，至于成立[5]。既无伯叔，终鲜兄弟[6]。门衰祚薄，晚有儿息[7]。外无期功强近之亲，内无应门五尺之僮[8]。茕茕孑立，形影相吊[9]。而刘夙婴疾病，常在床蓐；臣侍汤药，未尝废离[10]。

逮奉圣朝，沐浴清化[11]。前太守臣逵，察臣孝廉；后刺史臣荣，举臣秀才[12]。臣以供养无主，辞不赴命[13]。诏书特下，拜臣郎中；寻蒙国恩，除臣洗马[14]。猥以微贱，当侍东宫，非臣陨首所能上报[15]。臣具以表闻，辞不就职[16]。诏书切峻，责臣逋慢[17]。郡县逼迫，催臣上道。州司临门，急于星火[18]。臣欲奉诏奔驰，则刘病日笃；欲苟顺私情，则告诉不许[19]。臣之进退，实为狼狈[20]。

伏惟圣朝以孝治天下，凡在故老，犹蒙矜育；况臣孤苦，特为尤甚。且臣少仕伪朝，历职郎署，本图宦达，不矜名节[21]。今臣亡国贱俘，至微至陋，过蒙拔擢，宠命优渥；岂敢盘桓，有所希冀[22]？但以刘日薄西山，气息奄奄；人命危浅，朝不虑夕[23]。臣无祖母，无以至今日；祖母无臣，无以终余年[24]。母孙二人，更相为命，是以区区不能废远[25]。

臣密今年四十有四，祖母刘今年九十有六，是臣尽节于陛下之日长，报刘之日短也[26]。乌鸟私情，愿乞终养[27]。臣之辛苦，非独蜀之人士及二州牧伯所见明知；皇天后土，实所共鉴[28]。愿陛下矜愍愚诚，听臣微志，庶刘侥幸，保卒余年[29]。臣生当陨首，死当结草[30]。臣不胜犬马怖惧之情，谨拜表以闻[31]。

注释：

(1) 言：禀告。以险衅：因命途多难，罪孽深重。衅，罪过。夙遭：早年遭到。闵凶：丧事，此指丧父。

(2) 见背：指父丧。背，离开。行年：经历过的年岁。舅夺母志：舅父逼母改嫁。封建时代的妇女，在夫死后改嫁就被认为失节。此为母讳之言。

(3) 愍（mǐn 敏）：怜悯。躬亲：亲自。

(4) 不行：指体弱不能走路。

(5) 零丁：亦作“伶仃”，孤独无依的样子。成立：成人自立。

(6) 伯叔：伯父，叔父。鲜（xiǎn 显）：少，没有。此用《诗经·谷风》成句。

(7) 门衰：门庭衰微。祚（zuò 做）薄：没有福气。晚有儿息：年纪很大了才生有子女。

(8) 外无二句：家庭以外没有关系近的亲属，家门之内连个开门的童仆也没有。期（jī 机）功：均古代丧服名。期，周年。功，大功九月；小功五月。在宗法社会中，以亲属关系的远近制定丧服的轻重。强（qiǎng 抢）近：关系勉强可算接近。应门，客来开门。

(9) 茕茕（qióng 穷）：孤独无依貌。孑（jié 洁）立：孤立无靠。形影相吊：只有自己的身体和影子互相安慰。吊，问候。

(10) 婴：缠绕。此指疾病缠身。蓐（rù 入）：草席。废离：停止，离开。

(11) 逮：及，到。奉：侍奉。圣朝：指西晋王朝。沐浴清化：蒙受清明的政治教化，此是恭维的话。

(12) 太守逵和刺史荣：姓均不详。孝廉：汉代后选择人才的一种科目名，即每年由地方官考察当地人物，向朝廷推荐孝顺父母、品行廉洁的人出仕。郡从孝廉，州举秀才。秀才：也是选择人才的科目，指优秀人才。

(13) 供养无主：无人主持供养祖母的事。辞不赴命：辞谢不接受诏命。

(14) 郎中：晋至南北朝，为尚书曹司的长官。除：拜官授职。洗马：太子的侍从官，晋代改掌图籍。

(15) 猥（wěi委）：谦词，鄙贱的意思。东宫：借指太子，因太子住在东宫。陨（yǔn允）首：指杀身。陨：落。

(16) 具以表闻：都用表章上呈。

(17) 切峻：急切严厉。逋慢：逃避命令，态度傲慢。

(18) 郡县：地方官。州司：州官。星火：比喻急迫。

(19) 日笃：一天比一天沉重。告诉：向上级陈述苦衷。不许：不被允许。

(20) 狼狈：比喻进退困难的处境。

(21) 伏惟：旧时下对上表示恭敬的用语（俯伏地上思考）。凡在故老：凡是属于故旧、遗老。矜育：怜惜，供养。伪朝：指已灭亡的蜀国。宦达：做官而显贵。不矜名节：不顾惜名誉、节操。

(22) 宠命优渥：优宠任命，恩泽优厚。盘桓：不进的样子。希翼：企图。此指非分的愿望。

(23) 日薄西山：太阳将迫近西山。比喻人老垂死。奄奄：气息微弱貌。危浅：活不长了。不虑：不能预料。

(24) 终余年：度过剩余的岁月。

(25) 更相为命：互相依靠而维持生命。是以句：因此为孝顺祖母，不能远离。

(26) 尽节：竭尽臣职。报刘：报答祖母刘氏。

(27) 乌鸟二句：像乌鸦反哺一样的心情，但求把祖母侍养到最后。相传小乌鸦长大能喂养老乌鸦，故用以比喻孝亲。

(28) 辛苦：指辛酸孤苦的处境。二州牧伯：梁州、益州的地方官。牧伯，即刺史。也即上文所说的太守逵、刺史荣。皇天二句：指天地神明也都看得清楚的。鉴：审察。

(29) 矜愍：怜悯。愚诚：指孝养祖母的一片诚心。庶刘二句：希望祖母能侥幸地度过晚年。

(30) 生当二句：说将来要为国不惜牺牲，死后也要报恩。据《左传》宣公十五年载，晋大夫魏武子临死时，嘱咐其子魏颗把爱妾杀了以殉葬。魏颗将其改嫁。后来颗与秦将杜回交战，见一老人结草绊倒敌将，使杜被擒。夜里梦见结草老人，自称乃所嫁妾之父，特来报不杀他女儿之恩。

(31) 犬马怖惧：臣下谦卑语，用狗、马惶恐、畏惧自比。拜表：上奏章。

《陈情表》又名《陈情事表》，作于晋武帝泰始三年（267），与诸葛亮的《出师表》俱为魏晋时期表文的名篇。蜀亡后，晋武帝司马炎对一些亡国旧臣加以网罗利用，征李密为太子洗马，他因祖母年迈多病，无人奉养，上表固辞。武帝最后答应了他的请求，并赐奴婢二人，使郡县供其赡养祖母的费用。刘氏亡后，他守丧服终，即出任太子洗马等职。

文章一开始就以追叙幼年不幸及家庭困苦发端，先用“臣以险衅，夙遭闵凶”总说，然后用“生孩六月，慈父见背”“行年四岁，舅夺母志”及“少多疾病，九岁不行”三件事具体加以印证。既孤且弱，而能“至于成立”，靠的是什么呢？于是自然地将愍臣孤弱、躬亲抚养的祖母刘氏推出，祖孙之间的特殊关系及必然抱有的特殊感情已不言自明。“既无叔伯”至“形影相吊”数句，进一步从“零丁孤苦”方面申说，这样既从作者方面再次强调了他同祖母之间相依为命的关系，又从年迈而且“夙婴疾病，常在床蓐”的祖母方面强调了她除作者之外已没有第二个人可以依靠，从而为“臣侍汤药，未曾废离”张本，为作者的陈情提出了有力的依据，为全文作了很好的铺垫。

转而陈述目前进退两难的处境和苦衷。一方面是“刘病日笃”，确实离不开；另一方却又是“告诉不许”，并且到了“诏书切峻，责臣逋慢；郡县逼迫，催臣上道；州司临门，急于星火”的地步。作者毫不保留地将这一矛盾提出，并且提交到武帝面前，无疑是要武帝妥善解决这一矛盾，从而接触到了问题的要害和实质，将文意大大推进了一步。

作者摆出了问题和矛盾，但并不打算被动地听从武帝裁决。因此第三段委婉地表示了自己的想法。西晋是主张“以孝治天下”的，于是作者首先抓住这一点，作为自己立论的依据，表面上是赞许“圣朝”的主张，实际上是巧妙地采取了“以子之矛，攻子之盾”的方法，置武帝以无言以对的境地。“凡在故老，犹蒙矜育，况臣孤苦，特为尤甚”数句，连用几个副词转折层递，强调了自己困难的特殊性。但作者是亡国旧臣，一再拒征怕武帝对他产生矜守名节、留恋旧朝的疑心，于是又特地表白了一番心迹，说明自己是“本图宦达，不矜名节”的人物，今以一“亡国贱俘，至微至陋”之身而能“过蒙拔擢，宠命优渥”，是感恩不尽的事情，不敢还有别的想法。接着回到正题，以“日薄西山”数句形象地说明刘氏目前的危殆处境，以“臣无祖母，无以至今日，祖母无臣，无以终余年”这一整齐对偶、明确剀切的语言总结了祖孙二人之间数十年来“更相为命”的关系。然后在此基础上，顺理成章地提出了“区区不能废远”的想法。行文至此，武帝对作者的请求已成不得不允之势，如果再“告诉不许”，显然已经很困难了，就违背了“以孝治天下”的主张。

但作者意犹未尽，最后一段即第四段，又再以“四十有四”与“九十有六”对比，说明“臣尽节于陛下之日长，报刘之日短”。这不仅再次巧妙地暗示自己并不打算矜守名节，而且委婉地说明了“忠”“孝”虽然暂时发生了矛盾，但从总体上说仍可两全，而且为朝廷“尽节”的日子远比“报刘”的日子长的道理。然后从正面明确提出了“乌鸟私情，愿乞终养”的请求，为一篇点题。作者把自己同祖母之间的感情托言于“乌鸟私情”，从而再次为“愿乞终养”的请求作了一个有力的铺垫。最后，作者又补充说明了两点：一是自己的困难处境神人共鉴；二是如果武帝答应了自己的请求，自己“生当陨首，死当结草”来给予报答，无论事实，也无论情理，至此都已表达得十分完备，可以说到了毫发无遗憾的地步。难怪武帝看了表文后，发出“密不空有名”的感叹，要“嘉其诚款”（见《三国志·蜀书·杨戏传》裴注引《华阳国志》），而答应其请求，也自是水到渠成的事情了。

这篇文章在艺术上有两个明显的特点。

一、围绕“孝”字陈情。文章虽本于封建的纲常伦理观念，但作者对祖母所表现出来的一片真诚善良的赤子之情还是难能可贵的。全文围绕“孝”字陈情，以情动人。这篇文章之所以能打动古今的读者，这种感情起了很大的作用。

文章以“愿乞终养”为主旨，以“母孙二人，更相为命”为中心，反反复复地叙事、说理、抒情，一方面颇能抓住关键，合理处置详略；另一方面又能使有关的方方面面无不触及，无不透彻言之，因此显得语意周密，给人以滴水不漏、天衣无缝之感，令人难以辩驳。作者很善于揣摸、迎合晋武帝心理，话既说得有理有据，入情入理，又极有分寸感，恳切，委婉，谦恭得体；既有诚挚之意，也有惶惧之心，很合于一个“亡国贱俘”的身份，武帝读后自然容易声声入耳。文章更注意以情动人，叙家庭境况则沉痛凄婉，述个人要求则是恳切深至，纯是一片真情流露，武帝读后自然句句动情。故李格非称它是“沛然从肺腑中流出，殊不见斧凿痕”（惠洪《冷斋夜话》卷三引)。

二、语言的强烈感染力量。此表所以能打动晋武帝，除了孝心笃厚外，语言具有强烈的感染力也是一个重要因素。本文语言自然流畅，毫不做作。魏晋之交，作文崇尚雕饰，词采富艳，文风颇为浮华，真情动人的文章并不多。而李密此文所写纯然出于人子天性，如实道来，孝心可鉴，笔端含情，辞意恳切，读来如见作者如泣如诉的哀苦情态。但是在自然流畅之中仍可窥见作者锤炼语言的功力之深。他熟练地运用四字句铺叙实情，同时又间用长句，既把道理说清，又不单调呆板，使得句式参差错落，另有一种潇洒的风致。如说自己因孤苦而受到祖母的抚养，以及祖母因多病需要自己侍奉，写出了祖孙二人相依为命不可分离的关系，说尽忠与孝亲二者之间只能先孝后忠，孝亲之日短而尽忠之年长，把问题的两方面都照顾到了，使武帝看后无话可说。长句则有五字句、六字句、八字句、九字句，最长的一句有十五字之多。总之，句式随表达的需要灵活多变。

为了将问题的两方面说得更清楚、更生动，作者适当地运用了对偶排比句，如“既无伯叔，终鲜兄弟”，“外无期功强近之亲，内无应门五尺之僮”，“生当陨首，死当结草”等，这些排偶句的运用使得这篇表文具有相当的文学性，成为优美的散文作品。

本篇语言上的成就还表现在文内许多话凝炼而又生动，富于形象性，因此千古流传，成为人们常用的成语。如“孤苦零丁”“茕茕孑立，形影相吊”“急于星火”“日薄西山，气息奄奄，人命危浅，朝不虑夕”等，这些成语都有强大的生命力和丰富的表现力。

王羲之

王羲之（821—379），字逸少，会稽（今浙江绍兴市）人。东晋显宦王导的侄儿。曾任江州刺史、会稽内史、右军将军等职，世称王右军，是我国历史上著名的书法家，有“书圣”之称。也长于诗文，但为书法之名所掩。他胸怀旷达，爱好自然山水，又富有爱国思想，为当时人所敬重，现存有辑本《王右军集》。

兰亭集序

永和九年，岁在癸丑，暮春之初，会于会稽山阴之兰亭，修禊事也[1]。群贤毕至，少长咸集。此地有崇山峻岭，茂林修竹，又有清流激湍，映带左右，引以为流觞曲水，列坐其次，虽无丝竹管弦之盛，一觞一咏，亦足以畅叙幽情[2]。是日也，天朗气清，惠风和畅，仰观宇宙之大，俯察品类之盛，所以游目骋怀，足以极视听之娱，信可乐也[3]。

夫人之相与，俯仰一世，或取诸怀抱，悟言一室之内；或因寄所托，放浪形骸之外[4]。虽趣舍万殊，静躁不同，当其欣于所遇，暂得于己，快然自足，曾不知老之将至；及其所之既倦，情随事迁，感慨系之矣[5]！向之所欣，俯仰之间，已为陈迹，犹不能不以之兴怀；况修短随化，终期于尽[6]。古人云："死生亦大矣"，岂不痛哉[7]！

每览昔人兴感之由，若合一契，未尝不临文嗟悼，不能喻之于怀[8]。固知一死生为虚诞，齐彭殇为妄作，后之视今，亦犹今之视昔，悲夫[9]！故列叙时人[10]，录其所述，虽世殊事异，所以兴怀，其致一也。后之览者，亦将有感于斯文。

注释：

(1) 永和：东晋穆帝年号。九年：公元353年。癸丑：干支纪年。会稽：郡名，今浙北一带。山阴：县名，今浙江省绍兴市。兰亭：在绍兴西南，地名兰渚，有亭。修禊(xì)：一种消除不吉的祭礼。古人风习，在农历三月初三日（上巳日）临水而祭，以祓除不祥，称为修禊，当年是日，王羲之和他的朋友孙绰、谢安、孙统等四十一人在兰亭聚会。

(2) 修竹：高高的竹子。激湍（tuán团）：急流成漩涡的水。映带：形容景物互相映衬，彼此关连。流觞：用漆制酒杯，盛酒放在曲水上游，任其循流而下，杯子停在水的某处，人即取饮。曲水：引水环曲为渠，用以流杯饮酒。次：旁边，这里指水边。丝竹管弦：泛指音乐。幽情：沉静的情怀。

(3) 惠风：柔和的风，春风。品类：指天地万物。游目：纵目游观。骋怀：舒展胸怀。足以句：完全可以尽情享受眼看耳听的乐趣。

(4) 夫人句：人们生活在一起。相与：相处。俯仰一世：很快就度过一生。俯仰，俯仰之间，言时间短促。诸：之于。怀抱：胸怀抱负。悟言：对面畅谈。所托：指所爱好的事物，如寄情山水。放浪：旷达不拘。形骸：形体。

(5) 趣舍：取舍。趣：同"趋"。静躁：性格安静与躁动，即上文"悟言一室之内"和"放浪形骸之外"。暂得二句：自己得到暂时的满足和高兴。曾不句：竟然没想到已经接近老年。《论语·述而》："发愤忘食，乐以忘忧，不知老之将至云尔"。感慨系之矣：感叹之情随着事物的变迁就发生了。

(6) 向之所欣：从前的"欣于所遇"。陈迹：过去的事情。以之兴怀：因为它而产生感慨。修短随化：寿命长短，顺从自然规律。终期于尽：终归有穷尽的期限。

(7) 古人云：庄子《德充符》："仲尼曰：'死生亦大矣，而不得与之变。'"

(8) 兴感之由：发生感慨的原因。若合一契：似乎完全相同。契：古人用木或竹刻的契券，分成两半，以合一作为凭验。喻之于怀：理解为什么会这样。

(9) 一死生：把死和生看作一样。《庄子·齐物论》中有"方生方死，方死方生"的说法。齐彭殇：把长寿人物彭祖和短命早死的人看作同等。《庄子·齐物论》："莫寿于殇子，而彭祖为夭"。彭，传说中尧的臣子，姓篯名铿，封于彭城，活了八百岁。"一"和

“齐”都用作动词。

(10) 列叙时人：一一记下参加兰亭集会的人名。

这篇脍炙人口的散文，又名《兰亭修禊序》，或《上巳日会兰亭曲水诗并序》，或《三月三日兰亭诗序》，或《临河记》《兰亭记》。晋穆帝永和九年(353)三月三日，王羲之相邀当时的名流孙统、孙绰、支遁、谢安等四十一人欢度修禊节，在会稽山阴兰亭举行一次大规模的文人集会，利用“曲水流觞”，与会者临流赋诗，各抒怀抱，共赋诗三十七首，名之曰“兰亭集”，王羲之为这些诗写下了这篇序文。作者以饱含感情的笔触，朴素清新的语言，描绘了广阔的自然风景和集会盛况，抒发了对人生无限感慨的情怀，真实地反映了当时士大夫的人生观。

文章先叙述盛会的时间、地点、人物和缘由，接着记叙集会的盛况以及秀丽的自然环境。在这段人、地、时、日的记叙中，作者以高度的艺术概括，突出了“群贤毕至，少长咸集”临流赋诗的盛况。而与此相衬的是“崇山峻岭，茂林修竹……清流激湍”的明丽环境。众多文人雅士置身于这自然图画之中，如临仙境。而且这天是“天朗气清，惠风和畅”，所以“游目骋怀，足以畅叙幽情”。这就把文人骚士的“一觞一咏”的闲适、淡雅的情致及其旷达胸怀尽收笔端。因此，不能不使人感到，虽然无丝竹管弦伴奏，但别有风韵的文人集会确实别具一格，引人入胜。作者运用画家的写意手法，略加点染，就为读者勾勒了一幅明净深秀的画面，充分体现了作者那种高雅从容、顾盼不凡的文采。此时此刻，风和日丽，山明水秀，集会兰亭，纵情欢愉，放眼四望，顿觉“宇宙之大，品类之盛”，怎能不极尽“视听之娱”“信可乐也”？作者就是如此地使情景自然交融，最后很自然地点出一个“乐”字，作为第一部分的结束。

接着，作者着重于触景生情，慨叹人生短暂。这段一开始由上段的“仰视”“俯察”之乐，承接引申为“俯仰一世”作为总起，是说人的一生，犹如俯仰之间瞬息即逝，由“乐”而转为“悲”。然后由两个“或”字，点出两种不同怀抱的人：即有的人乐于会聚于斗室之内谈叙各自胸中抱负，以遣情怀；有的人则喜欢放浪形骸之外，放荡不羁。紧接着用“虽”字一转，说明尽管“取舍”“静躁”不同，即对事物的态度、好恶各异，但当其“欣于所遇”，亦都“快然自足”，甚至“不知老之将至”。可是又“情随事迁”，“向之所欣”

在“俯仰之间，已为陈迹”。时光的流逝是不以人的意志为转移的，转瞬之间就成了往事，所以又不能不因之感叹。最后借“况”字引申，发出“修短随化，终期于尽”的消极感慨，相信死生由命，寿夭听凭造化，无可奈何，最终还要归结于消灭，不亦悲乎？结尾借用古人所说的“死生亦大矣”，岂不痛哉！本段概括了生死由天、人生短暂、无可奈何的态度。承上段极言聚会之欢乐，就愈感到人生转瞬即逝的悲哀，一“乐”一“悲”，引人慨叹万千。

最后交代写作这篇序言的动机。由第一段写聚会的“乐”，第二段写人生短暂的“悲”，引出当时有些名士对庄周“一死生，齐彭殇”的迷恋的否定。当时有些士大夫，受老庄思想影响，崇尚玄学，自命清高，厌世弃俗，以至于感慨生悲，陷于清谈。在本段中作者对老庄的“一死生”“齐彭殇”的虚无主义思想进行了批判。作者王羲之虽然处在黑暗的年代，但他的人生观是积极的。他认为尽管古今兴叹之由是出于对生死这件大事的看法，但却坚决不同意“一死生”和“齐彭殇”之说。他把具有这种思想的人斥之为“虚诞”“妄作”，并用“固知”一词十分肯定地表明自己的态度：把生与死、寿与夭等同相待是不可理解和不能接受的。他认为生就是生，生有生的欢乐；死就是死，死有死的悲哀。长寿就是长寿，夭折就是短命，彭祖活了八百岁，是长寿，婴生下来就夭折了，就是短命。不能把两者同提并论。因此，他对此次“群贤毕至，少长咸集”的“曲水流觞”的盛事十分流连与珍惜。唯恐时不我待，事不再来而感慨系之。为此欣然挥笔写下了这篇序言，让“后之览看，亦将有感于斯文”。文中虽然不免也流露了一些感伤与消沉，但是，王羲之对人生还是充满深情的。他也要让后世的人对死生有一个正确的看法。这是具有积极意义的。

这篇序文：简短精悍，结构严谨。全文共三个自然段，第一段写集会的欢乐，说明人生得意须尽欢，生活是可爱的；第二段感叹人生短暂而悲哀，死是痛苦的；第三段是对盛行于当时社会的老庄思想进行批判，说明写序的原因。层次清楚，衔接自然，联系紧密，浑然一体。

本文与其他序文写法不同。一般序文用的是说明文或论说文，本文却用了写景、叙事、抒情、议论四者融为一体的写法。篇首的叙事描写，不仅绘声绘色，形神兼及，而且富有诗情画意，流露出作者对大自然的爱慕之情，做到了景中有情，情融于景，情景自然融合。下文引出的议论和感慨情真意切，深沉低回，显而不露。说理批判，入情入理入景，情真意切景美，给人以新的启示。

本文笔调质朴自然，隽爽流畅，洒脱无拘，完全没有装腔作势、粘皮带骨的痕迹。这也是值得借鉴的。

王羲之在这次“曲水流觞”的集会上，看到大家兴之所至创作了三十七首诗，他也乘着酒兴，把这篇三百三十五字的序文一气呵成书幅。这幅《兰亭集序》是他毕生得意之作，过去的作品都无法和其相比，后来的作品也没有超越它的。从文学角度说，这篇《兰亭集序》是一首优美的散文诗，是传世佳作，颇能代表王羲之散文的风格。从书法角度说，它集文学艺术美与书法艺术美为一体，是“天下第一行书”。

陶 渊 明

陶渊明（365—427），字元亮，一说名潜，字渊明，浔阳柴桑（今江西九江市）人。卒后友朋私谥“靖节”。早年曾任江州祭酒、镇军参军、彭泽令等职，后因厌恶官场污浊，遂退隐农村。由于接近农民和参加一些农活，对农村生活有所体验，他很多描写农村日常生活的诗歌，表现了农村的美好风光，诗人的闲适生活和心情，和他不愿与黑暗现实同流合污的高尚情操，内容真切，感情深厚；但也常常反映了他逃避现实、乐天安命的消极思想。另外也写了一些表示政治理想和关心政局的诗，说明他对政治始终没有忘怀。诗歌的风格质朴自然而形象鲜明，对后代诗人的创作曾产生很大的影响。有《陶渊明集》。

归去来兮辞并序(1)

余家贫，耕植不足以自给。幼稚盈室，瓶无储粟(2)，生生所资(3)，未见其术。亲故多劝余为长吏，脱然有怀(4)，求之靡途。会有四方之事(5)，诸侯以惠爱为德，家叔以余贫苦(6)，遂见用于小邑。于时风波未静，心惮远役。彭泽去家百里(7)，公田之利，足以为酒，故便求之。及少日，眷然有归欤之情(8)。何则？质性自然，非矫厉所得(9)；饥冻虽切，违己交病(10)。尝从人事，皆口腹自役[11]，于是怅然慷慨，深愧平生之志[12]。犹望一稔[13]，当敛裳宵逝。寻程氏妹丧于武昌[14]，情在骏奔[15]，自免去职。仲秋至冬，在官八十余日。因事顺心，命篇日《归去来兮》。乙巳岁十一月也。

归去来兮，田园将芜胡不归[16]！即自以心为形役[17]，奚惆怅而独悲[18]？悟已往之不谏，知来者之可追[19]。实迷途其未远，觉今是而昨非。舟遥遥以轻扬[20]，风飘飘而吹衣。问征夫以前路[21]，恨晨光之熹微[22]。

乃瞻衡宇[23]，载欣载奔[24]。僮仆欢迎，稚子候门。三径就荒[25]，松菊犹存。携幼入室，有酒盈樽。引壶觞以自酌，眄庭柯以怡颜[26]。倚南窗以寄傲[27]，审容膝之易安[28]。园日涉以成趣，门虽设而常关。策扶老以流憩[29]，时矫首而遐观[30]。云无心以出岫[31]，鸟倦飞而知还。景翳翳以将入[32]，抚孤松而盘桓[33]。

归去来兮，请息交出绝游。世与我而相违，复驾言兮焉求[34]！悦亲戚之情话，乐琴书以消忧。农人告余以春及[35]，将有事于西畴[36]，或命巾车[37]，或棹孤舟[38]。既窈窕以寻壑[39]，亦崎岖而经丘[40]。木欣欣以向荣，泉涓涓而始流[41]。善万物之得时[42]，感吾生之行休[43]。

已矣乎[44]，寓形宇内复几时[45]！曷不委心任去留[46]，胡为乎遑遑兮欲何之[47]，富贵非吾愿，帝乡不可期[48]。怀良辰以孤往，或植杖而耘耔[49]。登东皋以舒啸[50]，临清流而赋诗。聊乘化以归尽[51]，乐乎天命复奚疑！[52]

注释：

(1) 并序：原无此二字，据汲古阁翻宋本《陶渊明文集》校补。

(2) 瓶：储放粮食的陶器，如甏、甕之类。

(3) 生生：犹维持生活。前一“生”字为动词，后一“生”字为名词，资：取给，凭借。

(4) 脱然：犹豁然。怀：念头，想法。

(5) 会有四方之事：语出《论语·子路》“便于四方”。这里指陶渊明为建威参军时出使京都（建康）事。

(6) 家叔：当指渊明的叔父夔，曾为太常。

(7) 彭泽：县名。在今江西省湖口县东。

(8) 少日：不多几天。眷然，心向往貌。

(9) 矫厉：谓勉强致力事务。

(10) 违己：违反自己的意志。交病：犹言产生痛苦。

(11) 这两句说：因图口腹之饱，而役使自己（出来做官）。

(12) 平生之志：指隐居。

(13) 稔（rěn忍）：谷物成熟叫稔。一稔，指收获一次。

(14) 寻：不久。程氏妹：嫁给程家的妹妹。

(15) 骏奔：急赴之意。

(16) 胡：同何。

(17) 以心为形役：因为陶渊明本心不愿做官，但不得不为生活而奔走，因此说心神为形体所役使。

(18) 奚：何。惆怅，感伤貌。

(19) 悟已往两句：这两句说，认识到过去的错误虽不可挽救，而未来的事，还来得及补救。谏，止，犹挽救。追，来得及弥补。语见《论语·微子》："往者不可谏，来者犹可追。"

(20) 扬：飞扬。形容船行驶轻快。

(21) 征夫：行人。前路：前面的路程。

(22) 晨光熹微：清晨天色初明。熹：同"熙"，光明。本段为辞官回家的心情。

(23) 瞻：望见。衡宇：衡，衡门，隐者所居横木为门的简陋居室，此处指旧宅。《诗经·陈风·衡门》："衡门之下，可以栖迟"。旧注以为贤者安于贫贱，后世诗文常有"衡门"，"衡宇"指贫贱者的居处。

(24) 载欣载奔：且欣且奔。载：助词，乃：且的意思。

(25) 三径：李善注引《三辅诀》说：汉蒋诩隐居时，于舍前竹下开了三条小路，只与求仲、羊仲两人来往，后人遂以三径作为隐士居所之称。

(26) 眄（miàn面）：闲散地观看。柯：树枝。

(27) 傲：指高傲的意志。

(28) 审：明白。容膝：仅足容膝的居室，形容住处的狭小。《韩诗外传》："今结驷列骑，所安不过容膝；食方丈于前，所甘不过一肉。"这句意思说，明白狭小的住处亦易安身。

(29) 策：持。扶老：手杖。流：周游。憩：休息。

(30) 矫首：举首。遐观：远望。

(31) 以：原作"而"，据汲古阁翻宋本《陶渊明文集》校改。岫（xiu袖）：山峰。

(32) 景：日光，这里即指太阳。

(33) 这句和上文"松菊犹存"都赞赏经得起风霜的植物，有自比之意。

(34) 驾言：指出游。用《诗经》"驾言出游"的意思。驾：驾车。言：语助词。焉求：何求。

(35) 及：至。

(36) 畴：田亩。

(37) 巾车：有布篷的车子。

(38) 棹：划船的长桨，这里当动词用。

(39) 窈窕：山路幽深之状。

(40) 崎岖：山路高低不平之状。

(41) 涓涓：水流微细之状。

(42) 善：喜，羡慕。

(43) 行休：将要结束，指死亡。本段写归家后隐居生活的乐趣。

(44) 已矣乎：犹言“算了吧”。

(45) 寓形宇内：寄寓形体于宇宙之内。犹言“活在世上”。

(46) 曷不：何不。委心：随心。去留：指死生。任去留：谓不以死生为意。一说，去留，行止。

(47) 遑遑：急急忙忙、心神不定的样子。

(48) 帝乡：仙乡。

(49) 植杖：指放掉手杖，拿起耘田器耕作。植：置。耘：除草。耔（zǐ 子）：以土培壅苗根。

(50) 皋：田泽旁边的高地。舒啸：放声长啸。啸：撮口发出的长而清越的声音。

(51) 聊：姑且。乘化：随顺着大自然的运转变化。尽：指死亡。

(52) 本段写人生有限，不必遑遑然有所追求，应该随顺自然的安排而过乐天安命的生活。

在文学史上，《归去来兮辞》是一篇著名的作品。宋代大文学家欧阳修说“晋无文章，唯陶渊明《归去来兮辞》而已”。王安石也推崇它为“南北文章之绝唱”。这样的推崇未必很恰当，但却说明了这篇文章所以受人推崇，是因为作者在当时不愿与污浊的社会同流合污，蔑视和厌恶官场的卑鄙的生活，感情真挚，写得富有诗情画意，思想内容和写作技巧都有独到的地方。

从序中可以知道，这是作者辞去彭泽县令时写的。关于辞去彭泽令的原因，沈约《宋书·陶潜传》说：“郡遣督邮至县，吏白应束带见之。潜叹曰：‘我不能为五斗米折腰向乡里小人！’即日解印绶去职，赋《归去来》。”这和序所说不尽相同。但有一点是可以确定的，即作者在污浊的社会里不肯同流合污，虽然“耕植不足以自给”，却毅然抛弃了官职，且写斯文，表明自己久已鄙弃官位，一旦回到田园，亲近自然，心中感到无限的喜悦。这在极端黑暗的东晋时代是极为可贵的。

文章的主体是有韵的“辞”，主体之前的“序”，说明求官弃官的原因与过程，即作“辞”的原由，为后面正文抒写的依据。

文章可分为两部分。第一部分（前两个自然段），写弃官归隐的心绪和经过。首句即点题。“归去来兮”二句，以突兀之笔势，感叹之语调，写决计归田。说“田园将芜”，所以辞官，纯系托词，“心为形役”，才是肺腑之言。接着两句说，既然自己当初为生计所迫走上仕途，那么为什么还要伤心烦恼呢？“悟已往”二句，化用“往者不可谏，来者犹可追”（《论语·微子》），说过去的错误，已无法挽回，而现在归隐以了宿愿还来得及。“实迷途”二句是作者沉痛的自白，决绝的宣言。入仕所涉“迷途”虽“实”，但可喜的是“未远”，在污浊的官场里混的时间不长（“在官八十余日”），陷得不深。“今是昨非”，前后对比，是非鲜明，褒贬有力。以上写“归去来兮”的原因。

接着，通过想象，写归途中和到家后的情景。首叙走水路，顺风行舟，轻快惬意。次叙行陆路，昼夜兼程，归家心切。作者刚踏上家乡的土地，远远望见自家简陋的房屋，又“欣”又“奔”，寓情于形，跃然纸上。“僮仆欢迎，稚子候门”的热情诚挚气氛，使归来的主人感到由衷的欣慰，也反衬出他对官场的厌弃。“三径就荒”，写所感，叫人惋惜；“松菊犹存”，写所见，尤令人欣喜。菊的芳洁，松的傲霜耐寒，喻作者的坚贞品性。“携幼入室”，与“稚子候门”照应。“三径”“容膝”分别用蒋诩归隐不仕和北郭先生辞聘的故事，似信手拈来，语如己出，而无用典之痕。

以下描写由居室移至庭园，节奏由急促转为舒缓，以表现作者归隐后安闲、宁静的生活情趣。从“引壶觞以自酌”到本段末尾，形象地描绘了作者归田后引觞自酌、依窗寄傲、日涉园林、手抚孤松、拄杖流憩、矫首遐观、峰际云飘、天空鸟归的画面，创造了一个安乐闲适、自由自在的意境，表现了隐居生活的种种乐趣和作者洁身自好、孤芳自赏的情怀。“云无心以出岫，鸟倦飞而知还”二句，对仗工整，情景交融。白云出岫，本属无心；飞鸟知还，乃由久倦。生动形象，寄托深远；抒发内心感受，真切自然，不露痕迹，因而具有很强的艺术感染力。“景翳翳以将入”，夕阳在山，暮色将至，“抚孤松而盘桓”，手抚孤松，托物寄怀，以示作者卓然独立的坚贞气节有如此松。

第二部分（后两个自然段），写归家后的生活和感受。从字面上看，“归去来兮”与开头重出，但细读全文，可知作者用心。开头是作者归隐的誓言，此处写出作者回到久已向往的田园，更加痛感“今是昨非”，坚定了躬耕的决心。“请息交”句，申言作者要断绝与上层社会的一切交往。“悦亲戚”二句说，听家人说说知心话，与琴、书为伴，也就是以“乐”而“消忧”了。“农夫告余以春及，将有事于西畴”，既是躬耕的写实，又是浪漫的抒情。作者与“农夫”为友，虚心向他们学习农话。“或命”四句，以轻快的旋律和优美的节奏，写躬耕之暇，作者乘兴出游，或登山泛水，或探胜寻幽。“崎岖经丘”承“或命巾车”，指陆行；“窈窕寻壑”接“或棹孤舟”，指水路。“木欣欣”四句，作者触景抒怀，面对春天万物欣欣向荣的蓬勃景象，感到宇宙无限而人生短暂，流露出要及时行乐的情感。字里行间虽有低沉的感叹，但基调仍是乐观、旷达的。这一层承上启下，所写从居室和田园扩展到效野及溪山之间，描绘了春郊农事和山溪寻胜的隐居生活，并睹物兴怀，引出段末的抒情议论。

末段抒发对宇宙和人生的感慨，是作者隐居生活的自白，也是对污浊官场的否定。作者自己的人生态度是：“富贵非吾愿，帝乡不可期”，追求富贵不是我的志愿，仙山琼阁又不可企及；他所求的是“怀良辰以孤往，或植杖而耘耔。登东皋以舒啸，临清流而赋诗”，良辰美景，独自出游，除草培土，躬耕农事；登高长啸，临水赋诗；平生志趣，如此足矣。以“聊乘化”二句，收束全文。这是作者的处世态度和人生哲学，虽不无消极，但确出自内心，且饱含着对作者从官场引退后的沉痛反思，且有过来人的切身体验，因而有别于那些假隐士之名，求荣身之实者的阔谈玄论，自命清高。

在写作技巧方面，这篇文章有以下值得重视的特点：

一、“文”“辞”结合，多方展示。这篇文章的主体是“辞”，是叙述作者归田后的心情和乐趣的。主体之前的“序”文，本来只需简要说明一下文章写作的原因就可以了，但它却比较详细地叙述了自己出仕彭泽和弃官归家的原因和经过，这不仅能帮助读者深入理解主体部分所叙述的心情和乐趣，而且有利于揭示全文的主题。主体的“辞”从厌恶仕宦生活，决心弃官回家写起，既照应了序文，又开启了下文对欢乐心情的描述。接着便多方面展示归田后的欢乐，先写初归时的天伦之乐，次写庭园内的安闲宁静，再写纵情山水的出游之乐，最后以乐天知命、乘化任运总写其田园生活的无忧无虑，节节相续，层层开拓。“文”“辞”互补，首尾贯通。

二、寓情于形，寄情于景。文中写自己归田后的欢乐心情，除少数几句是直接议论、倾诉外，大多都是通过对具体的活动和景物的精心雕绘来显现的。作者置身于田园，大自然中的万物万象，都在他的身旁眼中；他的形体动作，也都在自然界的美景之中。描形、写景，错落相间，而又景中有形，形不离景。描形、写景、抒情融为一体，形、景、情水乳交融，作者的思想和情操得到了淋漓尽致的表现，文章也因之而具有强烈的艺术感染力。

三、本文感情诚挚，爱憎鲜明，写出了作者对当时社会的不满和厌弃，对乡土田园的向往和热爱，耿介不阿，光明磊落。正如苏轼所说：“陶渊明欲仕则仕，不以求之为嫌；欲隐则隐，不以去之为高”（《东坡题跋》卷三）。文章还对后世产生过积极的影响，如唐代诗人高适在封丘县尉任上，遇到“拜迎长官心欲碎，鞭挞黎庶令人悲”的尖锐矛盾时，便十分自然地“转忆陶潜归去来”。

四、此文语言朴素，音节谐美，叙事抒情，自然融洽，直写胸臆，不事雕凿。李格非曾有见地指出：“沛然如肺腑中流出，不见有斧凿痕”（《笺注陶渊明集》卷五引）。作者以极其轻快的笔调和朴素的语言，勾勒出流水的明丽，春光的蓬勃，描绘了归田之后心境的闲适怡然，朱熹所谓“其词义夷旷萧散，虽托楚声，而无尤怨切蹙之病”（同上引）的评语，也并非溢美。

萧悫

萧悫（生卒年不详），字仁祖，南兰陵（今江苏常州西北）人，梁武帝萧衍侄孙。梁末奔北齐，武平中（572 年左右）为太子洗马。历周入隋，为记室参军。他的秋夜所赋的《上之回》诗很美。今存《春赋》一篇。原有集 9 卷，已失传。

春　赋

落花无限数，飞鸟排花度[1]。禁苑至饶风[2]，吹花春满路。嵒前片石迥如楼[3]，水里连沙聚作洲。二月莺声才欲断，三月的春风已复流。分流绕小渡，堑水还相注[4]，山头望水云[5]，水底看山树。舞余香尚在，歌尽声犹住。麦垅一惊翚[6]，菱潭两飞鹭。（据严可均《全隋文》卷 13）

注释：

（1）排：推。

（2）禁苑：帝王苑囿。饶风：温柔之风。

（3）嵒：同岩。迥：高远。

（4）堑：护城河。

（5）水云：即雾。

(6) 翚：五彩雉，即田鸡。

春回人间，她给大地披上了新装，山青，水碧，草绿，花红。那温柔的春风将百花吹得落英缤纷，烂漫多姿；那欢欣的鸟儿在芳香的花丛中飞来飞去；那帝王苑囿也禁不住春光，到处惠风流畅，一切都沐浴在明媚的春光中，好一片万紫千红的喜人春色。赋一开始就用饱含融融春意的妙笔，选取这富有浓郁春光特征的"花""鸟""风"等自然景物加以描绘，勾画出一幅生机勃勃、光彩异样的春光图，给人以春色浓郁的美感。

之后，作者笔峰一转，描绘春天禁苑的迷人风采。山前的片片峭石，犹如鳞次栉比的亭台楼阁，水中的沙石聚集在一起形成点点沙洲。这山奇水明，相映生辉，景色醉人，但没有闹春的鸟儿，岂不煞风景？作者深得这审美妙趣，于是那描春的画笔随着作者观赏的目光又移到了仲春的"莺声"。"莺声才欲断"，写出了莺儿对春的留恋之情，那季春的和风也不甘落后，不失春时，在"莺声才欲断"之际已遍流四方。"莺""风"本是无情物，但一经"才欲断""已复流"的铺写，便具有了灵性，好像它们对人间春色也怀有一种特殊的情感。那两条小溪环绕着小小渡口，堑水又倾注其中。登封望去，山头云雾飘渺；俯视山下，只见天空的白云在水中飘动，山头的绿树沉浸在水底。这山头、水底，极富层次感，既可画出春水的透明碧色，也突出了树影的清晰丰美。这几句，作者以其意识的流动为线索，笔峰连转三次，将岩石、沙洲、渡口、溪流、水云、山树、莺歌、燕舞和谐地统一于一幅画面中，有声有色，有动有静，巧妙地表现出阳春三月的清新绚丽之美。

春光点染了大自然，也冲动了人们的春游之心。赋末作者则又变换角度，铺写皇宫禁苑的游乐情形，虽未直言其乐，然透过"舞余香尚在，歌尽声犹住"二句则可目睹到一群群美女载歌载舞，可耳闻到那发自美女喉中的婉转悠扬的乐曲，可嗅触到那歌女身上芬芳馥郁之香，这歌声、舞影、芳香，惊动麦垅中的翚与菱潭中的鹭，这既是写实，又是写意，虽不免豪华富贵之气象，然也表现出大自然浓郁春光之下的人间春色。尤其是最后两句，乃是表现作者艺术风格的佳句，他对偶精美，平仄顺口；形象可爱，极富情致；想象夸张，然不失真；极其形象地表现了充满生机的春色和南朝贵族的富贵豪华的春游情景。

这篇小赋，虽为宫体之流，在内容上无特异之处，但形式却很别致，它不断变换角度，反复铺写，力求全面再现大好春色；它全用五、七言诗句组成，讲究对仗，辞藻清丽，韵音流转，简直与诗无别。邢劭云："萧仁祖之文，可谓雕章间出"（《萧仁祖集序》）。由是赋观之，斯言妙哉。这不仅代表南朝诗赋的艺术水平，而且也表现出南朝诗赋合流的趋势，初唐作家颇学此体。

萧大圜

萧大圜（？—约581），字仁显，南兰陵（今江苏常州西北）人，梁简文帝萧纲第二十子。自幼聪敏，四岁能通《三都赋》及《论语》。大宝初（550）封乐梁王。侯景作乱，逃奔北周长安，北周保定二年（562）封始宁县公，加车骑大将军仪同三司。入隋，拜内史侍郎，出为河西郡守。今存赋作《竹花赋》一篇。著有《梁旧事》30卷，诗文集20卷，已失传。

竹花赋

嗟春色之澄明，映阳流之澈清[(1)]。花绕树而竞笑，鸟偏野而俱鸣。残陂萍合[(2)]，斜蹊草萦[(3)]。暄条絮满[(4)]，煖路丝横[(5)]。游蜂集而衔蕊[(6)]，戏蝶飞而带英[(7)]，鹎欲啼而莔歇[(8)]，雁始去而芦生。别有葳蕤绣簜[(9)]，便娟绿筒[(10)]。缥枝承露[(11)]，缃箬来风[(12)]。汉律依节[(13)]，月桂临丛[(14)]，乍影翻于乐沼[(15)]，时名留于瑞宫[(16)]，学应龙于葛水[(17)]，宿鸊凤于方桐[(18)]。洛下七贤[(19)]，湘滨二女[(20)]，倾翠盖之踟蹰[(21)]，泛莲舟之容与[(22)]，倜傥傲人[(23)]，便嬛笑语[(24)]，拊嫩筠以含啼[(25)]，顾贞筠而命醑。（据严可均《全隋文》卷13）

注释：

（1）阳流：阳光。

（2）陂：池岸。

(3) 蹊：鹃路。

(4) 暄：暖。

(5) 煖：即暖。

(6) 衔：藏。

(7) 带；围绕。英：花。

(8) 鹎：杜鹃鸟。歇：尽。

(9) 葳蕤：纷披貌。绣篛：文彩的大竹。

(10) 便鹃：苗条。筒：竹名。

(11) 缥：淡青色。

(12) 缃箬：淡黄色的竹。

(13) 律：法典。

(14) 月桂：月亮。

(15) 乐沼：即神话中的乐池。

(16) 瑞官：祥瑞的官殿。

(17) 应龙：有翼的龙；葛水：即葛陂。传说仙人曾给费长房一根竹杖，他起之回家后扔在水中，竹杖化而为龙。

(18) 鷃凤：凤凰的别名。

(19) 洛下七贤：即魏晋时期的竹林七贤。

(20) 湘滨儿女：即娥皇女英。相传二人听到夫舜死亡的消息，伤心流泪于竹上，便成点点斑痕，称湘妃竹。

(21) 踟蹰：相连貌。

(22) 容与：自由，逍遥。

(23) 倜傥：卓越豪迈。

(24) 便嬛：轻丽。

(25) 拊：轻拍。筠：竹子的青皮，也为竹子的别称。

竹，劲本坚节，不受霜雪，绿叶萋萋，翠筠浮浮；虚心而直，无所隐蔽；不孤根以挺，耸比相依以櫂秀，故有刚柔忠义之称，为世人所宠爱，历代诗文多有题咏。斯赋正是赞美竹的这样伟岸高拔的气节与品格。

春回大地，春意融融，春色橙明，春光流动，好一派春意盎然的景象！赋一开始就以感叹的语调传达出对春所特有的新鲜气息的感受与赞美。接着妙笔伸向生意竞发的大自然，以工笔之法绘画出纯真的自然之美：缠绕在树上的花儿斗相开放，“竞笑”一词形象地表达出百花粲然盛开的情态；野外的鸟儿欢欣地唱歌，一个“俱”字写出了鸟儿啁啾的欢闹场面；水萍漫滋，随风飘动，游来游去，聚集在残陂边；生长在弯曲的小路边的野草，在春风中旋回攀绕，一个“萦”字描摹出野草的勃勃生机；扬花飞絮，随着春风的踪迹飘飘荡荡；蛛网坠落在路间；游蜂衔蕊，戏蝶绕花，一“衔”一“带”，不仅刻画了蜂蝶有意陶醉于这明媚春光之中，就连作者的赏春知情也包孕其中了。兰草歇，杜鹃啼；芦苇生，燕始去，百媚自生，它们像是满怀喜悦之情宣告春天来临。这里，作者以细腻轻柔的笔调描绘了万物逞妍斗艳的姿态，有情、有态、有声、有色、有动、有味、有静，参差错落，层次分明而又谐和一致，字里行间流动着春天的气息。

然而，赋的重心不在于对生意竞发的客观景色的描绘，而在于对竹花的礼赞。作者不惜笔墨地描绘万物争春的景象，以此衬托竹的不媚不谀，无哗众取宠的高尚品格。因此，用“别”有一词一转。不仅强调了竹子的不凡，而且也启示人们不可轻视不争春的自抱贞心的竹子。先绘其与众不同之容貌，她亭亭玉立，楚楚娟人，“便娟”，描绘出她的优美之姿；其枝郁郁绿阴，袅袅延纬，承受着大自然的甘露，微风浮动着竹叶，传出如清脆玉竹的悦耳声，给人以清爽怡静的情致；婆娑月光路过竹枝，疏影斜洒，如烟如雾。这淡淡几笔，朗丽飘逸，明快馨香，动态中再现其形姿，使那翠竹的鲜碧与雅姿历历在目。她虽无花“竞笑”之容，无鸟“俱鸣”之声，无蜂“衔蕊”之态，无蝶“戏英”之情，然其玉立之形犹在眼前，其清香之气扑面而来，其清脆之声犹在耳边。意境优美，神韵独具，具有诗情画意的美，形象地表现出峭拔苍翠、生机勃勃的气质与品格。

后写其内蕴神韵。由于竹节坚干直，故常被赋予生命化了的人格气质，成为中国文人的知音好友，成为人格化的真君子，具有人的多重多层的仪态风范。汉制太守赴郡剖竹为二，一留中央，一与郡守。苏武淹留匈奴十九年而持节不倦，因而竹即成了臣下忠于职守的象征；它声扬于大雅之堂，名留于祥瑞之宫，因而竹具有典雅孤傲的神韵；费长房投竹于葛水而化为龙，因而竹具有神秘的风采；凤凰非竹不食，因而竹具有高洁不凡的品格；放浪形骸，避世离俗的七贤活动于竹林之间，竹人移情，因而竹具有倜傥傲人、葆其贞姿亮节之情趣；湘滨二女执着柔韧的男女情肠，则含蓄地传达出竹子的贞操。作者通过这些历史传说，赋予竹子人格化，故事中寓其形，形不离其神，从刚柔忠义贤等方面多层次地揭示竹子的审美特质，极大地丰富了竹子蕴含的情感和容量，在读者心目中树起自抱贞心的形象，与那些有意逞妍斗艳的草木花卉形成鲜明的对比，王国维说得好：竹之为物，草木中之有特操者。与群居而不倚，虚中而多节，可朽而不可曲，凌寒暑而不渝其色……其超世之致与不可屈之节，与君子为近，是以君子取焉。”（《此君轩记》）

斯赋以轻柔细腻的笔调绘春光，描竹之形神，前后互为衬托，字里行间洋溢着春天的气息，流动着竹的清香，读了沁人心脾，令人神怡，不失为脍炙人口的咏竹小赋，可以说，斯赋发扬了屈子的《桔颂》的传统，托物述怀，深得骚旨之意趣。

江　总

江总（519—594），字总持，祖籍济阳考城（今河南兰考）。自幼聪明好学。仕梁室至太子舍人、太常卿。侯景之乱，奔至广州，流寓多年。入陈为司徒右长史、太子詹事。入隋，官居上开府。今存赋作 9 篇，如《修心赋》《辞行李赋》《云唐赋》《南岳木槿赋》等。他的铭文如《芳林园天渊池铭》《永阳王斋后山亭铭》《玄圃石室铭》，皆成山水景物佳作。著有《江令君集》。

云　堂　赋

览黄图之栋宇[(1)]，规紫辰于太清[(2)]。何面势之膠葛[(3)]，信不日之经营[(4)]，仰一时之壮丽，跨万古之威灵。吐触石之奇色[(5)]，混高堂之旧名。若乃三阶八户，百栱千楹，莹以玉琇[(6)]，饰以金英[(7)]。绿芰悬插，红渠倒生[(8)]。于时木叶声寒，壶人唱静[(9)]，承露擎虚[(10)]，相风昭迥。天子乃下辇开宴，出豫娱神[(11)]。文悬日月[(12)]，思革风尘，实附凤之多幸，愧屠龙之不真[(13)]。（据严可均《全随文》卷 10）

注释：

(1) 黄图：帝都，此指云堂。

(2) 紫辰：殿名。太清：天空。

(3) 膠葛：旷远。
(4) 信：实在。
(5) 吐：显现。
(6) 玉琇：似玉之石。
(7) 英：花。
(8) 渠：即蕖，荷花。
(9) 壶人：宫内之人。
(10) 虚：天空。
(11) 豫：巡游。
(12) 文：法文律令。
(13) 屠龙：高超的技艺。

诗人徐志摩曾经说过：每一个地方，都有一个地方的“灵性”。云堂，即禅宗之寺院，是禅师倡道之处。因此，它的“灵性”就在一个“禅”字上，江总的这篇赋，主要突出云堂的“禅”趣。不过，这种禅趣不是通过佛法道义表现出来的，而是通过对云堂奇观的描绘表达出来。

禅堂，一般都坐落在名山幽深处，与奇山异水茂林清泉相伴，让人有一种神秘崇高之感。赋起笔就以夸张的笔调，从空间的角度描绘云堂外观的雄伟气势，突出其“威灵”。它，雄峙在云雾缭绕之中，何等旷远，像是太清中的紫辰。这不仅传神地渲染了深山云堂的超然气氛和幽冥的境界，而且也形象地衬托出山的崇高，虽未直接写山，但山之峻势自现。一“仰”一“跨”的赞叹，流露出作者对云堂的壮丽与威灵的倾心。然后，作者用他那枝彩笔具体描绘云堂的风采神韵，突出其“丽”。这“丽”表现为一是人工之巧，二是自然之美，那云堂之壁放射出触石样的奇异光彩，那用玉琇、金英装饰起来的三阶八户、百栱千楹，明晃晃，亮堂堂，光闪闪。一“金”一“玉”一“莹”，形象地传达出云堂的金碧辉煌，逼真地再现了云堂的富丽。“绿芰悬插，红渠倒生”，美妙传神地描绘出“芰”“渠”生长的神态芳姿。这一“绿”一“红”，秀色迎面，清香流溢，一派清新纯真的自然之美。这既是实写，写尽自然之美；又是象征，自古以来，文人赋予“渠”象征意义，将它比为清白高洁的君子。这里以此象征云堂的高雅纯洁。那“木叶声寒”与“壶人唱静”相应和，相风昭迴，在听觉上又给人以清幽肃静之感。这儿，作者运用不同笔调，描绘两幅图景：一是具有色感的云堂图，一是具有声感的云堂景，声色交并，互为映衬，相互生辉，又和谐地统一在画卷中，生动地烘托渲染云堂的清幽高洁之美，令人心诚目净，欣欣然、飘飘然诱发人们对个中境界的向往。古天子下辇开宴，巡游娱神，“文悬日月，思革风尘”，以标记禅悦收笔。

不难看出，在作者眼中，云堂已由一个审美的对象，变成了作者人生理想表述的载体。无论是触石、玉琇、金英，还是绿芰、红渠、木叶，云堂的一切都充满了生机盎然的力量。在作者笔下，云堂不止是一个只有青灯、古佛、寂寞萧条的场所，也不是可望而不可及的超凡的存在，而是佛教审美的另一种表现形式，它崇高、辉煌、幽秘，而又充满生命的情趣。在这种与生命融为一体的亲密感中，人的超越与净化、社会的革旧与从新才能成为可能，别有情趣地表现了作者“标记禅悦”的人生追求。

赵 冬 曦

赵冬曦（677—750），字仲爱，定州鼓城（今河北晋县）人。唐代辞赋家。进士出身，唐中宗时，曾任左拾遗。神龙二年（706），上书请定律令格式，刊定科条，直书其事，时称之。开元初，迁监察御史，因罪流放岳州。与张说、尹懋三人常游宴赋诗。开元十年（722）受张说之召与贺知章等人入集贤殿修撰史书。后历任考公员外郎、集贤院直学士、中书舍人等职，官终国子祭酒。性放达，不屑世事，工诗能赋。今存《谢燕公江上愁心赋》和《三门赋》两篇。原有集，已亡。

三门赋 并序

砥柱山之六峰者，皆生河之中流，盖夏后之开凿。其最北有两柱，相对距崖而立，即所谓三门也。次于其南，有孤峰揭起[1]，峰顶平阔，夏禹之庙在焉。西有孤石数丈，圆如削成。复次其南有三峰，东曰金门，中曰三堆，西曰天柱。湍水从黄老祠前东流，湍激蹙于蝦石[2]，折流而南，漱于三门，包于庙山，乃分于四流。淙于三峰之下，觝于曲限，会流东注。加以两崖夹水，壁立千仞，盘纡激射[3]，天下罕比。时以内兄牛氏，壮而游焉，相顾赋之，以纪奇迹。

大河弥漫，上应天汉[4]。濬灵波于积石之西[5]，瀑悬流于昆仑之半。茫茫禹功，兹焉会同。凿连岩而泻潋[6]，罗崛岛以攒空[7]。阔兮若横两阙于江上[8]，岌兮若拔三山于海中[9]。崇山嵚崟[10]，呀水淙射[11]。左右飞涛，起伏相击。截奔湍兮跻石台[12]，目霍濩兮心徘徊[13]。三峰砥其却立，架崇门以洞开，连嶂纡河以壁峭[14]，叠巘乔空而半颓[15]。洪流蹙折以坌涌[16]，漱湍崟窟而相碓[17]。苞峦祕隒[18]，砯其鼓作[19]。回泶澎瀑[20]，漓以山摧[21]。奔涛迅澓[22]，纷其荡骇，蓬勃滑淈[23]，霍以云迴[24]。盘涡寥廖以谷旋[25]，奔石砰磕以成雷[26]。拗怒未洩[27]，横流逆折，合如地转，散若天裂，摇腾砻屿[28]，刷荡珊穴[29]，硉岩腰而沫沸[30]，淙隘口而湍咽[31]。

然后澡云雰霭[32]，收涛卷濑。汩沄沄以无声[33]，漫浩浩以东会。总四流而混合[34]，注三穴而滂沛[35]。泛洪涟于大碛之东[36]，薄余怒于天地之外[37]。当其时也，山兽惊跃，水禽乱飞，鱼獭沉潭以不动，猢猱拱树以相依[38]。窜鲛人于洞壑[39]，帖舟子于涟漪[40]，莫不愁白鹭之初下，叹黄牛之暝归。

若乃降望金门，儴徉石鞴[41]，穷岩万仞[42]，一曲千里，松历历而生崖，草鬖鬖而覆水[43]。云蓬茸兮历地生[44]，风飕飕兮百籁惊。猿惜暮而悲叫，鸟辞春而不鸣。帖镍屼兮杪峥嵘[45]，飞客心兮动客情，怜石菌之冬茂[46]，赏瑶芝之夜明[47]。惟夏君兮永蛰[48]，拜灵庙兮何及，榱梁古兮山鸟栖，阶壁芜兮野鼯入。感微禹之叹深[49]，亢幽歌以伫立[50]。歌曰："申负石兮空自奇[51]，客乘查兮何远为[52]。君不见虚周之泛泛，浩乘流而不羁。"（据《全唐文》卷296）

注释：

(1) 揭：举。

(2) 激：阻遏水势。蹙：迫近。

(3) 盘纡：盘回纡曲。

(4) 应：接。

(5) 濬：疏通河道。

(6) 泻潋：倾斜漂浮。

(7) 罗：排列。

(8) 阙：空隙。

(9) 岌：高险。

(10) 嵚崟：高峻茂。

(11) 呀水：大水。

(12) 奔湍：急流。跻：登攀。

(13) 霍濩：盛多。

(14) 纡：屈曲。

(15) 巘：山峰。乔空：高空。

(16) 坌涌：齐涌。

(17) 磓：撞击。

(18) 祕隒：隐闭的山岸。

(19) 砯：猛。鼓作：振动。

(20) 回泶（xué）：旋转。

(21) 漓：流动。

(22) 澓（fu）：洄流。

(23) 滑涸：涌流注入。

(24) 霍：急速。

(25) 寥廖：空深。

(26) 砰磕：声音宏大。

(27) 拗怒：抑制愤怒。

(28) 砻屿：水边巨石。

(29) 刷荡：洗荡。

(30) 硉：击。沫沸：水花翻滚。

(31) 湍咽：水声。

(32) 霁蔼：云散。

(33) 沄沄：水流洗荡。

(34) 总：汇合。

(35) 滂沛：水流广远壮阔。

(36) 洪涟：大浪。碛：水中沙堆。

(37) 薄：迫近。

(38) 拱：抱。

(39) 窜：逃。

(40) 帖：顺从。

(41) 儴徉：徘徊。

(42) 穷：终极。

(43) 鬖鬖：下垂貌。

(44) 蓬茸：盛貌。

(45) 岵：临近。镍岘：高峻之山。杪：树枝细梢。

(46) 石菌：灵芝。

(47) 瑶芝：玉石。

(48) 永蛰：人之死亡。

(49) 微禹：颂禹治水之功，言无禹治水，人皆为鱼。

(50) 亢：高。

(51) 负石：依石。

(52) 查：木筏。

三门山，又名砥柱峰，在山西平陆县茅津度与河南三门峡之间的黄河中流。河水因砥柱而分流，南曰鬼门，中曰神门，北曰人门。三门之广约三十丈，为人门修广可行舟。南门隐急，舟筏入者常覆没。1960 年修三门峡水库，砥柱峰已被炸毁，今不复见。斯赋生动地描绘了三门山当年的雄伟气势及河水经流这里的壮观景象。

赋前小序，准确而清晰地交代了三门山的地理环境，特地点出它“生河之中流”，“两崖夹水，壁立千仞，盘纡激射，天下罕比”，犹如一个顶天立地的勇猛壮士，长年累月地与那“奔流到海不复回”进行着顽强的搏击，形成“天下罕比”的奇山险水。

奇山以生险水，险水更显山奇，奇山险水相映，生出神奇的壮观景象。赋即着墨于河水流经三门山时所生成的天下罕比的奇观：神奇的水、壮丽的景、迅猛的势。赋起笔不凡：“大河弥漫，上应天汉，濬灵波于积石之西，瀑悬流于昆仑之半。”寥寥数语，真可谓石破天惊、响于天外。他将黄河的气势一笔道出，大有“黄河之水天上来，奔流到海不复回”的气概。这种气势，与大禹的名字连在一起，是禹用他那神奇之力，“凿连石而泻潋，罗崛岛以镄空”，为河水的一泻千里开辟了道路，从此留下了宽阔的两阙，也留下了峭峻的三峰。两个比喻句的运用，极其传神地描绘了中流砥柱的挺拔形象，又用“攒”“横”“拔”三个动词，逼真地写出了三峰的凌空气势。“呀水淙射，左右飞涛，起伏相击”，洪流日复一日、年复一年地冲击、洗刷着三门山，然而他依然挺立中流、岿然不动，“架崇门以洞开，连嶂纡河以壁峭”，表现其孤傲无谓的雄伟气概，体现出黄河无穷无尽的无坚不摧的威力和勇往直前百折不回的韧劲。接着作者写那“洪波喷流射东海”时历经三门的壮观奇景。先描其形：洪流奔泻，无比迅疾；上下翻腾，浪花飞溅；浪旋涛迭，纠缠回环，形成飘荡可怕的形象。一“连”一“叠”一“折”。写尽了洪波奔涌的动态，奔涌壮阔，长人精神。又绘其声色：“奔石砰磕以成雷”。洪波“砰其鼓作”，惊涛拍崖，发出震耳欲聋的雷鸣声。再写其性：它“拗怒未泄，横流逆折”，汇合时如地转，分散时如地裂。两个比喻，极有声势地写出了洪涛旋转相击、激射云天的性格，它如发怒狂吼的猛虎，呼啸前进，“薄余怒于天地之外”，滔滔大河呈现出一种前进的动势，一种大起大落的曲线美，真是摄人心魄，发人聋聩，作者将河水雄浑的气势与动荡的性格写得声情并茂，足见其雄健。继之，作者又从侧面渲染。面对着壮观的一幕，“山兽惊跃，水禽乱飞。鱼獭沉潭以不动，獑揉拱树以相依。窜鲛人于洞壑，帖舟子于涟漪。”这段激扬的文字，准确地写出了它们慑服恐惧于惊涛骇浪的动态，而“惊”“乱”“沉”“拱”“窜”等动词的运用，令人胆战心惊，不寒而栗，强烈地渲染了惊涛拍岸的威猛气势与神韵。

三门山水不仅有奇险的一面，同时又有幽秀的一面，作者在描绘三门山水的奇险之后，笔触一转，又着意描绘三门山水的优秀美：“松历历而生崖，草鬖鬖而覆水。云蓬茸兮历地生，风飕飕兮百籁惊。”这是多么的幽邃秀丽，又是多么的清肃寒凉。“历历”“鬖鬖”叠字的使用，又给人以生机勃勃的美感。后又写高峡猿悲与鸟辞春不鸣，格外加重了凄凉的气氛，最后以幽歌作结，不但使文章极富有诗意，而且也造成了一种凄凉而又清远的意境，这与前面那种惊心动魄的奇险气势相映至溶，三门山水更加显示出其雄壮。

这确是一篇优美的山水赋，作者运用比喻、夸张、渲染、排偶等多种手法，挥洒其纵横开合之笔，写山，扣住禹凿之功，着力状其神奇；写水，扣住惊涛拍崖，着力绘其险；写三门山水秀美是紧接奇山险水之后，着力描其幽，又以缓语以求节奏变化。如此着墨，极为形象地写出了河水的精神、性格、气魄和风采，具有鲜明的色彩美、声响美、形体美，给人以雄伟壮阔的美感。

吕 令 问

吕令问（生卒年不详），唐代辞赋家，玄宗时（712—756）人。《全唐文》收录赋作7篇，其中写山水名胜的有《驾幸芙蓉园赋》《掌上莲峰赋》《云中古城赋》《襄华贯洪河赋》。

掌上莲峰赋

众山逦迤[1]，曾何足仰。未若太华[2]，崒为之长[3]。削成三峰，壁立千丈。伊昔太虚[4]，结而为山；伊昔巨灵[5]，拓而为掌[6]。擘开元象[7]，崛起厚壤。当少阴而德合秋成[8]，据丁酉而气涵金爽[9]。深沉其色，菡萏其状[10]。云霞不映而其势弥雄[11]，尘露将裨而其高靡让[12]。掌形仙蹠[13]，石容天壮，虽造次于自然[14]，若镌磨于意匠[15]。晦夕雾而群峰乍隐[16]，熙朝阳而众壑相向[17]。由是考图籍高为四岳之先[18]，盼灵奇势出九天之上[19]。

若乃云摇羽葆[20]，鹤掛飞泉。危峰并吐[21]，巨掌高悬，异蓬莱之鳌泛海[22]，若昆仑之柱承天。清露将零[23]，小为盘而仰汉[24]；阳乌假道[25]，疑覆日之孤莲[26]。不但子先之霓裳时见[27]，羊公之石榻仍全[28]。况乎运启皇家[29]，应河源而诞圣[30]，岂比诗歌周德[31]，美嵩甫之生贤者哉[32]！既而岚气霁媚[33]，烟光晚浓。林峦一色，岩崿千重[34]。想清虚而可觌[35]，叹攀陟兮无从[36]。歌曰："苔径滑兮石无踪[37]，道不可得，仙不可逢。傥赐一丸生羽翼[38]，原轻举于三峰。"（据《全唐文》卷296）

注释：

(1) 逦迤：曲折绵延。
(2) 太华：即华山。
(3) 崪：聚集。
(4) 伊昔：从前。太虚：宇宙。
(5) 巨灵：古代神话中劈开华山的河神。
(6) 拓：扩展。
(7) 元象：即元气，指天地未分之前混一之气。
(8) 少阴：《易》四象之一，其数为八。
(9) 金爽：金秋之爽气。
(10) 菡萏：荷花。
(11) 弥：更加。
(12) 裨：增益。
(13) 仙蹠：仙人脚印。
(14) 造次：造化。
(15) 镌磨：琢磨。
(16) 晦：暗。
(17) 煦：温暖。
(18) 图籍：地图。
(19) 灵奇：威灵奇异。
(20) 摇：飘动。
(21) 危：高而险。吐：出现。
(22) 鳌：传说中海里的大鳖。
(23) 零：下落。
(24) 汉：指天河。
(25) 阳乌：神话指日中大鸟。此为日代称。
(26) 覆：掩盖。
(27) 子先：人名，不详。
(28) 羊公：汉代仙人。
(29) 皇家：犹言上天。
(30) 河源：黄河之源。

(31) 周德:《诗经·大雅·崧高》诗写尹吉甫赞美申伯事。

(32) 嵩甫:《崧高》诗云:"崧高维岳,骏极于天。维岳降神,生甫及申。"崧即嵩。

(33) 岚气:山林中的雾气。

(34) 崿:山崖。

(35) 清虚:清净虚无。

(36) 陟:登。

(37) 苔径:长有青苔的小路。

(38) 傥:倘若。

掌上莲峰,即华山西峰。笔立千仞,悬绝异常。峰前为一巨石,形如苍龙,名曰屈岭。西面为绝壁,东面为陡削石坡,附近林木葱郁,幽静无比。峰顶有翠云宫,前有大石,远而望之状若莲花,故称莲花峰。素以险峻雄奇著称。李白曾以:"西岳峥嵘何壮哉,黄河如丝天际来"的诗句为之赞叹;杜甫也有"西岳峻嶒竦处尊,群峰罗立似儿孙"的感慨。吕令问的这篇赋,抓住华山莲花峰的奇秀特点,描绘其神美、形美、峻美。

在我国广袤无垠的疆域里,有不计其数的雄伟的崇山峻岭令人神游。然而,赋劈头却说:"众山逦迤,曾何足仰!"如此看来,这好山好水并不值得作者仰慕,大有指点江山之势。然这故意的一"抑"则是为了下文的"扬",唯有那以奇拔峻秀冠天下的华山三主峰——朝阳(东峰)、落雁(南峰)、莲花(西峰)才令人"足仰"。这一抑一扬,足以表现出作者对莲峰的特别宠爱。赋起笔就气势不凡,先声摄人,具有攫取神志的力量。

莲花峰何以值得作者如此大动感情呢?

莲峰神美。祖国的每一座名山,都有一个奇妙的传说,都披有一层神奇的色彩。作者描绘莲峰的神奇之美,避开直接运用一般性描述神奇的词语,而是以积极浪漫主义的手法,巧妙地采用神话传说。"莲花五千仞,灵孕自洪蒙"。它生于造化之气,并与这造化之气浑然同在,这实际上有杜甫咏泰山"造化钟神秀"之意。河神巨灵左掌劈开元象,托起华山,右足登去中条山,给黄河劈出一条入海的河道,排出洪水,拯救万民。这从现实角度看来近于荒诞离奇,然而,正是这种神奇的传说,形象地衬托了华山的神奇之美,更增添了一层人们对华山的美好遐想。这里,从立意到气势,乃至表现手法,都可和李白的《蜀道难》中"地崩山摧壮士死,然后天梯石栈相钩连"相伯仲。

莲峰形美。华山之神秀，冠于天下。它奇中有秀。其“德合秋成”，其“气涵金爽”，其色深沉，展露出幽静无比的姿态。她形似莲花，这既状山形，又指莲峰，相得益彰，天工巧夺。云霞不映之时，其势弥雄；尘露覆盖日，其姿依然如故，宛如经过绘画大师的镌磨；夕雾吐没群峰的时刻，她时隐时现，像害羞的小姑娘；在众壑承受阳光而相接的衬托下，她越发显示出奇秀。这几句，似与宋琬“青黛削芙蓉”有异曲同工之妙。玲珑剔透地刻雕出莲峰的奇秀，形象地展露其“香远益清，亭亭净植”的绰约英姿，俨然一位艳丽无比的少女，令人爱恋不已。

莲峰峻美。华山三峰素以险峻著称。李因笃诗曰：“太华三峰列峻屏”（《望岳》）；吴雯曰：“莲花五千仞”（《望华山》）。这里作者采用比喻的手法极写其峻美，先从典籍的角度上说其高为四岳之先，其势出九天之上，这就令人深信不疑。再通过整齐的四七句式极其形象地描绘其崇高。它像一朵飘动的彩云，像一只挂于飞泉的仙鹤，这形象多么美啊！危峰并峙，把它映衬得好比泛于海中的蓬莱灵鳌，一个异字流露出作者对莲峰独峻的惊讶之情。巨掌高悬时，它宛如昆仑山的擎天柱，这就形象地写出了莲峰横空出世的雄姿。那从莲峰上下落的清露，点点滴滴如玉盘，“疑是银河落九天”，这就写出了它的峻美。阳光流动时，它宛如一朵覆日的孤莲，这就写出了它的俊秀。这里，作者从不同角度，通过种种形象的比喻，绝妙地描绘了莲花峰的峻美。

华山莲峰神美、形美、峻美，当然令人神游。然而“华山自古一条路”。由于它悬崖峭壁，突兀凌空，沿途岩峦千重万丈，攀登无从，故作者饱蘸激情之笔，通过歌谣的形式流露出可望而不可攀的感慨，并企望得到仙丹一粒，生翅腾飞，畅游三峰，将宠爱之情倾泄于莲峰，再次表达对莲峰的仰慕。

斯赋大气磅礴，感情炽烈，真如九龙天骄，颇有浪漫主义色彩，读来惊心动魄。华山莲峰，伟乎神哉！伟乎秀哉！伟乎雄哉！

蒋　防

蒋防（生卒年不详），字子徽（一作子微），常州义兴（今江苏宜兴）人。卒于太和五年（831）至开成元年（836）间。唐代著名辞作家。年十八，父友令作《秋河赋》，援笔立就。官右拾遗。元和中，李绅即席令赋《鞲上鹰》诗，中有云："几欲高飞天上去，谁人为解绿丝萝。"绅识其意，乃荐之。长庆元年（821），自右补阙充翰林学士。二年，加司封员外郎。三年，加知制诰。四年，绅为李逢吉所斥，防也被贬汀州、连州刺史。防善诗，有集一卷，以著传奇《霍小玉传》著名，明人汤显祖取为剧本《紫钗记》。今存赋作 20 篇，其中写山水景物的有《草上之风赋》《转蓬赋》《登天坛山望海日初出赋》《湘妃泣竹赋》《白兔赋》等。

登天坛山望海日初出赋

山有极天崇崒[(1)]，冠群岳而首出。下压溟海之碕岸[(2)]，平视扶桑之初日[(3)]。天光海上[(4)]，曈曈而晓色已分[(5)]；人代梦中，促促而寒更未毕[(6)]。客有爱此早景，登兹崇山，候东方之昏黑[(7)]，据中顶之孱颜[(8)]。

俄尔阳开阴闭，翕赩迴还[(9)]，曳晨光于莽苍之外[(10)]，走狂电于溟濛之间[(11)]。高炎忽兴[(12)]，澜汗而洪涛血赤[(13)]；半归犹隐，洪彤而青帝朱殷[(14)]。

及其旋转将升，睢盱万状[15]，散五彩而锦章已出，照三山而鼎足相向[16]。杲杲兹始[17]，规规满望[18]。火轮上碾[19]，烧碧落之氛埃[20]；金汁下融[21]，跃洪炉之波浪[22]。观夫巨浸无际[23]，踆乌上搏[24]，万象昭著，二仪霍宽[25]。惊鱼龙之蛰[26]，销昧谷之寒[27]。散入圃畦，想葵藿之俱靡[28]；稍分林岭，见木石之同坛。独立嵯峨[29]，旷瞻晷度[30]。躔次一道[31]，晖华四布[32]，赫曦而六合贞明[33]，吞纳而百川奔赴，不假澹冲之目[34]，尽见玄虚之赋[35]。赫奕昭暄[36]，层岩之巅，赤玉之盘烛地[37]，黄金之境帖天。海若夺魄[38]，羲和振鞭[39]，濕光而长波初沃[40]，暖气而孤峰最先。美润呈祥，重光赋彩，带环抱之珥[41]，照不波之海。阴火之微茫已沉[42]，土圭之盈缩屡改[43]，则知大明之丽天兮，可捧而生；高山之横空兮，作镇不崩。傥跻攀之有路[44]，愿观光而一登。（据《全唐文》卷719）

注释：

(1) 崇崒：山高貌。

(2) 压：接近。溟海：神话中的海。碕岸：曲岸。

(3) 扶桑：神木名，传说日出其下。

(4) 天光：日光。

(5) 曈曈：日初出渐明貌。

(6) 促促：短短。

(7) 昏黑：天色黑暗。

(8) 孱颜：高峻。

(9) 翕赩：光色盛茂。

(10) 曳：拖。莽苍：空旷无际，形容景色迷茫。

(11) 溟濛：模糊不清。

(12) 高炎：阳光。

(13) 澜汗：水势浩大。

(14) 青帝：东方之神；朱殷：赤黑色。

(15) 睢盱：仰视。

(16) 三山：指天坛山及其两翼之日精峰和月华峰。

(17) 杲杲：明亮貌。

(18) 规规：圆貌。

(19) 火轮：太阳。

(20) 碧落：天空。氛埃：云气。

（21）金汁：闪耀着金色阳光之水。

（22）烘炉：犹言天地。

（23）巨浸：大水。

（24）踆乌：传说太阳中的乌鸦。

（25）二仪：天、地。霍：忽然。

（26）蛰：伏藏。

（27）昧谷：传说为日入之处。

（28）靡：华丽。

（29）嵯峨：山高峻。

（30）晷度：在日晷仪上投射的日影长短的度数。

（31）躔次：日月星辰运行的轨迹。

（32）晖华：犹言光辉。

（33）赫曦：光明炎盛；贞明：正而明。

（34）濬冲：晋竹林七贤之一王戎之字。

（35）玄虚：晋木华之字，著有《海赋》。

（36）赫奕：日月之力无边。昭暄：显明。

（37）烛：照。

（38）海若：海神。魄：大木。

（39）羲和：神话中太阳的御者。

（40）濕：同“湿”；沃：荡涤。

（41）环抱：圆形。珥：日月旁的光阴。

（42）阴火：海中之物所发之光。

（43）土圭：古代用以测日影、正四时和测度土地的器具。盈缩：有余与不足，犹言长短。

（44）跻攀：登攀。

黄山的日出瑰丽迷人，庐山的日出博大宏伟，泰山的日出惊心动魄，天坛山的日出，在唐人蒋防的笔下壮丽多姿，别具风采，勾人神思。

天坛山在河南济源县境，即王屋山绝顶，相传四千余年前轩辕设坛于此，祈天求雨，故名。它耸立于万山丛中，为太行之脊。天坛两翼，东有日精峰，西有月华峰，山径险峻，气势巍峨。所以赋一开始即以“极天崇崒，冠群岳而首出，下压溟海之碕岸”之句，总写天坛山的雄奇高峻。登高远望，一切景致尽收眼底，天坛山凌驾于群山之上，无疑则成了平视扶桑之曰初升的最佳观赏点。开头的描写，实际上展示出日出的壮观背景。

旭日东升是天坛山的奇观。登山者莫不以先睹为快为荣，所以当“天光海上，瞳瞳而晓色已分；人代梦中，促促而寒更未毕”之时，便有人登山候东方之昏黑，观赏着迷人的奇观。一个“候”字，传达出游人渴望期待着天坛山日出壮丽宏伟的一瞬的热烈氛围。作者以浓墨重彩，按照旭日未露、旭日忽兴、旭日上升、旭日悬挂的运动规律，极有层次地、绘形绘神地描绘出天坛山日出万状气态的迷人风采。

旭日未露，给人以神秘感，极远的东方，阳开毕阴，黑暗中忽然闪出一道亮光，犹如狂奔于溟濛之间的闪电。这里，作者没有去对周围景象作如实细腻的描绘，而是发挥大胆奇特的想象，抓住静动的变化，通过一“曳”一“走”，把旭日未露前的奇特景观写得神奇莫测，光彩夺目，充满着勃勃生机。

次写旭日忽兴的情态与景致。高炎忽兴，早霞渐渐泛出红艳艳的光芒，天涯海际，血一般的赤。旭日露出半边脸，红而不亮，半圆犹隐。着一“隐”字，传神地表达出旭日忽兴欲露的羞态。

再写旭日冉冉上升之妙景。这里作者以浓墨重彩的笔调，多方设喻，从形似而神似，逼真地描绘天坛山日出那种可意会而难言的神态，旭日旋转将升，只见它万状千态，红光灿灿，如圆圆的火轮，流转走动，冲破云霞，跳出海面，溢流出金辉。周围的山云也染上了诱人的光彩。用一“火轮”设喻，形象地写出旭日慢腾腾地上滚的情态。顿又如金汁下融，其光又跳出火炉的波浪，当太阳升腾于茫茫天际的大海之上时，金光漫天流动，万象昭著。天地忽然开阔，驱散昧谷之寒，惊动鱼龙之蛰，奇光异彩，交映纷呈，光彩斑斓，天坛山显得更加嵯峨。这里通过天空、云彩、群山的色彩变化，描绘了旭日上升的壮观画面，此情此景，正是不假王戎之目，尽见木华《海赋》中所描绘的奇观。一经联系古人之赋，不仅使文势曲折起伏，而且倍增实感，更加令人神往。作者似乎感到还没有淋漓尽致地描绘出日出的奇妙景象，于是又极尽铺张之能事，进一步描写旭日悬空的景致。金色的太阳悬挂天空，如赤玉之盘照地，如金黄之境帖天。海神夺魄，也挡不住它的运行；羲和振鞭，也赶不上它的疾速，它美润呈祥，重光赋彩，又给云镶上了一道金边。作者妙笔生花，通过火轮、洪炉、金乌、玉盘、金镜等比喻，形象地写出了旭日上升的万状千态，真可谓“过目改观，瞬息幻化”；又用“融”“跃”“碾”“摶”“烛”“帖”等动词，鲜明地表现出旭日上升时的绚丽色彩，逼真地绘出旭日上升的动态美，再用“杲杲”“金汁”“赤玉”“黄金”等丰富色彩的词，鲜明地表现出旭日上升时的绚丽多彩给人以五色鲜艳之美感。

作者以一支追光摄影之笔，竭尽摹色绘形传神之能，将天坛山海日初出这一光辉灿烂而又稍纵即逝的大自然奇景，描绘得活灵活现，精彩毕呈，强烈地突出观日出所得的审美观感，在历代描绘日出的作品中，颇具特色。

徐　晦

徐晦（760—838），字大章，唐代辞赋家。受杨凭之荐，第进士，擢栎阳尉。杨凭获罪贬临贺尉时，亲友不敢相送，独徐晦送至蓝田，宰相权德舆嘉其真悬，大称之。不久御史中丞李夷简请为监察御史，晦过谢，间其所举之由，夷简曰："君不负杨临贺，肯负国乎?"由是知名。历殿中侍御史、尚书郎，出为晋州刺史。入拜中书舍人。宝历元年，出为福建观察使。二年，入为工部侍郎，出为同州刺史，兼御史中丞。大和四年，征拜兵部侍郎。五年，为太子宾客，分司东都。晦性刚直，不随事态，当官守正。开成三年卒。今存《海上生明月赋》1篇。

海上生明月赋

巨浸不极[(1)]，太阴无私[(2)]。褰积水之游气[(3)]，睹圆魄之殊姿[(4)]。皓皓天步[(5)]，苍茫地维[(6)]。泱漾崩腾，助全波玉浪之势；晶荧激射，当三五二八之期。盖进必以道，岂出非其时？继倾曦以对越[(7)]，擅浮光而在兹。

嗟呼，空阔之容若彼，清明之状如此。蜃楼旁起，疑庾亮之可从[(8)]；珠蚌潜开，异隋侯之所委[(9)]。躔次虽游[(10)]，风涛讵弭[(11)]。出霞岸而不迟，过鳌山而孔迩。顾兔摇曳[(12)]，姮娥徙倚[(13)]。将运行以固然，谅涤濯之难揣。远绝昏霾[14]，回临津涯。竟无幽而不烛，斯冥力而上排[15]。希逸之赋可称，界于斜汉[16]；玄晖之诗有作，映彼清淮[17]，未若皎皎初吐，苍苍可阶，叶朝夕以晦朔[18]，宇望断而意乖。𣽩沦涳洞[19]，雪翻烟弄。水族将蟾影交驰[20]，浪花与桂枝相送[21]。凝目视远，赏心斯众。苟佳景之必存，孰良辰之不共。滔滔节宣[22]，冉冉徂迁。循彼万流，差广纳而观海；推夫两曜[23]，候久照而得天[24]。客有吟想此夜，淹翔有年[25]，感浮桴而偶圣[26]，庶乘槎而逢仙。亦将览孤景，盥洪涟，聊学抽毫而进牍[27]，岂追羡鱼以临川。（据《全唐文》卷611）

注释：

(1) 巨浸：大水。

(2) 太阴：月亮。

(3) 褰：透过。

(4) 圆魄：月。

(5) 天步：天空星象的运动。

(6) 地维：地四角。

(7) 倾曦：落日。

(8) 庾亮：晋中书令庾亮守武昌时，于月夜登楼赏景。

(9) 隋侯：汉东之国，姬姓诸侯。隋侯见大蛇伤断，以药傅之，后蛇于江中衔珠以报之。其珠因曰隋珠。

(10) 躔次：日月星辰运行之轨迹。

(11) 弭：停止。

(12) 顾兔：指月。

(13) 姮娥：即嫦娥，此谓月。

(14) 霾：大风杂尘土而下。

(15) 冥：高远。

(16) 希逸：南朝宋谢庄字，曾作《月赋》。汉：指银河。

(17) 玄晖：南朝齐谢朓字，曾作《离夜》诗。

(18) 叶：和洽。

(19) 𣽩（yūn）沦涳洞：水波深广迷茫。

(20) 蟾：神话月中有蟾，故称月为蟾。

(21) 桂枝：神话月中有桂花树，故以桂枝代月。

(22) 节宣：劳逸有节，以宣散其气。

(23) 两曜：指日和月。

(24) 得天：即“得月”，赏月。

(25) 有年：多年。

(26) 偶：遇。

(27) 抽毫：犹抽笔。

茫茫海水，无边无际；朗朗明月，无私地向人间展现出她那迷人的殊姿。谁能禁得住这海上生明月的奇景诱惑！所以作者情不自禁地呼出“睹圆魄之殊姿”。赋文一开始就把我们带进了一个“淼水涵皓月”的境界，接着便由上及下地描绘这境界的美妙：星辰运动在洁白明亮的空中；大地旷远无边：空旷的海面金波粼粼、玉浪闪闪，天上人间成了银色的世界。这境界美妙而似朦胧，悦目又似仙境，给人以阴柔之美，勾人神思。

赋以海上生明月的过程而展开，描绘明月冉冉升起的壮观奇景。每当月中十五、十六之时，一轮明月继落日之后从宽阔而明亮的海面上生出，海面波纹平秀，不似长江大河那样波飞浪涌。月亮在大海的怀抱中荡漾不止。那灿烂夺目的光线经过不同密度的空气层，发生折射作用，将远处景物映现在海面上，形成海上奇观——蜃楼。作者目睹这神奇的景象，心旷目悦，联想翩翩，便疑心晋代的名将庾亮也兴致勃勃地登楼赏景；目睹那珍珠潜开的情景，便惊异为受隋侯所委托。这一“疑”一“异”，绝妙地写出了明月刚刚出生的奇观，为其增添了神秘色彩，仿佛所见乃是神仙境界。这确与苏东坡“东方云海空复空，群仙出没空明中。荡摇浮世生万象，岂有贝阙藏珠宫。心之所见皆幻影，敢以耳目烦神工”（《登州海市》）之诗有异曲同工之妙。

一轮明月冉冉升上天空，海面上到处是银色的光辉，作者以清丽的笔触，准确地写出海上升明月的优美景致，逼真地传达出那种可意会而难言传的精神。先绘明月上升之形美。风涛阻止不了它的运行，出霞岸，过鳌山，慢腾腾的，一跳一纵的好像很费劲似的，对大海又似有所思地流连徘徊。这里的“顾兔”“姮娥”，双关意义，不仅指代明月，而且又巧妙地运用我国古代神话传说，绘形绘神地传达出明月恋恋不舍地离开大海、不能违背运行规章而上升的神态。继而写月越升越高的情景，不过，作者没有做具体的描绘，而是引用古人谢庄、谢朓的诗赋来虚写明月“冥力而上排”“界于斜汉”的情形，给人留有丰富的想象余地。虽属虚笔，却也勾人神思。

再展现海水中的月影之美。月光下的海景别具风姿。水波深广迷茫，浪花跳动，烟波笼罩，水族与蟾影结伴，交相奔走，纷至沓来，金波玉浪与水中的桂枝相弄相送。月依水而存，因水而变，动荡多姿，真可谓“澄水涵皓月，水影若浮天”，作者连用“翻”“弄”“驰”“送”四个动词，形象地写出水摇月游、明月在泱漾的海水中忽沉忽现的动态美。这里的海水、明月、水族、月影等皆被作者赋予了灵性，表现出月影的迷离之妙和海水的悠然之美，强烈地烘托出海上生明月的迷人魅力。

面对冉冉升起的明月和海水中的月宫美景，别有一番情致，心中自然泛起感情的涟漪，故有“苟佳景之必存，孰良辰之不共”的感叹，并假托客“吟想此夜”发出“感浮桴而偶圣，庶乘槎而逢仙”的感慨，又巧妙地运用“临渊羡鱼，不如退而结网”（《淮南子·说林训》）之古语，另翻新意，深切地表达了由观海上生明月而产生的不羡鱼情之感。

斯赋处处巧妙地紧扣题目中的“生”字，由上及下地逐层展开描绘海上生明月，溢动着由朦胧中透出的幽美，既把握住月影之形，又不忘着墨于海中。这样，水中月与天上月相映成趣，让我们尽览天上海中曼妙的“月”，使人置身于一个美妙的境界中。

韩　　愈

韩愈（768—824），字退之，河南河阳（今河南省孟州市）人。韩氏郡望为昌黎，每自称昌黎韩愈，后世称韩昌黎。贞元八年（792）进士。曾先后任宣武及宁武节度使判官。贞元末，官监察御史，因上书言事，贬阳山（今广东省阳山县）令。宪宗时，累官至太子右庶子，随宰相裴度平淮西，迁刑部侍郎。因谏佛骨事，贬潮州刺史，移袁州。穆宗时，召为国子监祭酒，历京兆尹及兵部、吏部侍郎。谥文，世又称韩文公。韩愈推尊儒学，力排佛老；反对六朝以来骈偶的文风，提倡散体，务去陈言，倡导了唐代的古文运动。其文各体兼长，遒劲有力，条理畅达，语言精练，为司马迁以后文学史上杰出的散文家之一。他的诗气势壮阔，笔力雄健，力求新奇，当时自成一家。他开了“以文为诗”的风气，对后来的宋诗影响很大。有时由于过分地避熟求生，不免流入险怪。有《昌黎先生集》四十卷，《外集》十卷。

师　　说

古之学者必有师。师者，所以传道受业解惑也[1]。人非生而知之者，孰能无惑？惑而不从师，其为惑也，终不解矣[2]。

生乎吾前，其闻道也固先乎吾[3]，吾从而师之；生乎吾后，其闻道也亦先乎吾，吾从而师之。吾师道也，夫庸知其年之先后生于吾乎[4]？是故无贵无贱，无长无少，道之所存，师之所存也。

嗟乎！师道之不传也久矣！欲人之无惑也难矣！古之圣人，其出人也远矣[5]，犹且从师而问焉；今之众人，其下圣人也亦远矣[6]，而耻学于师。是故圣益圣，愚益愚；圣人之所以为圣，愚人之所以为愚，其皆出于此乎[7]！

爱其子，择师而教之；于其身也[8]，则耻师焉，惑矣！彼童子之师，授之书而习其句读者也[9]，非吾所谓传其道解其惑者也。句读之不知，惑之不解，或师焉，或不焉[10]，小学而大遗[11]，吾未见其明也。

巫医乐师百工之人[12]，不耻相师。士大夫之族[13]，曰师曰弟子云者，则群聚而笑之。问之，则曰："彼与彼年相若也[14]，道相似也。位卑则足羞，官盛则近谀[15]。"呜呼！师道之不复可知矣！巫医乐师百工之人，君子不齿[16]，今其智乃反不能及，其可怪也欤！

圣人无常师[17]，孔子师郯子、苌弘、师襄、老聃[18]。郯子之徒，其贤不及孔子。孔子曰："三人行，则必有我师[19]。"是故弟子不必不如师[20]，师不必贤于弟子，闻道有先后，术业有专攻，如是而已。

李氏子蟠[21]，年十七，好古文，六艺经传[22]，皆通习之，不拘于时[23]，学于余[24]。余嘉其能行古道，作《师说》以贻之。

注释：

(1) 道：指儒家之道。受：同"授"。业，指儒家的经典，即下文"六艺经传"。惑：兼指道和业两方面的疑难问题。

(2) 人非生而知之者四句：《论语·季氏》："生而知之者，上也；学而知之者，次也；困而学之，又其次也；困而不学，民斯为下矣。"这里化用其意。

(3) 闻道：懂得道。《论语·里仁》："子曰：'朝闻道，夕死可矣。'"

(4) 庸知：岂知。

(5) 出人：超出于一般人。

(6) 下圣人：低于圣人。一作"去圣人"。

(7) 出于此：由于此。此：指"从师而问"和"耻学于师"的两种态度。

(8) 于其身也：一无"也"字。

(9) 句读（dòu 豆）：指文字诵读，凡书文语意尽处，谓之句。语意未尽，而诵时须略作停顿处，谓之读，通作"逗"。

(10) 不：同"否"。

(11) 小学而大遗：学了小的而丢了大的。小：指“句读之不知”。大：指“惑之不解”。

(12) 巫医句：古代巫医不分，故连举。巫：后专指从事降神弄鬼的迷信职业者。百工之人：泛指各种手工业者。

(13) 士大夫之族：犹言士大夫之类，指当时社会上层人士。

(14) 相若：相近。

(15) 位卑二句：意谓以位卑于己的人为师，则有失身份，感到耻辱；以大官为师，则又有近于谄谀的嫌疑。

(16) 不齿：是不屑与之同列的意思。这里作者轻视医乐百工之人，显然是出于阶级偏见。一作“鄙之”。

(17) 圣人无常师：《论语·子张》：“夫子焉不学，而亦何常师之有?”语本此。常师：固定的老师。

(18) 郯（tán谈）子：春秋时郯国的国君，传为古帝少皞氏之后。郯子朝鲁，谈及少皞氏时代以鸟名官的文献，孔子从学。事见《左传》昭公十七年。苌弘，周敬王时大夫。孔子至周，访乐于苌弘。见《孔子家语·观周》。师襄，鲁太师（乐官）。孔子曾从他学琴。见《史记·孔子世家》及《淮南子·主术训》。老聃，即老子李耳。聃，是他的谥号。孔子曾问礼于老子。见《史记·老庄申韩列传》及《孔子家浯·观周》。

(19) 三人行二句：《论语·述而》：“子曰：‘三人行，必有我师焉，择其善者而从之，其不善者而改之。’”

(20) 是故：一无“是”字。

(21) 李蟠（pán 艋）：韩愈的弟子。贞元十九年（803）进士。

(22) 六艺经传：六经的经文和传文。六艺，即六经。

(23) 不拘于时：意指没有受到时代风气的影响，不以从师为耻。

(24) 学于余：一作“请学于余”。

韩愈的文友柳宗元在《答韦中立论师道书》中写道：“由魏晋氏以下，人益不事师。今之世不闻有师。有，辄哗笑之，以为狂人。独韩愈奋不顾流俗，犯笑侮，收召后学，作《师说》，因抗颜而为师。”魏晋之际，重门第之分，严士庶之别。出身于士族的子弟不论品德智能如何，便可登仕途掌权做官。学习与否当然不十分重要，因此他们就看不起老师。这种恶劣风气，一直影响到唐代，尤其是到了韩愈所处的中唐，恶习有增无减。韩愈当时任国子监四门博士，作为高等学府教师的韩愈对士大夫“耻学于师”的恶劣风气，深恶痛绝，于是他写下这篇《师说》，抨击当时那些自恃门第高贵，看不起别人，不肯从师学习，甚至讥笑别人从师的士大夫阶层，有着鲜明的针砭时弊的作用。文中对老师的职能作用，用传道、授业、解惑加以概括。这种见解，在当时是了不起的，实为发前人之未发。文中提出“无贵无贱”“无长无少”“道之所存，师之所存”的择师标准，并由此推出“弟子不必不如师，师不必贤于弟子”的观点，以先闻道者、能者为师的主张直至今天仍有积极意义。

本文既有精辟的思想见解，又有雄辩的论证。全文分四段展开论述。第一段，在正面理论阐发中提出论点：从师学习的必要性和原则。文中虽未提到士大夫之族，但已经为批判自恃门第高贵、耻于从师的士大夫确立理论根据。这段由师的传道、授业、解惑起，又由解惑、闻道、从师终。既回环往复，又逐层深入，严密透辟，不容置辩。第二段，对社会耻学于师的风气进行批判，从反面回扣中心论点。这段以感叹始，以感叹收，三层对比，反复论证，深刻透辟。语气由揣测到肯定到慨叹。内容从圣人写到自身又写到百工之人。顺序由高到低，由古到今，与第一段的三层语意勾连，遥相呼应，使上下文字浑然一体。第三段，以孔子为例，进一步阐明从师学道的观点。这段以孔子言行为典范，照应第一段，阐发第二段。内容深入，脉络分明。既充实了中心论点，又正面斥责了耻学于师的士大夫的愚陋。第四段，表扬李蟠乐于从师，能行古道，故赠文予以嘉勉，说明写作本文的原因。表面上交代写此文的原由，实际上与上段孔子事例相对照，进而树当今之榜样，勉励后进，倡导优良学风，再次阐明中心论点。

本文在写作上有以下特点：

一、结构严谨，说理透彻。“说”是一种文体，多用于议论，也可以记事。“师说”就是谈从师的道理。本文紧紧围绕从师学道的中心，援古论今，逐层加深，有虚有实，前后照应；理直气壮，发人深省。

二、正反映照，对比鲜明。本文论述从师学道的中心，是从正反两方面展开论述的。第二段用了三组对比。第一组“古之圣人”与“今之众人”作对比，对“今之众人”进行批判；第二组“爱其子”与“于其身”的自相矛盾的主张作对比，对“于其身”进行批判；第三组“巫医乐师”与“士大夫之族”作对比，对“士大夫”进行批判。通过层层对照批判，正确与谬误界限分明，不仅说清了事理，而且显得生动深刻，富有批判意义。

三、语言多变。文章感情充沛，气势逼人，体现了“韩文如潮”的特有风格。形成韩文这种风格的因素很多，从本文看，语言多变是突出的因素：

1. 运用了排比句和反问句。如“是故无贵无贱，无长无少，道之所存，师之所存也。”连用四个“无”字，增强了这一排比句的气势，抑扬顿挫，朗朗上口。又如“人非生而知之者，孰能无惑?”作者用两个否定词“非”与“无”和一个反问句，有力地得出一个肯定结论：人必有惑。语言简洁，语气坚定。

2. 恰当运用语气词。如第二段开头，作者用了一个“嗟乎”和两个“矣”字，既起到了过渡作用，又掀起了一道波澜，唤起人们对“师道之不传”的重视。随后用三个对比，批判士大夫不重师道的愚蠢行为，而每个对比的结尾用了不同的语气词。第一层：“圣人之所以为圣，愚人之所以为愚，其皆出于此乎?”用一“乎”字明知故问，发人深省。第二层“小学而大遗，吾未见其明也。”用一“也”字斩钉截铁，不容置疑。第三层“今其智乃反不能及，其可怪也欤!”用一“欤”字，惊叹中带嘲讽，辛辣有力。

3. 采用接句和交错的方法。如“古之学者必有师。师者，所以传道受业解惑也。”“师”与“师”相接。“人非生而知之者，孰能无惑？惑而……”“惑”与“惑”相接。这是顶针修辞格。又如“句读之不知，惑之不解，或师焉，或不焉。”这是交错句式。这些句法，造成一种流利婉转、一气呵成的气势，增强了文章的气势和感染力。

柳　宗　元

柳宗元（773—819），字子厚，河东（今山西省永济县）人。贞元九年（793）进士。又中博学宏词科，授集贤殿正字。调蓝田尉，拜监察御史。他和刘禹锡等人参加了王叔文集团革新政治的活动。顺宗时，官礼部员外郎，王叔文失败后，贬永州司马，十年后调柳州刺史。死于柳州。世称柳柳州或柳河东。柳宗元的散文和韩愈齐名，诗与韦应物并称，是唐代杰出的散文家和诗人，也是唐代古文运动的倡导者。韩愈尝评其文，以为“雄深雅健，似司马子长”。（刘禹锡《唐故尚书礼部员外郎柳君集纪》）《新唐书》本传说他“即窜斥，地又荒疠。因自放山泽间，其堙厄感郁，一寓诸文。”集中有不少优秀的作品，批判时政，笔锋极为锐利；山水游记，刻画入微，寄托深远，尤为后世所称诵。他的诗，幽峭明净，自成一家。苏轼曾指出其特点在于“发纤秾于简古，寄至味于澹泊”。（《书黄子思诗集后》）有《柳河东集》四十五卷，于《外集》二卷。

始得西山宴游记

自余为僇人[(1)]，居是州，恒惴栗[(2)]。其隙也[(3)]，则施施而行[(4)]漫漫而游[(5)]，日与其徒上高山，入深林，穷回溪[(6)]，幽泉怪石，无远不到。到则披草而坐，倾壶而醉，醉则更相枕以卧，卧而梦[7]。意有所极，梦亦同趣[8]。觉而起，起而归。以为凡是州之山水有异态者[9]，皆我有也，而未始知西山之怪特。

今年九月二十八日，因坐法华西亭[10]，望西山，始指异之[11]。遂命仆人，过湘江，缘染溪[12]，斫榛莽[13]，焚茅茷[14]，穷山之高而止。攀援而登，箕踞而遨[15]，则凡数州之土壤，皆在衽席之下[16]。其高下之势，岈然[17]，洼然[18]，若垤[19]，若穴，尺寸千里[20]。攒蹙累积[20]，莫得遁隐；萦青缭白，外与天际[22]，四望如一。然后知是山之特立[23]，不与培塿为类[24]。悠悠乎与颢气俱，而莫得其涯；洋洋乎与造物者游，而不知其所穷[25]。引觞满酌，颓然就醉，不知日之入。苍然暮色，自远而至，至无所见，而犹不欲归。心凝形释，与万化冥合[26]。然后知吾向之未始游，游于是乎始。故为之文以志。是岁，元和四年也。

注释：

(1) 僇（lù 陆）人：犹言罪人，指以罪遭贬。僇：同“戮”，刑辱之意。

(2) 惴（zhuì 缀）栗，忧惧貌。

(3) 隙：闲暇。

(4) 施（yí 移）施：徐行貌。

(5) 漫漫：舒散无拘束貌。

(6) 回溪：萦回曲折的溪涧。

(7) 卧而梦：一本无此三字。

(8) 意有所极二句：意有所至，梦亦同往。极：至。趣：通“趋”，往：赴。

(9) 山水，一本无“水”字。

(10) 今年二句：今年，指元和四年（809）。法华西亭，法华，寺名，在零陵县城内东山上。作者于元和四年在寺西建亭，称西亭，有《永州法华寺新作西亭记》。

(11) 指异：指点而称异。

(12) 染溪：潇水支流，一名冉溪，在零陵县西南。

(13) 榛，丛木。莽，丛草。

(14) 茅茷：茅草之类。茷，草叶多貌。

(15) 箕踞，席地而坐，两脚伸直岔开，成簸箕形，曰箕踞。

(16) 衽（rèn 任）席：席子。衽，亦席。

(17) 岈（xiā 虾）然：山谷空阔貌。

(18) 洼（wā 蛙）然：溪谷低下貌。

(19) 垤（dié 碟）：蚁穴外的积土。

(20) 尺寸千里：谓登高望远，尺寸之间，指顾千里。

(21) 攒（cuán 篡阳平）蹙（cù 促）：簇聚，密集紧接。

(22) 际：接，合。

(23) 特立：一本作“特小”。

(24) 培（pǒu）塿（lóu）：小土堆。《广雅·释邱》引郭璞注：“培塿，亦堆高之貌”。

(25) 悠悠乎与颢气俱四句：写作者登临西山时神意恬漠、泯忘物我的感受，和下文“心凝形释，与万化冥合”意通。悠悠乎：眇远貌。颢气：即浩气，天地间的大气。洋洋乎：广大貌。造物者：即天地，自然。

(26) 与万化冥合，指物我融合为一的忘我境界。万化：万物。冥合：犹言浑然一体。

柳宗元于唐顺宗永贞元年（805）因“永贞革新”失败而贬为永州司马。永州僻远而多山水之胜。作者寄情山水，探幽寻胜徜徉于山水之间，形诸笔墨，《永州八记》尤为著称。他的山水游记，颇具艺术独创性。在《永州八记》中，作者不是纯客观地描绘自然山水风光，而是寓情于景，借景抒情，渗透了作者被贬荒远、怀才不遇和仕途坎坷的孤独幽愤的情怀。本篇为《永州八记》的首篇，也具有这个特点。

这篇游记在写法上与其他游记不同的是：作者没有对西山的一草一木、一山一水作具体刻画，而是通过烘托、反衬、类比、夸张、概括等手法，表现西山的高峻。文章的第一自然段，叙述在游览西山以前平日游览众山的情景。作者花了许多笔墨叙述被贬永州后遍游奇山异水的经过，只在最后点了一句“而未始知西山之怪特”。这正是众云捧月的烘托手法：自以为已饱览永州所有山水奇观，殊不知还有西山更加奇异的景观。这一句点到为止，造成悬念。第二自然段，叙述游览西山的经过，重点描绘西山之怪特，抒写由游西山引起的感悟。作者通过实地所见的描绘，表现西山“怪特”：首先是“望西山，始指异之”，这是概括之语，是游的开始。接着命随从“过—缘—斫—焚—穷……而上”，开路前往。这是侧面描写：随从披荆斩棘，可见通往西山之路上杂草丛生，无人走过，这就暗示了西山之异：幽静和险阻。其次，在登临西山绝顶后，作者并不直接写西山之高，而写四周的群山远离西山，远望山如蚁封，谷像小孔；极目远眺，天地好像连在一起，无边无际，似乎只有西山是顶天立地的。这是反衬手法，通过“一览众山小”来反衬西山之高峻。最后，作者通过排比与夸张手法：“不与培塿为类”“悠悠乎……洋洋乎……”得出结论：“知是山之特立”，即高峻与广袤，也与开头“未始知西山之怪特”相呼应。

本文文笔简洁，遣词准确、生动、形象。第一自然段，叙述游览永州山水的经过时，作者选用的动词有“上、入、穷、到、坐、醉、卧、梦、觉、起、归”，第二段游西山的动词有“过、缘、斫、焚、穷、上”等，既准确生动，又具有连贯性，使得叙述文字十分简省，也可见出作者驾驭文字的能力。

作者在描绘西山之“怪特”过程中，也寓情于景，流露出被贬荒远的情怀和超世脱俗以至于放浪形骸的思想。如在文章的开篇，作者就点到“恒惴栗”的心情。他之所以喜欢游山玩水，不仅因为山水的美景吸引了他，还有他与山水共鸣的地方。写西山之高峻、路途险阻、无人问津，这山之“幽静”，不正是作者孤独情怀的象征吗？写西山的“不与培塿为类”，顶天立地，不也是作者脱俗孤傲的性格的化身吗？因此，在文章的末尾，作者能“引觞就醉”，放浪形骸，正是因为西山使他甚感惬意，似乎西山就是他的知己，而留恋西山，流连忘返。这种依依不舍的感情不正是作者内心忧郁的写照？作者之所以对自然山水有着这般浓厚的感情，主要是因为他在丑恶的现实社会中，仕途坎坷，理想得不到实现而产生对社会的不满与厌恶之情。他在《愚溪诗序》中说：“余虽不合于俗，亦颇以文墨自娱，漱涤万物，牢笼百态，而无所避之”。作者赞美西山之怪特，正是这一心理的自白和思想的表现。了解这一点，我们就能理解柳宗元为何不直接具体描写西山的特点，而是通过曲曲折折的手法来表现的缘由了。

刘 禹 锡

刘禹锡（772—842），字梦得，洛阳（今河南省洛阳市）人，自称中山（治所在今河北省定县）人。贞元七年（791）进士，又中博学宏词科，官监察御史。曾和柳宗元等参加革新政治的王叔文集团。失败后，贬朗州司马，历连州、夔州、和州刺史。后入朝为主客郎中，以太子宾客分司东都，世称刘宾客。官终检校礼部尚书。晚年在洛阳，和白居易为诗友，并称刘、白。其诗沉着稳练，风调自然，而格律精切。其仿民歌的《竹枝词》等，于唐诗中别开生面，对后世影响也很大。有《刘梦得文集》四十卷。

陋 室 铭

山不在高，有仙则名(1)；水不在深，有龙则灵(2)。斯是陋室(3)，惟吾德馨(4)。苔痕上阶绿(5)，草色入帘青(6)。谈笑有鸿儒(7)，往来无白丁(8)。可以调素琴(9)，阅金经(10)。无丝竹之乱耳(11)，无案牍之劳形(12)。南阳诸葛庐(13)，西蜀子云亭(14)。孔子云：“何陋之有？(15)”

注释：

(1) 则名：就能著名。

(2) 则灵：就有灵异。

(3) 陋室：简陋的房屋。

(4) 惟吾德馨（xīn 欣）：由于我的德行而使陋室充满芳香。馨：香气。

(5) 上阶：蔓延上台阶。

(6) 入帘：映入窗帘。

(7) 鸿儒：大儒，博学的人。

(8) 白丁：布衣平民。这里指没有文化学问的人。

(9) 调素琴：弹奏不加雕饰的琴。

(10) 阅金经：阅读佛经。古时佛经往往用泥金书写，故名。

(11) 丝竹乱耳：丝：弦乐。竹：管乐。乱耳：扰乱听觉。

(12) 案牍劳形：案牍，官府案卷公文。劳形：劳顿身体。

(13) 南阳诸葛庐：指诸葛亮隐居于南阳隆中（今湖北襄阳西）的草庐。

(14) 西蜀子云亭：指扬雄在四川成都著作《太玄经》的玄亭，一说，子云亭在四川绵阳市。子云，扬雄字子云，四川成都人，他在简陋的屋子里写成《太玄经》，后人称为玄亭。

(15) 何陋之有：有什么简陋呢？语出《论语·子罕》：“子曰：‘君子居之，何陋之有？’”

《陋室铭》虽然很短，但因全文洋溢着作者褒扬、赞誉“陋室”的挚诚真情与喜悦，显得笔酣意足，神采飞扬。

铭，本指古人铭刻在金石器物或碑石上的文字，其内容或颂扬祖德，或鉴戒后人，往往夹杂有封建说教。本文却一扫陈习，以寥寥八十一字的篇幅，紧紧围绕“陋”字展开抒写。一间陋简之极的小屋，何以值得作铭宏扬呢？原来，在作者的心目中，这陋室，绝不仅仅是遮风避雨之处，饮食起居之所。它丝毫也不逊色于皇皇宫室。因此，诗人先以名山灵水这样的精警语句作比喻，为陋室正名。天下名山灵水，只要能隐仙卧龙就能饮誉四海九州，引起世人的向往；此时山之高低，水之深浅已失去了品评、衡量山水是否“名”与“灵”的价值意义了。同理，一间居室的价值，关键也在于居住者的品性人格如何，而不在于是华美，还是简陋了。陋室，会因其居住主人的高洁品性、绝伦人格而熠熠生辉、灵异著名。这样，文章自我褒扬的“斯是陋室，惟吾德馨”就名正言顺、让人心服了。

当然，文章中的陋室之“陋”，并非破败凋敝之意，大略仅是居处逼仄、陈设简单而已。以铺叙的方式描写陋室的里里外外。请看：陋室门前阶上苔痕碧绿，帘处草色青葱，绿苔青草交相辉映，把陋室映衬得别致幽雅，令人感到满目绿意，满目生机；接着又写作者与朋友交往情况：光临陋室，与诗人交往的鸿儒方家则又往往议论纵横、谈笑风生，言者思接千载，闻者神驰八方，高雅的话题，渊博的学识，充盈这区区斗室，以此显示作者的高雅不俗。继之又用散句与骈句写身居陋室之乐趣与安逸。歇息起居其间，“可以调素琴，阅金经。无丝竹之乱耳，无案牍之劳形。”整日间，梵文佛经，映入瞳仁，让人清心寡欲；雅音正声，撞进耳廓，让人悦耳赏心。陋室里的声、色之染，均使人有超尘绝俗之念，无功名利禄之思。修身养心，陶情怡性。陋室陈设虽陋但居住其中的主人精神生活却一点也不陋。行文至此，作者神思悠然，不禁想起了历史上同以陋室著名的“南阳诸葛庐，西蜀子云亭”。遥想当年，诸葛孔明，卧伏南阳，不过草庐三间；扬雄子云，纵论《太玄》，亦只蜗居一亭。然而，南阳草庐，西蜀敝亭，不都因诸葛神明、子云玄奥而著称于世吗？南阳草庐蓄诸葛之智，西蜀敝亭涵子云之慧，则陋室之何陋之有？很明显，这里作者又将自己的陋室比之于诸葛庐、子云亭，来论证陋室不陋，这不仅权作自慰和匀勉，而且表达了追步名贤之意，寄托了虽然蜗居陋室，但抱负始终不失之志趣。最后作者很巧妙地援引孔子的原话“何陋之有”作结，说明自身的志趣符合圣人之道。内涵丰富，蕴味无穷。

纵观全文，从“惟吾德馨”“谈笑有鸿儒，往来无白丁”“可以调素琴，阅金经”，到自比孔明、子云，字里行间“君子居之”之意无疑已经显豁。我们从文中体会出陋室中所闪现出的“君子”神韵风情。陋室不陋，果真是“何陋之有”啊！

《陋室铭》是作者积极参加政治斗争失败后而又不愿与权贵同流合污的产物。作者本是个企图在政治上有所作为的人，从在朝廷担任监察御史到身居陋室，自然是苦衷难言。作者在文中思想矛盾也依稀可见：一会儿说“阅金经”“无案牍之劳形”，一会儿又将自己身居陋室同“南阳诸葛庐，西蜀子云亭”相比，看得出作者仍不甘寂寞。文章既写了自己高洁的志趣，表达安贫乐道的心志，也流露出一种自命不凡、清高幽独的情调。

本文在写作艺术上也有特色。通篇押韵，是其特色之一。所以，全文音调和谐，读起来朗朗上口，犹如脱口而出，毫无矫揉装束之态，富有音乐美、韵律美。造出精警名句是其特色之二。“山不在高，有仙则名；水不在深，有龙则灵”，这一名言佳句，脍炙人口，流传百代而不衰，具有永久的艺术魅力。其三，引用典故和孔子之言，对开头的比喻和“斯是陋室，惟吾德馨”是一个极好的佐证。

范 仲 淹

范仲淹（989—1052），字希文，吴县（今江苏省苏州市）人。宋真宗大中祥符八年（1015）进士。宋仁宗时守卫西北边疆，遏止了西夏军的侵扰；在政治上亦积极主张改革，力图革新，为当时著名的政治家。官至枢密副使、参知政事。谥文正。他的文章诗革词都有名篇传诵于世。有《范文正公集》。

岳阳楼记

庆历四年春[(1)]，滕子京谪守巴陵郡[(2)]。越明年，政通人和，百废具兴[(3)]。乃重修岳阳楼，增其旧制[(4)]，刻唐贤、今人诗赋于其上[(5)]。属予作文以记之[(6)]。

予观夫巴陵胜状[(7)]，在洞庭一湖[(8)]。衔远山，吞长江，浩浩汤汤[(9)]，横无际涯；朝晖夕阴[(10)]，气象万千。此则岳阳楼之大观也[(11)]。前人之述备矣[(12)]。然则北通巫峡[(13)]，南极潇湘[(14)]，迁客骚人，多会于此[(15)]。览物之情，得无异乎[(16)]？

若夫霪雨霏霏[(17)]，连月不开[(18)]，阴风怒号，浊浪排空[(19)]；日星隐曜[(20)]，山岳潜形[(21)]。商旅不行，樯倾楫摧[(22)]；薄暮冥冥[(23)]，虎啸猿啼。登斯楼也，则有去国怀乡[(24)]，忧谗畏讥，满目萧然，感极而悲者矣。

至若春和景明(25)，波澜不惊(26)，上下天光，一碧万顷(27)；沙鸥翔集(28)，锦鳞游泳(29)；岸芷汀兰(30)，郁郁青青(31)。而或长烟一空(32)，皓月千里，浮光跃金(33)，静影沉璧(34)；渔歌互答(35)，此乐何极！登斯楼也，则有心旷神怡，宠辱偕忘(36)，把酒临风，其喜洋洋者矣。

嗟夫！予尝求古仁人之心，或异二者之为(37)。何哉？不以物喜，不以己悲(38)。居庙堂之高(39)，则忧其民(40)；处江湖之远(41)，则忧其君。是进亦忧，退亦忧。然则何时而乐耶？其必曰："先天下之忧而忧，后天下之乐而乐"欤(42)！噫！微斯人，吾谁与归(43)！

时六年九月十五日。

注释：

(1) 庆历四年：宋仁宗庆历四年，即公元 1044 年。

(2) 滕子京：滕宗谅，字子京，河南（今河南省洛阳市）人，与范仲淹同年举进士。知庆州（治所在今甘肃省庆阳县）时，被人诬告"前在泾州费公钱十六万贯"，降官知岳州。(见《宋史》本传) 巴陵郡，即岳州，宋时称为岳州巴陵郡。

(3) 百废具兴：欧阳修《与滕待制子京书》称其政绩说："去宿弊以便人，兴无穷之长利。"如筑偃虹堤（用一万五千五百工）以利行旅等。百废，各种废弛不办的事情。具，同"俱"。

(4) 增其旧制：扩大原来的规模。

(5) 刻唐贤、今人诗赋于其上：按范仲淹《天章阁待制滕君墓志铭》云："刻唐贤、今人诗歌于其上"。刻于其上：谓刻石立于壁间。

(6) 属：同"嘱"。

(7) 胜状：美景。

(8) 洞庭：我国长江流域著名大湖，在湖南省北部、岳阳市西。《大清一统志・岳州府》载洞庭湖："每夏秋水涨，周围八百余里。"

(9) 浩浩汤（shāng 伤）汤：水势盛大貌。《尚书・虞书・尧典》："汤汤洪水方割，荡荡怀山襄陵，浩浩滔天。"

(10) 晖：同"辉"，阳光。

(11) 大观：壮阔的景象。

(12) 前人之述备矣：谓唐、宋文人的诗赋，描绘岳阳楼的万千景象已经尽致了。

(13) 巫峡：长江著名三峡之一，长达一百六十里，在湖北省巴东县西面，与四川省巫山县相接，为通航四川必经的水道。

(14) 南极潇湘：朝南一直通到湘江的上游。湘江源出广西壮族自治区灵川县境，经过湖南省中部，北流入洞庭湖。潇水为湘江上游的支流，源出蓝山县南九嶷山。古代诗人多称湘江为潇湘。极：尽。

(15) 迁客骚人二句：唐，宋时朝廷官吏受到处分，多有远谪西南者，岳阳为通往西南必经的孔道，又有楼观胜景，故成为失意的官吏与诗人游会之所。唐朝自张说谪守岳州，与宾朋酬唱以后，诗人李白、杜甫、孟浩然、韩愈、刘禹锡、白居易，李商隐等，都曾经至此，留下题咏的名篇。迁客，降职调往偏远地区的官吏。屈原曾作《离骚》，后世因称诗人为骚人。

(16) 得无：能不。

(17) 霪（yín 银）雨：久雨不晴。

(18) 开：开朗，晴朗。

(19) 排空：翻腾空际，形容水势汹涌。

(20) 隐曜：光亮隐没不见。

(21) 潜形：形体掩藏。

(22) 樯倾楫摧：谓船只损毁。

(23) 冥冥：昏暗貌。

(24) 去国：离开国都。

(25) 景明：天气晴明。景：日光。

(26) 波澜不惊：犹言波平浪静。

(27) 上下天光二句：谓天色与湖水相映照，上下都是一片碧绿的颜色，无边无际。水中也反映着天色，故云上下天光。万顷：极言其广大。百亩为顷。

(28) 翔集：或飞或停。集：栖止。

(29) 锦鳞：彩色的鳞，鱼的美称。鳞：原用“麟”，据别本改。

(30) 岸芷汀兰：水边的花草。芷：香草。水岸平处曰汀。

(31) 郁郁：形容香气浓馥。青（jīng 精）青：花叶茂盛貌。《诗经·卫风·淇奥》：“绿竹青青。”陆德明《经典释文》：“本或作‘菁’，音同。”

(32) 长烟一空：天上的云雾一扫而空。

(33) 浮光跃金：月映水上如金光闪跃。跃：一作“擢”。

(34) 沉璧：指水中月影。璧：圆形的玉，以喻月。

(35) 互：原作“牙”，误。

(36) 宠：恩宠，荣誉。偕：一作“皆”。

(37) 二者：指上述感物而悲与览物而喜的两种心情。

(38) 不以物喜二句：谓思想感情不因为环境的好坏和个人的得失而有所改变。

(39) 居庙堂之高：在朝廷里做官。庙堂：指朝廷。

(40) 忧：含有忧虑、关怀的意思。

(41) 处江湖之远：住在偏远的江湖上，指贬谪在外做闲官或在野不做官。

(42) 先天下之忧而忧二句：欧阳修《资政殿学士户部侍郎文正范公神道碑铭》："公少有大节，于富贵贫贱、毁誉欢戚，不一动其心，而慨然有志于天下，常自诵曰：'士当先天下之忧而忧，后天之乐而乐也。'"欤，原本作"乎，"据别本改。

(43) 谁与归：归向谁呢？与，助词，无义。归：宗仰。《礼记·檀弓下》："文子曰：'死者如可作（起）也，吾谁与归？"

范仲淹的同科进士滕子京，由于对当时的政治不满，被降职为巴陵郡太守。滕子京到任后，"去宿弊以便人，兴无穷之长利"（欧阳修《与滕待制子京书》），并修葺了巴陵城西门的岳阳楼。当时，范仲淹也因保守派的排挤，由参知政事（副宰相）降为邓州（今河南邓州市）地方官。滕子京求其为楼作记，范仲淹接受了这个请求。

岳阳楼始建于唐开元初年，下临洞庭，为登览之胜地。在范仲淹写斯文前，就已经有了不少文人骚客为它填词吟诗，如李白《陪族叔侍郎晔及中书贾舍人至游洞庭》、杜甫《登岳阳楼》、孟浩然《临洞庭》等，都对洞庭湖作过生动的描绘，岳阳楼的大观，"前人之述备矣"。范仲淹不愧为文章好手，他突破了前人的窠臼，为世人留下了这篇脍炙人口的著名散文。

这篇散文，范仲淹即景抒情发表议论，以生动的文学语言和富于形象特征的文学手段，表现出忧国爱民，"以天下兴亡为己任"的伟大政治抱负和崇高的道德情操。

文章第一部分，即第一自然段，开篇点明作记缘由，但通过交代滕子京治下"政通人和，百废具兴"，已隐含褒扬之意，赞许滕子京遭贬而不失意，政绩斐然，与下文作者所抒情怀暗切。

第二部分（中间三个自然段），写景抒情。先描写岳阳楼的"大观"。一"衔"一"吞"动词的应用形象传神，用拟人的手法写出洞庭湖衔接远山、包容长江的宏大气势。再以"浩浩汤汤，横无际涯"二句形容洞庭湖水势浩淼、水面广阔的景象。《大清一统志·岳州府》中载洞庭湖"每夏秋水涨，周围八百余里"，可见所言非虚。如果说以上是从空间上来着笔，那么"朝晖夕阴，气象万千"两句则从时间上描绘出了登临岳阳楼所见景象：清晨旭日东升，阳光点点闪耀；傍晚夕阳西下，天色渐渐朦胧；万般变化，多姿多彩，这是一幅何等壮丽、何等优美的图画啊！以上仅用寥寥二十二字就给我们再现了洞庭湖雄奇阔大的气象。下面用“然则”一句离开记的常规，引出“览物之情，得无异乎”的议论，自然过渡到下文的独特思考。

正是由于这种思考，作者在第三、四两个自然段就为我们描绘了“悲”和“喜”两种景象。悲景是：日无艳阳，夜无皎月；湖面上浊浪滔天，漂泊断桅残桨，湖岸上传来一阵阵撕心揪人的虎啸猿啼。喜景是：春风和煦，阳光灿烂，湖面上一平如镜，沙鸥掠过水面，鱼鳞映着天光；夜间则澄碧万里，月亮像一块宝玉，静静地沉在水中，不时飘荡着一阵韵味优美的渔歌。这两种意境是作者发挥惊人的想象力进行细微逼真的描绘而创设的。目的在于借景生情，引出“去国怀乡，忧谗畏讥”和“心旷神怡，宠辱偕忘”这两种感情。当然，作者这是以反面落笔，所写具有“悲”与“喜”这两种感受的人都是作为否定的对象，目的是反衬下文的“古仁人之心”。由此可知作者构思精巧。

第三部分（末段），正面表明自己的生活理想。一般地说，不同景色触发萌生不同的感情，这是很自然的。但这部分却把“古仁人”和“迁客骚人”进行对比，从独特角度提出了“不以物喜，不以己悲”的观点，褒扬了“古仁人”的宽阔胸襟，也表现了作者思想情怀的博大高远。这里的“物”，当然不仅仅是指自然景象，而着重于社会环境。作者是针对自己和滕子京被贬遭遇而生发议论。因此，也可以说是对自己的一种慰勉和对他人的一种规箴。最后，作者水到渠成地提出了中心论点：“先天下之忧而忧，后天下之乐而乐”。

无可置疑，本文之所以能流传千古，不仅仅在于写景的出色，更重要的是议论的精辟。“先天下之忧而忧，后天下之乐而乐”，固然不可避免地带有封建“忧君”的色彩，但其中所蕴含的天下为公、先人后己的思想和品德即使在今天，也仍然值得我们借鉴和发扬。

描写、抒情、议论融为一体，情景结合是本文的一大艺术特色。因是作“记”，自然需要描写，但本文却不在于客观单纯进行写景，而是在写景中融入感情，生发感想。因而作者精心选择写景的角度和内容，不写岳阳楼的建筑，而写登楼所见；不写所见一切，而笔锋突出洞庭湖的博大气象，创造了一种开阔的意境，以体现天下兴亡为己任的情怀。而文中所描绘的悲和喜两个画面，也都为议论抒情服务，每个画面均先写景后抒情，情景相生。由于文章层层铺垫，最后自然地归结到尾段的议论。总之，本文熔情、景，理于一炉，文情并茂，既能给人以思想的启示，又能使人得到艺术享受。

作者借楼抒志，在谋篇运思上颇费匠心，构思新颖别致。文章开头部分叙事，概述作记之缘由，紧扣题旨，笔墨简洁。第二部分写景抒情，先扼要写岳阳楼之大观，再写洞庭湖的两种不同景色所引起登临者的不同感受，说明览物之情，因景而异。然而两者又有相同之处，这就是个人的感情都是随景的变化而变化，景美则情喜，景哀而情悲，作者把这种情随景迁的现象作了充分揭示后，就为正面表达作者的见解作了有力铺垫，自然过渡到最后一部分的说理议论，推出“先天下之忧而忧，后天下之乐而乐”的文章主旨。全文从楼写起，因楼写意，借题发挥而不离题，主旨却在楼外，完全摆脱了一般登临观览文字的传统窠臼。文章结构新颖而又富于变化。

本文的语言也和一般散文不同。散文的特点为散，而这篇散文却是散中有整，寓整于散。作者吸取了赋的语言特点，大量运用四字句，从“淫雨霏霏”到“虎啸猿啼”，从“春和景明”到“此乐何极”都是四字排列，其中像“阴风怒号”与“浊浪排空”，“日星隐曜”与“山岳潜形”，“沙鸥翔集”与“锦鳞游泳”，“浮光跃金”与“静影沉璧”都是工整的对句；有些句尾字，如明、惊、顷、泳、春、青、璧、极等，注意押韵，音调和谐，锵铿悦耳，具有韵文的形式美和音乐美。另外这篇文章字斟句酌，千锤百炼，如“政通人和”“气象万千”“心旷神怡”等，已成为广泛运用的成语，特别是“先天下之忧而忧，后天下之乐而乐”，更成为激励人们追求美好与光明的千古箴言。

欧　阳　修

欧阳修（1007—1072），字永叔，号醉翁，晚年又号六一居士，吉州永丰（今江西省永丰县）人。宋仁宗天圣八年（1030）进士。为谏官，正直敢言，要求改革政治，站在范仲淹一边。受到政敌的打击，屡遭贬谪。后累官至翰林学士、枢密副使、参知政事。晚年反对王安石新法，趋向保守。卒谥文忠。他是北宋文学革新运动的领导人物。为文以韩愈为宗，大力反对浮靡的时文，倡导有内容的古文。所作多议论当世事，切中时弊。以文章负一代盛名。积极培养后进，对北宋文学进一步的发展有巨大影响。苏轼《六一居士集序》称他“论大道似韩愈，论事似陆贽，记事似司马迁”。文笔纡徐委曲，条达疏畅，语言明白易晓，是其特点。诗如其文，一洗“西昆体”绮靡、晦涩之习，多平易疏朗。词则更富于情韵。有《欧阳文忠公集》《六一词》。

醉翁亭记

环滁皆山也(1)。其西南诸峰，林壑尤美(2)。望之蔚然而深秀者(3)，琅邪也(4)。山行六七里，渐闻水声潺潺(5)，而泻出于两峰之间者，酿泉也(6)。峰回路转，有亭翼然临于泉上者(7)，醉翁亭也。作亭者谁？山之僧曰智仙也(8)。名之者谁？太守自谓也(9)。太守与客来饮于此，饮少辄醉，而年又最高，故自号曰醉翁也(10)。醉翁之意不在酒，在乎山水之间也。山水之乐，得之心而寓之酒也。

若夫日出而林霏开(11)，云归而岩穴暝(12)，晦明变化者(13)，山间之朝暮也。野芳发而幽香，佳木秀而繁阴(14)，风霜高洁(15)，水落而石出者(16)，山间之四时也。朝而往，暮而归，四时之景不同，而乐亦无穷也。

至于负者歌于途，行者休于树，前者呼，后者应，伛偻提携(17)，往来而不绝者，滁人游也。临溪而渔，溪深而鱼肥；酿泉为酒，泉香而酒冽(18)；山肴野蔌(19)，杂然而前陈者，太守宴也。宴酣之乐，非丝非竹(20)，射者中(21)，弈者胜，觥筹交错(22)，起坐而喧哗者，众宾欢也。苍颜白发，颓然乎其间者，太守醉也。

已而夕阳在山，人影散乱，太守归而宾客从也，树林阴翳(23)，鸣声上下，游人去而禽鸟乐也。然而禽鸟知山林之乐，而不知人之乐；人知从太守游而乐，不知太守之乐其乐也(24)，醉能同其乐，醒能述以文者，太守也。太守谓谁，庐陵欧阳修也(25)。

注释：

(1) 环滁皆山也：《朱子语类》卷一百三十九："顷有人买得他《醉翁亭记》稿，初说滁州四面有山，凡数十字。末后改定，只曰：'环滁皆山也'五字而已。"

(2) 壑（hè 贺）：山沟。

(3) 蔚然：草木茂盛貌。

(4) 琅邪（yá 牙）：即琅琊，山名，在安徽省滁州市西南十里。

(5) 潺（chán 馋）潺：水声。

(6) 酿泉：水清可以酿酒，故名。酿，原本作"让"，据别本改。

(7) 翼然：如鸟展翅貌。

(8) 智仙：琅琊山琅琊寺（一名开化寺）的僧人。一本智仙无"曰"字。

(9) 太守：汉时太守为一郡行政最高长官。宋时一州的长官称知军州事，泛称太守。

(10) 自号曰醉翁：作者《赠沈遵》诗："我时四十犹强力，自号醉翁聊戏客。"

(11) 林霏开：树林间的雾气消散了。

(12) 云归：古人以为云是出自山中的，如陶渊明《归去来辞》："云无心以出岫"。归，谓回到山里。

(13) 晦明变化：指天气阴晴明暗的变化。

(14) 佳木：犹言嘉树。秀：茂盛。繁阴，一片浓密的树荫。阴：通"荫"。

(15) 风霜高洁：天高气爽，霜色洁白。

(16) 水落：一作“水清”。

(17) 伛（yǔ 雨）偻（lǚ 吕）：弯腰曲背，指老年人。提携：指搀扶着走的小孩子。《礼记·曲礼上》：“长者与之提携，则两手奉长者之手。”

(18) 泉香句：一作“泉冽而酒香”。冽（liè 列）：清。

(19) 山肴（yáo 姚）：野味。蔌（sù 素）：菜蔬。

(20) 丝：弦乐器，琴、瑟之类。竹：管乐器，箫、管之类。

(21) 射者中（读去声）：古代饮宴时一种投壶的娱乐，以矢投壶中，投中者胜，酌酒给负者饮。见《礼记·投壶》。陆德明《音义》引郑玄注云：“投壶者，主人与客燕饮论才艺之礼也。”又，作者《九射格》文：“九射之格，其物九，为一大侯，而寓以八侯：熊当中，虎居上，鹿居下，雕、雉、猿居右，雁、兔、鱼居左。而物各有筹。射中其物，则视筹所在而饮之。”胡柯注：“《醉翁亭记》云：‘射者中，弈者胜，觥筹交错。’恐或谓此。”

(22) 觥（gōng 工）筹交错：杯子和筹码相杂，形容喝酒尽欢之状。觥：酒器。古代酒器用兕角制，称兕觥。筹，投壶时的算筹。一说：筹乃酒筹，喝酒时用以计胜负的筹码。

(23) 阴翳（yì 意）：树木遮蔽成荫。

(24) 乐其乐：自乐其乐，前乐字，动词。

(25) 庐陵：今江西省吉安市。按欧阳修为永丰人，其先世“为庐陵大族”。谱籍亦著庐陵（《见欧阳氏谱序》），故称。

这篇优美的抒情性散文是欧阳修被贬谪为滁州太守后写的。文章通过对醉翁亭周围的秀丽环境、变化多姿的自然风光以及人们在那里游乐活动的山水人情的描绘，含蓄地表现了作者于政治失意中寄情山水以排遣抑郁的情怀和与民同乐的思想。

作者起笔就概述醉翁亭的自然环境和它得名的缘由。题为“醉翁亭记”，却不先写亭，而以“环滁皆山也”起笔，寥寥五字既居高临下地概述了滁州的地理特点，又交代了醉翁亭的大背景。然后将描述范围逐步缩小，让读者的视线逐渐转向“林壑尤美”的“西南诸峰”，转向“蔚然而深秀”的琅琊山，转向“水声潺潺”的酿泉，然后，“峰回路转”，很自然地在酿泉边展现出“翼然临于泉上”的醉翁亭。在此点题，既自然地把读者引入佳境，又为下文写“滁人游”作了环境与游乐路线的交代和铺垫。贯串全文的一个“乐”字，也从亭名的由来引出：“醉翁之意不在酒，在乎山水之间也，山水之乐，得之心而寓之酒也。”进一步说明了“醉翁”的深意，把景与情直接联系了起来。这一“乐”字，为下文的拓展与抒情作了准备。

接着描绘山间朝暮和四季的不同景色。以“日出而林霏开，云归而岩穴暝”两句写山间朝暮，云雾的散聚，光线的明暗，形成鲜明对比而相互映衬；写一年四季的不同风光是：“野芳发而幽香”（春）；“佳木秀而繁阴”（夏）；“风霜高洁”（秋）；“水落而石出”（冬）。嗅觉感觉与视觉形象互衬相叠，动与静互衬相宜，每季犹如一幅优美的风景画，画面都抓住了景物的特征，表明可游的时间是很多的。最后由朝暮四时的无穷而自然推出“乐亦无穷”，使“乐”这一文章的抒情主线进一步明朗化、具体化了。

继之写人游琅琊山之乐。这一段分别写了“滁人游”“太守宴”“众宾欢”“太守醉”四个层次。各层次字数不多，却极富生活情趣和欢乐的气氛。“滁人游”的前呼后应，往来不绝；“太守宴”的就地取材，超尘脱俗；“众宾欢”的觥筹交错，无拘无束；“太守醉”的逼真形态，“颓然”神情，无不体现出作者与民同乐的思想感情和诗一般的意境。

最后写宴会散、游人归的情景以及抒发作者的情怀。“夕阳在山”，点明席散人归的时间，与前文“暮而归”相照应。“人影散乱，太守归而宾客从”。形象、简练地速写出一幅晚归图。人们尽兴而返，飞鸟也“鸣声上下”，尽享山林之乐。文章至此似乎已写完，但作者笔锋一转，巧妙地以禽鸟之乐衬托游人之乐，又以游人之乐衬托太守之乐，与第一段醉翁亭的得名、“醉翁之意不在酒，在乎山水之间”前后呼应，余韵未尽，耐人回味。作者被贬为滁州太守后，以自己的才能和政绩使滁州人民能乐于山野之间，官与民、太守与僚属同游同乐，情投意合，无拘无束，那么这“太守之乐其乐”，是否还包含着自己横遭贬谪、怀才不遇、壮志难酬的失意中寄情于山水、排遣抑郁、聊以自慰的复杂心情呢？篇末点明作者其人，与首段“太守自谓”相呼应，可谓结构绵密，层次井然。

文章把山水风光的描写、游人活动的叙述和作者情怀的抒发有机地融为一体，并以抒情为主线贯穿全文。文章变化多端，如行云流水，灵活自然。

这篇文章历来受人推崇，不仅在于表现了这位太守有与民同乐的思想，更重要的是由于艺术方面的成就。

一是，结构严谨，层次井然。开头一段采用逐层脱卸的手法，文章由“环滁皆山”引出西南诸峰，由西南诸峰进到蔚然深秀的琅琊山，再到两峰间的酿泉，再到泉上的醉翁亭，之后交代亭的建造者和命名者。镜头由远而近，由大而小，层层紧缩，步步推进，以上是脱卸法。下面三段又采用多方铺陈，归结一点的手法。先总写山间朝暮、四时之景不同，山水之乐无穷；再分写滁州人民的生活之乐，太守与众宾的游宴之乐以及禽鸟之乐，最后归结到太守之乐是与民同乐，与前“醉翁之意不在酒”相呼应，使文章显得既丰富又集中，运思谋篇非常巧妙。

二是文笔简洁，文辞优美。全文不过401字，却把滁州佳境——醉翁亭四周的山光水色、人情物态描摹得十分精当。山间朝暮、四时景物的交替变化，都只用一句话就鲜明地勾勒出来。描绘人物更是摇曳多姿，尤其这位“苍颜白发，颓然乎其间”的太守，刻画得甚为绝妙。作者把如此丰富的内容、多变的景物、众多的人物写得井井有条，生动逼真，这不能不让人惊叹其驾驭语言的高超技巧。

三是骈散相间，节奏整齐而富于变化。这是一篇散文，但散中带骈，骈散相间，全文安排多种对句，像“日出而林霏开，云归而岩穴暝”这样的单句对；也有“临溪而渔，溪深而鱼肥；酿泉为酒，泉香而酒冽”这样的双句对；还有“夕阳在山，人影散乱，太守归而宾客从也；树林阴翳，鸣声上下，游人去而禽鸟乐也”这样的三句对等，不仅文笔简洁，文辞优美，读起来声调和谐，具有节奏感和回环美，而且构成的意境也幽美动人，具有散文诗一般的华采和韵味。

四是“也”字的成功运用。全文二十二句，竟用了二十一个“也”字。“也”字的反复出现，不仅构成了强烈的音乐旋律，而且有助于表达深厚委婉的“乐”的感情，使文章带有浓厚的抒情诗的韵调，给人一唱三叹之感。“也”字一贯通篇，而又参差多变，使文章风趣有味，构成千古创调，成为这篇文章在艺术形式上最显著的特点。

苏　洵

苏洵（1009—1066），字明允，眉州眉山（今四川眉山县）人。宋仁宗庆历七年（1047），举进士及茂才异等，皆不中，归而尽焚前所为文，闭户读书，遂通六经、百家之说。嘉祐初，重游京师。除秘书省校书郎，后为霸州文安县（今河北省文安县）主簿，预纂《太常因革礼》，书成而卒。洵深于《孟子》《战国策》，所为文纵厉雄奇，尤长于策论。曾巩称其文："烦能不乱，肆能不流。其雄壮俊伟，若决江河而下也；其辉光明白，若引星辰而上也。"（见《苏明允哀词》）有《嘉祐集》。

六　国　论

六国破灭，非兵不利，战不善，弊在赂秦(1)。赂秦而力亏(2)，破灭之道也。或曰："六国互丧，率赂秦耶(3)？"曰："不赂者以赂者丧，盖失强援，不能独完。故曰，弊在赂秦也。"

秦以攻取之外，小则获邑，大则得城。较秦之所得，与战胜而得者，其实百倍；诸侯之所亡，与战败而亡者，其实亦百倍。则秦之所大欲，诸侯之所大患，固不在战矣。

思厥先祖父(4)，暴霜露，斩荆棘(5)，以有尺寸之地。子孙视之不甚惜，举以予人，如弃草芥[6]。今日割五城，明日割十城，然后得一夕安寝，起视四境，而秦兵又至矣。然则，诸侯之地有限，暴秦之欲无厌[7]，奉之弥繁，侵之愈急，故不战而强弱胜负已判矣。至于颠覆，理固宜然。古人云："以地事秦，犹抱薪救火，薪不尽，火不灭[8]。"此言得之。

齐人未尝赂秦，终继五国迁灭[9]，何哉？与嬴而不助五国也[10]，五国既丧，齐亦不免矣。燕赵之君，始有远略，能守其土，义不赂秦。是故燕虽小国而后亡，斯用兵之效也。至丹以荆卿为计，始速祸焉[11]。赵尝五战于秦，二败而三胜[12]，后秦击赵者再，李牧连却之[13]。洎牧以谗诛，邯郸为郡[14]，惜其用武而不终也。且燕赵处秦革灭殆尽之际[15]，可谓智力孤危，战败而亡，诚不得已。向使三国各爱其地[16]，齐人勿附于秦，刺客不行[17]，良将犹在[18]，则胜负之数，存亡之理，当与秦相较，或未易量。

呜呼！以赂秦之地，封天下之谋臣；以事秦之心，礼天下之奇才，并力西向[19]，则吾恐秦人食之不得下咽也[20]。悲夫！有如此之势，而为秦人积威之所劫[21]，日削月割，以趋于亡。为国者，无使为积威之所劫哉！

夫六国与秦皆诸侯，其势弱于秦，而犹有可以不赂而胜之之势。苟以天下之大，下而从六国破亡之故事，是又在六国下矣[22]。

注释：

(1) 弊在赂秦：谓六国破灭，弊端在于割地以事秦。

(2) 赂秦而力亏：语意本于《战国策·魏策》："苏子（秦）为赵合纵说魏王曰：'……夫事秦必割地效质，故兵未用而国已亏矣。'"

(3) 率：大率，大都。

(4) 厥先祖父：他们的先人，祖父和父亲。厥：其，他们。

(5) 暴（pù铺）霜露二句：谓暴身霜露，砍伐荆棘，经历辛勤，以开辟土地。暴：暴露。

(6) 如弃草芥：谓轻弃不惜。《孟子·离娄上》："视天下悦而归己，犹草芥也。"《方言》卷三："芥，草也。"

(7) 厌：通"餍"，满足。

(8) 古人云五句：《战国策·魏策》："孙臣谓魏（安釐）王曰：'……以地事秦，譬犹抱薪而救火也，薪不尽，则火不止。今王之地有尽，而秦求之无穷，是薪火之说也。'"又《史记·魏世家》："苏代谓魏（安釐）王曰：'且夫以地事秦，譬犹抱薪救火，薪不尽，火不灭。'"皆为引语所本。

(9) 迁灭：灭亡。古代灭人国家，并迁去其传国重器，故曰迁灭。《孟子·梁惠王下》："迁其重器。"

(10) 与嬴：犹言亲秦。《管子·霸言》尹知章注："与，亲也。"嬴，秦姓，此作为秦的代称。

(11) 至丹以荆卿为计二句：谓至太子丹荆轲施行刺之计，乃招亡国之祸。丹，燕太子丹。荆卿：即荆轲。司马贞《史记索隐》："卿者，时人尊重之号。"秦已灭韩、赵，祸将至燕。始皇二十年（前227），燕太子丹遣荆轲以樊于期首及燕督亢地图献于秦，因袭刺秦王，不中，轲被杀。秦王大怒，益发兵伐燕，翌年拔燕都。燕王喜奔辽东，杀丹以献于秦。后五年（前222），卒灭燕。（见《史记·燕世家》及《刺客列传》）速祸：召祸。《左传》隐公三年："去顺效逆，所以速祸也。"

(12) 赵尝五战于秦二句：《战国策·燕策》："苏秦将为从，北说燕文侯曰：'……秦赵五战，秦再胜而赵三胜。'"为语意所本。按苏秦所言非实事。鲍彪注："设辞也。"

(13) 后秦击赵者再二句：李牧，赵国良将。赵幽缪王迁二年（前234），秦破赵，杀赵将，斩首十万。翌年，李牧为大将军，击秦军于宜安（故城在今河南省藁城县西南），大破之。封牧为武安君。四年（前232），秦攻番（pó婆）吾（今河北省平山县南），牧又击破之。（见《史记·赵世家》及《廉颇蔺相如列传》）

(14) 洎牧以谗诛二句：谓及李牧受谗被杀，赵亦遂亡。赵王迁七年（前229），秦使王翦攻赵，赵使李牧、司马尚御之。秦行赂于赵王宠臣郭开，使进谗言，谓李牧等将反。翌年，赵王使人捕斩李牧，废司马尚。后三月，王翦急攻赵，大破之，虏赵王迁，遂灭赵。（见《史记·赵世家》及《廉颇蔺相如列传》）洎，及。邯郸，赵都，故城在今河北省邯郸市西南。邯郸为郡，谓赵亡后，秦置邯郸郡。

(15) 燕赵处秦革灭殆尽之际：秦虏赵王迁、陷邯郸后，赵公子嘉立为王，王于代（今山西省东北部及河北省蔚县一带），始皇二十五年（前222），始与燕同被灭，时韩、魏、楚皆已亡，故云革灭，犹言除灭。《易·杂卦传》："革，去故也。"

(16) 三国：指韩、魏、楚。

(17) 刺客不行：指燕不遣荆轲行刺。

(18) 良将犹在，谓李牧不被诛灭。《史记·廉颇蔺相如列传》："李牧者，赵之北边良将也。"

(19) 并力西向，谓合六国之力而西向抗秦。

(20) 食之不得下咽，犹言寝食不安，内心惶恐。

(21) 为秦积威之所劫：谓六国被秦国积渐之威所胁制。劫：威逼。

(22) 苟以三句：意在讽今。下而从六国破亡之故事：谓以天下之大，降而蹈六国赂秦而亡的覆辙。一本无"下"字。

本文选自《嘉祐集》卷三。嘉祐是宋仁宗的年号（1056—1063年）。嘉祐三年（1058），苏洵献《权书》十篇给仁宗，这是其中的一篇，原题为《六国》。

自宋太祖赵匡胤于公元960年建立宋朝，结束五代十国的动乱局面，到苏洵献此文差不多一百年。宋朝这时的国力虽不如唐朝初建后一个时期那样强大，但也不那么衰弱。尽管它的北边有契丹，西边有西夏，宋朝也并非不能和他们对抗。真宗景德元年（1004），辽萧太后、圣宗，率军南进，真宗亲征。澶渊一战，射杀辽大将萧挞览。遗憾的是，在这样有利的形势下，真宗却一味主和，同辽签下屈辱的“澶渊之盟”。此后，宋每年向辽输银十万两，绢二十万匹。后来又改“输”为“纳”，并加大数量，即岁纳银二十万两，绢三十万匹。庆历四年（1044），西夏上书求和，形势也对宋有利，仁宗同意每年给西夏银七万两，绢十五万匹，茶三万斤。赂敌的结果，虽然能换得“一夕安寝”，但并未根本解决边患问题，相反却加激了国内的各种矛盾，深化了社会危机。苏洵这篇文章，借探讨六国破灭的原因，针对当时的社会现实，尖锐地指出赂敌将导致国亡，给最高统治集团敲了警钟。

文章一开始就提出论点：六国破灭，弊在赂秦。篇首紧扣题目，一语破的，用不相容的选言判断指出：“六国破灭，非兵不利，战不善，弊在赂秦。”作者开宗明义，直抒己见。明确否定了六国破灭的原因在“兵不利，战否善”的说法，肯定六国灭亡的关键问题是“弊在赂秦”。接着，用设问句“六国互丧，率赂秦耶?”进一步申论，从赂者和不赂者两方面分别指出“赂秦而力亏，破灭之道也”，“不赂者以赂者丧，盖失强援，不能独完”。这就深刻而又严密地概括了六国破灭的原因，精辟地论述了“赂”与“不赂”的辩证关系。

之后先论证诸侯赂秦，其害无穷。作者运用了类比推理，“秦以攻取之利，小则获邑，大则得城，较秦之所得，与战胜而得者，其实百倍；诸侯之所亡，与战败而亡者，其实亦百倍。”通过秦与诸侯得地和失地的类比，说明了一个发人深省的道理：“则秦之所大欲，诸侯之所大患，固不在战矣!”这就告诉我们，对于强大的敌人，不能自轻自贱，贿赂逢迎。接着又以“今日割五城，明日割十城，然后得一夕安寝。起视四境，而秦兵又至矣”，生动形象地说明“诸侯之地有限，暴秦之欲无厌”，因而“奉之弥繁，侵之愈急”的道理，作者抓住秦凶狠暴虐、贪得无厌的本质，以及诸侯软弱妥协、苟且偷安的要害进行分析，直截了当地指出后果必然是“不战而强弱胜负已判矣”。这样，六国破灭，“理固宜然”，对六国破灭的原因作了本质揭示。作者还引用了古人关于六国破灭原因的一个比喻：“以地事秦，犹抱薪救火，薪不尽，火不灭”，进一步加深了对“赂秦力亏，破灭之道”的论证。

再论证“盖失强援，不能独完”。作者分别运用了齐、燕、赵不赂秦而灭亡的事实进行论证。接着进一步指出：“燕赵处秦革灭殆尽之际，可谓智力孤危，战败而亡，诚不得已”的历史事实，说明使用武力毕竟可以延长寿命，最后孤掌难鸣，事出无奈，情有可原，从而得出“盖失强援，不能独完”的结论，令人心悦诚服，深信不疑。作者又运用假言推理，从反面加以阐述。通过“向使”一句指出如果六国联合起来，共商大计，改变战略，同仇敌忾，坚持到底，完全可能战胜强秦。这样就更深化了文章的主题。

继之告诫“为国者，无使为积威之所劫”。作者运用一个假言推理，“以赂秦之地，封天下之谋臣；以事秦之心，礼天下之奇才；并力西向，则吾恐秦人食之不得下咽也”，指出知人善任、齐心合力是战胜秦国的根本保证。同时指出六国以地事秦而自取灭亡的教训。“有如此之势，而为秦人积威之所劫，日削月割，以趋于亡”，十分可悲。作者在总结了六国破灭的教训后，得出“为国者，无使为积威之所劫”的结论就顺理成章了。这里从六国破灭的事实概括出一个普遍的带有指导意义的道理，引人深思，令人叹服作者目光的敏锐和见解的深邃。

最后由上述对历史的分析转入对现实的慨叹，告诫北宋当局，“从六国破亡之故事，是又在六国下矣”，借古讽今，点明写作旨意，讽谏朝廷切不可重蹈六国复辙。针砭时弊，切中要害。

立论深刻，结构精巧，是本文的第一个特色。开头提出中心论点，为全文之纲。作者用大量的篇幅论述“六国破灭，弊在赂秦”，分别从“赂秦而力亏，破灭之道”和“盖失强援，不能独完”两方面逐层展开论证，从而得出“与秦相较，或未易量”的结论，劝诫“为国者，无使为积威所劫”，最后由论史进入论今，只用寥寥数十字点明题旨。前面四个段落是全文的铺垫，最后一段才是文章主旨。前面层层蓄势，步步堆高，最后一语道破，如黄河出峡，奔腾而下；似泰山压顶，势不可当。

以史实为依据，而又巧妙地联系北宋实际，是本文的第二个特色。从题目看，《六国论》是一篇史论，史论不能脱离史实。文章对韩、魏、楚的赂秦，齐的附秦，燕赵的用武及其失策的分析都有根有据，因而有较强的说服力。但文章又着眼于北宋实际，在分析了六国的形势之后，从第四段的“为国者”至结束，处处都为当局设想。如果没有上文的分析，为当局设想就缺乏有力的根据；如果仅有上文的分析而无结合实际的议论，文章只能是一篇单纯研究历史的史论。

雄壮峻伟，具有战国策士的雄辩之风，是本文的第三个特点。战国策士之文，往往引物连类，铺张扬厉，有江河奔腾、直泻千里的气势。这篇文章，尤其是二、三两段分析的文字，作者力避抽象的论述，而用生动形象的文字，在分析的同时巧妙地进行描绘、比喻，使文章具有较强的感染力和说服力。

本文语言颇具特色。句子长短相间，错落有致；有对偶句，有排比句，有引用句，有比喻句，有疑问句，有设问句，丰富多彩，交相辉映；论证语言有正面说，有反面说，有直接说，有隐含说，相映成趣，别有风味。

这篇文章和西汉贾谊的《过秦论》都是史论，两论作者的写作目的都很明确，都是通过对历史史实的分析，从而为当时的统治者提供借鉴和经验教训。贾谊认为秦王朝的过失在于不懂得夺取政权之后，是由攻势转入守势，仍然采取攻势时的策略，而不懂得采取守势应取的仁义措施。即在马背上可以夺天下，但在马背上未必能治天下。尽管汉文帝并不怎样重用贾谊，但应该承认文帝治天下的策略大体正确，所以出现历史上有名的“文景”之治。苏洵的策论，比起贾谊的政论，应该说更少几分书生气，可惜仁宗及其后继者并没有从苏洵所敲响的警钟中猛醒过来，还是一味赂敌，由输而纳，由和而降，北宋终于在《六国论》写出后不到七十年的靖康元年（1126）沦亡。

曾　巩

曾巩（1019—1083）字子固，建昌南丰（今江西省南丰县）人。宋仁宗嘉祐二年（1057）进士。通判越州（治所在今浙江省绍兴县），知齐州（治所在今山东省济南市）、福州（今福建省福州市），均有政声。官至中书舍人。巩深于儒术，文章温醇典重，雍容平易，能穷尽事理，得欧阳修称赏。论者也以为修门下士中，巩风格与修最为相近。《宋史》本传称其“为文章，上下驰骤，愈出而愈工。本源六经，斟酌司马迁、韩愈，一时工作文词者，鲜能过也。”有《元丰类稿》。

墨　池　记

临川之城东[(1)]，有地隐然而高，以临于溪，曰新城。新城之上，有池洼然而方以长[(2)]，曰王羲之之墨池者[(3)]，荀伯子《临川记》云也[(4)]。羲之尝慕张芝，临池学书，池水尽黑[(5)]，此为其故迹，岂信然邪？方羲之之不可强以仕，而尝极东方，出沧海，以娱其意于山水之间[(6)]，岂有徜徉肆恣[(7)]，而又尝自休于此邪？

羲之之书，晚乃善[(8)]；则其所能，盖亦以精力自致者，非天成也。然后世未有能及者，岂其学不如彼邪？则学固岂可以少哉！况欲深造道德者邪[(9)]？

墨池之上，今为州学舍[10]。教授王君盛恐其不章也[11]，书“晋王右军墨池”之六字于楹间以揭之[12]。又告于巩曰：“愿有记。”惟王君之心[13]，岂爱人之善，虽一能不以废，而因以及乎其迹邪？其亦欲推其事以勉其学者邪？夫人之有一能，而使后人尚之如此[14]，况仁人庄士之遗风余思[15]，被于来世者如何哉[16]！

庆历八年九月十二日曾巩记[17]

注释：

(1) 临川：宋县名，江南西路抚州治所，今江西省抚州市。

(2) 洼（wā 蛙）然：低深之状。方以长：谓作长方形。以：而。

(3) 王羲之：字逸少，晋琅邪临沂（今山东省临沂市）人。善隶草，笔势飘若游云，娇若惊龙。官至右军将军、会稽内史，世称王右军。

(4) 荀伯子《临川记》：荀伯子，南朝宋代颍川颍阴（今河南省许昌市）人。少好学，博览经传。为尚书左丞，出补临川内史。（见《宋书》本传）在郡时，著《临川记》六卷。乐史《太平寰宇记》卷110载：“荀伯子《临川记》云：王羲之尝为临川内史，置宅于郡城东高坡，名曰新城。旁临回溪，特据层阜，其地爽垲，山川如画。今旧井及墨池犹存。”荀伯子，原作“荀仙子”，据别本改。

(5) 羲之尝慕张芝三句：张芝，字伯英，东汉弘农（今河南省灵宝县）人。《三国志·魏志·刘劭传》注引《文章叙录》：“弘农张伯英者……凡家之衣帛，必书而后练之。临池学书，池水尽黑。……韦仲将谓之草圣。”羲之深慕张芝草书，思与相并，曾与人书云：“张芝临池学书，池水尽黑，使人耽之若是，未必后之也。”（见《晋书》本传）

(6) 方羲之之不可强以仕四句：骠骑将军王述，少有名誉，与王羲之齐名，而为羲之所轻。羲之任会稽内史时，述为扬州刺史，检察会稽郡刑政。羲之深以为耻，即称病去职，并在父母墓前自誓不再出仕。从此隐居会稽山阴（今浙江省绍兴市），与东土人士纵情山水，以弋钓为娱，遍游附近诸郡，穷名山，泛沧海，自谓“我卒当以乐死”。（见《晋书》本传）

(7) 徜（cháng 常）徉（yáng 羊），肆恣：谓纵情游览。《广雅·释训》：“徜徉，戏荡也。”肆恣：放纵。徜：原本作“祸”，据所本改。

(8) 羲之之书二句：羲之早年书法，并不胜过同时的庾翼、郗愔。到晚年，才精妙绝伦，庾翼见其所作章草，叹为“焕若神明，顿还（张芝）旧观。”（见《晋书》本传）

(9) 深造道德：谓在道德修养上有崇高造诣。造：至，诣。

(10) 州学舍：指抚州州学学舍。《宋史·职官志七》：“仁宗庆历四年（1044）诏诸路，州，军，监，各令立学。……自是州郡无不有学。始置教授，以经术行义训导诸生，掌其课试之事，而纠正不如规者。"

(11) 教授：官名，职掌详上注。章：显著。一本作"彰"。

(12) 楹（yíng 营）：柱子。揭：举以标示。《说文》卷十二上："揭，高举也。"

(13) 惟：念。一本作"推"。

(14) 尚：尊崇。

(15) 仁人庄士：旧时指修德行仁、端庄有道的人。遗风余思，指留存于后人心目中的典范德行。仁人：原本作"人仁"，据别本改。

(16) 如何：一本作"何如"。

(17) 庆历八年：即宋仁宗庆历八年（1048）。一本无"庆历……"十二字。

《墨池记》是曾巩的代表作。这篇文章题名为"记"，但其主要内容却不在于记写景物，而是因小及大，借事立论。文中所叙"墨池"，乃临川城中一处胜迹，荀伯子《临川记》中以之附会于王羲之，说是王羲之临池学书之处。曾巩则以为，其传闻未必可信，但又所以会为社会所广泛认可甚至为之张扬，究其因，则在于人们想借此激励后人勤奋学习，以期产生深刻的教育作用。从这个意义上说，王羲之苦练书法，荀伯子之记传闻，乃至州学教授王盛之旌表墨池并索记于曾巩，其精神都是十分可嘉的。因此，曾巩便从求记者的本意入手，从王羲之"耽之若是，未必后之"的话中得出结论，王羲之的书法造诣是"以精力自致者，非天成也"，再由此生发开去，举一反三，因类连义，从书法练习推及于求学，再及于修身，归结出"学固岂可以少哉"这一共同规律，很发人深省。

这篇文章在艺术上也较集中地体现了曾巩散文的风格与特点。纡徐婉曲，典雅庄重，严谨绵密。文章分两大部分，每部分又各为两个层次。第一部分（前两个自然段）先按这类作品写作的一般格式，简略交代了墨池的处所、方位、形状及得名的缘由，用推测的口吻对历史传闻提出质疑，形成文章的第一层波澜。然后，一笔宕开，由墨池而论及书法，指出王羲之的书法造诣并非天成，而是专心苦练的结果，而后人所以未能企及，就因为缺乏这种刻苦精神。于是就自然地引出一个常理："学固岂可以少哉！"至于要深造道德，这种磨炼就更为重要。这是第二层波澜。这样几经迂回之后，文章之所论就渐次地接近于求记者的本意了。因为创立学校的目的，正是要提倡封建教化，培养生员正心修身齐家治国平天下的才能。文章也便顺理成章地转入第二部分（后两个自然段）进而说明作记。缘由，是因为"墨池之上，今为州学舍”，教授王盛题字于楹间以劝勉后学努力深造，并向作者索记，自己推究王盛的苦心，慨然应允，也同样以此期望于后学。但这一层意思中却不直接说出，而是于第三层次的交代缘由之后，再就王盛的殷切期望而抒发感慨：人有一能，而“后人尚之如此”，更何况道德高深之士其影响还会更深远呢？启发后学刻苦学习，增强道德修养，以期成为遗风余思有广泛影响的“仁人庄士”。这既是文章的第四层波澜，也是全文的主旨所在。

这篇散文，篇幅虽短，却蕴藉深厚，纡徐而绵密，体现了作者讲求行文布局、叙事条理分明的特点。四个层次，承转衔接，天衣无缝，十分自然，显示出极其深厚的艺术功力。首段写墨池只有几十字，却介绍了墨池的位置形状，得名原因，并引出王羲之临池学书的事迹，可谓简而明。文章的重点在第二段，此段议论多于叙事，通过“羲之之书晚乃善”的事实，说明他“亦以精力自致者，非天成也”，进而得出“学固岂可以少哉”的结论。末段交代写作缘由，揭示“勉其学”的写作目的。全文条理明晰，思路严密。又借用一连串的设问句式，以推心置腹的口吻，层层推进地说理，既委婉诚挚，又简朴从容，读来回味无穷。所以，沈德潜评点其文说：“用意或在题中，或出题外，令人徘徊赏之”（《评注唐宋八家古文》）。

《墨池记》曾给后世以很大的影响，如明代宋濂的《送东阳马生序》和清代袁枚的《黄生借书说》等，便都借记述自己的求学经历，勉励后人珍惜光阴与时机，专力求学，其立意显然有取法《墨池记》之处。其语言的简括精确、条畅明达，说理的推心置腹、婉曲从容，也都不同程度地反映出所受曾巩文章的影响。

王安石

王安石（1021—1086），字介甫，号半山，北宋临川（今江西省抚州市）人。仁宗庆历二年（1042）进士。他出身于一个寒素的地主家庭，早在浙江等地担任地方官吏的时候，就有宏大的政治抱负。神宗熙宁二年（1069），他被任命为参知政事，次年又拜为宰相，积极推行青苗、均输、市易、免役和农田水利等新法，抑制大官僚地主与豪商的特权，以期达到富国强兵、缓和阶级矛盾的目的。然而由于遭到以司马光为代表的保守派的激烈反对，因此被迫辞职。神宗死后，旧党执政，他所创立的新法便被全部废除。

王安石既是一位著名的政治家和思想家，又是一位著名的文学家。他的散文以政治、学术性的论说文居多，但也不乏脍炙人口的小品文和游记。这些作品主要注重理论的说服力，很少酝酿气氛，描摹物象，从感情上去打动读者，因此说理透彻、结构谨严、语言简朴和具有很强的概括力与逻辑性等，便构成了其总的特点。除此之外，他在诗、词写作上也有一定的成就。风格险峻奇拔，内容比较充实。他的著作很多，今传《临川先生集》等。

游褒禅山记(1)

褒禅山亦谓之华山。唐浮图慧褒始舍于其址(2)，而卒葬之(3)；以故其后名之曰“褒禅”。今所谓慧空禅院者，褒之庐冢也(4)。距其院东五里，所谓华阳洞者，以其乃华山之阳名之也[5]。距洞百余步，有碑仆道[6]，其文漫灭[7]，独其为文犹可识曰“花山”[8]。今言“华”如“华实”之“华”者，盖音谬也[9]。

其下平旷[10]，有泉侧出[11]，而记游者甚众[12]，所谓前洞也。由山以上五六里，有穴窈然[13]，入之甚寒，问其深，则虽好游者不能穷也[14]，谓之后洞。余与四人拥火以入[15]，入之愈深，其进愈难，而其见愈奇[16]。有怠而欲出者[17]，曰：“不出，火且尽[18]。”遂与之俱出。盖予所至，比好游者尚不能十一[19]，然视其左右，来而记之者已少。盖其又深，则其至又加少矣[20]。方是时[21]，予之力尚足以入，火尚足以明也[22]。既其出[23]，则或咎其欲出者[24]，而予亦悔其随之而不得极夫游之乐也[25]。

于是余有叹焉。古人之观于天地、山川、虫鱼、鸟兽，往往有得[26]，以其求思之深而无不在也[27]。夫夷以近[28]，则游者众；险以远，则至者少。而世之奇伟、瑰怪、非常之观[29]，常在于险远，而人之所罕至焉[30]。故非有志者不能至也。有志矣，不随以止也[31]，然力不足者，亦不能至也。有志与力，而又不随以怠，至于幽暗昏惑而无物以相之[32]，亦不能至也。然力足以至焉[33]，于人为可讥[34]，而在己为有悔[35]；尽吾志也而不能至者，可以无悔矣，其孰能讥之乎？此予之所得也。

余于仆碑，又以悲夫古书之不存，后世之谬其传而莫能名者[36]，何可胜道也哉[37]！此所以学者不可以不深思而慎取之者也[38]。

四人者：庐陵萧君圭君玉[39]，长乐王回深父[40]，余弟安国平父[41]、安上纯父。

至和元年七月某日[42]，临川王某记[43]。

注释：

(1) 褒禅（bāo chán包婵）山：在今安徽省含山县北。

(2) 浮图：梵语（古代印度语）音译，也写作“浮屠”或“佛图”。佛家常把僧人之中修行圆满、大彻大悟的叫浮图，有时又作“佛塔”讲。这里指僧人。舍于其址：在褒禅山的山脚下筑庐居住。舍，作动词用，修房子住下来。址，基，这里指山脚下。据记载，慧褒由于喜爱含山县北山麓的风景，便在那里筑庐定居，寒暑不出。

(3) 卒葬之：终于葬在那里。卒，与上文“始”字照应，“终于”的意思，此处不作“死”讲。

(4) 庐冢（zhǒng 种）：庐舍和坟墓。

(5)“以其”句：因为它在华山的南面就叫华阳洞。乃：为，是。

(6) 仆道：倒在路上。

(7) 文：这里指成篇的文章。下面“其为文”的“文”，指字。漫灭：漫漶（huàn 患）磨灭，即模糊得不可辨认。

(8)“独其”句：只是从碑文残留的字迹中还可以认出“花山”两个字。

(9)“今言”两句：现在说“华”应读如“华实”之“华”，大概是字音读错了。盖：表推测性的判断。谬：误。

(10) 平旷：平坦开阔。

(11) 侧出：从旁边涌出来。

(12) 记游者甚众：来游览并在洞壁上题记的人很多。

(13) 窈（yǎo 舀）然：幽暗深邃的样子。

(14) 好（hào 浩）游者：喜欢游山玩水的人。

(15) 拥火以入：拿着火把走进去。拥：持，拿。

(16) 其见愈奇：那所见的景色越发奇妙。

(17) 怠（dài 待）：怠惰，指懒于前进。

(18) 且：将。

(19) 不能十一：不到十分之一。

(20)“盖其”二句：大概洞越到深处，到的人就更加少了。

(21) 方：当。

(22) 明：照明。

(23) 既其出：已经出来了。其：助词，无实义。

(24) 或咎其欲出者：有人责备那主张退出去的人。咎：责怪，责备。

(25) 悔其随之：后悔那随着别人退出来的事。极夫游之乐，尽情享受游玩的快乐。极：尽，这里指畅尽，即尽情享受的意思。

(26) 有得：有心得，有收获。

(27)“以其”句：因为他们思考得深刻而且没有问题不去思考的缘故。求思之深：就深度而言；无不在：就广度而言。求思：思索、思考的意思。

(28) 夷以近：平而且近。夷：平坦。

(29) 奇伟：奇特雄伟。瑰怪：壮丽奇异。非常之观：异乎寻常的可观的景色。观：作名词用，可观的景象。

(30) 罕：少。

(31) 不随以止：不跟随别人而停止。

(32) 无物以相（xiàng 向）之：没有外力来帮助他。物：指外物，外力。相：辅助。

(33) 然力足以至焉：可是力量足够达到。这六个字的下边省去“而不能至”一类的话。

(34) 于人为可讥：在别人看来是可以讥笑的。

(35) 在己为有悔：在自己看来是有所悔恨的。

(36) 谬其传而莫能名者：因以讹传讹致使没有人能够讲清楚的事。名：言，这里有“讲清楚”的意思。

(37) 何可胜（shēng 生）道：哪里能说得完。胜：尽。

(38)“此所以”句：这就是治学的人（对于所学的东西）不可以不深入思考、谨慎择取的缘故啊。

(39) 庐陵：今江西省吉安县。古人在书写姓名时，多带上其籍贯。萧君圭君玉：萧君圭，字君玉。生平不详。

(40) 长乐：今福建省长乐县。王回深父：王回，字深父，宋代著名的理学家，进士及第后为卫真（今河南省鹿邑县）主簿（辅佐太守、县令的官），因与别人意见不合，于是托病辞去官职。

(41) 安国平父：王安国，字平父，幼敏悟，以文章闻名于世。宋神宗熙宁初年，以材行召试及第，除西京国子教授。后授崇文院校书，改秘阁校理。卒年四十七。安上纯父：王安上，字纯父，生平不详。

(42) 至和元年：即公元 1054 年。至和：宋仁宗年号。

(43) 王某：即王安石。某：人名代字。

《游褒禅山记》是宋仁宗至和元年（1054）王安石任舒州通判时写的一篇游记式的说理文章。作者以游褒禅山的见闻为喻，阐发了富有哲理性的见解，说明了在生活中要实现远大抱负，成就一番事业，或者是做学问，都必须具备坚强的意志、充沛的精力，坚持不懈，才能达到预期的目的。这篇文章反映了作者的思想品格和他的治学态度，是他这一时期的代表作品。

从表面看，这是一篇游记文，而细读全文，便知是借记游写感想、发议论，是游记文的变格，是议论文的特殊样式，可以说是一篇游记式的论说文。

从开头至“不得极夫游之乐也”，写游山的见闻和经过。这部分又可分为两层。第一层即第一自然段。文章首句开门见山点明所游之地，照应题目。接着，文章介绍了褒禅山名称的来历，考证了禅院的由来，引出了华山洞的位置及其命名原由的说明，为下一层记游叙述作铺垫。文章进而辨明碑文音读之误，为第四自然段的议论铺设伏线。作者没有运用彩笔去描绘山水的明媚秀丽，而着重通过事物本原的考查和探索，使景物方位分明，作者行踪清楚。这段文字看上去似乎显得“平淡”，但是，这都是作者妙笔独运之处。读者可以从“平淡”的记叙中领略景物各自不同的特点，也能从中体会到作者严谨的治学精神。细究这段文字，读者便可发现文章的条理非常清晰。

第二层即第二自煞段。这一层作者紧扣一个“游”字，记叙游华山洞的经过。第一句写“前洞”，仅用了十九个字便概括了它的特征，并为下文游“后洞”作比较、发议论做好准备。第二句写“后洞”，处处与前洞作对照，强调了后洞的“窈然”“甚寒”，以及“好游者不能穷”的奇景。两洞相互映衬，险者更险，夷者更夷，给读者留下了深刻的印象。作者用简洁的语言略写了前后洞的概况后，便顺势而下，详细地记叙后洞的情景。为了探求后洞的奥秘，“余与四人拥火以入，入之愈深，其进愈难，而其见愈奇”。这句话既是游后洞经过的概括叙述，又是下文议论的事实依据。由于作者不以记游为文章重点，而是借题发挥，抒发感想，所以下文没有继续写后洞之“深”“难”“奇”。作者笔锋一转，叙述出洞的原由：“有怠而欲出者，曰：‘不出，火且尽。’遂与之俱出。”这一“入”一“出”，作者深有感触。他发现洞越深而游者越少，“予之力尚足以入，火尚足以明”，只因同游者欲出，自己盲目跟随，为自己“不得极夫游之乐”而悔之莫及。同时，从反面引出了生活中的哲理：无志者，难以事成。作者未能极尽游兴，游的内容叙述得少些是很自然的。而游前洞、后洞的记叙也都是为下文说理议论作铺垫。

从“于是余有叹焉”至“此所以学者不可以不深思而慎取之也”，写游山的思想体会。这部分亦可分为两层。第一层即第三自然段。第一句“于是余有叹焉”，承上启下，文章由记游过渡到议论。作者先分析“古人之观于天地、山川……往往有得”是因为他们不只是观，而更重要的是他们能“求思之深而无不在”。接着，作者联系自己游洞的所见所闻，感到“夷以近，则游者众；险以远，则至者少”。由此，作者体会到：“世之奇伟、瑰怪、非常之观，常在险远，而人之所罕至焉”；人们要想在“险以远”的道路上前进，到达预想的境地，“非有志者不能至”。“力不足者亦不能至”，“无物以相之亦不能至”。作者在这里揭示了“志”“力”“物”这三者的辩证关系。首先必须有坚定的志向，其次必须有足够的能力，此外还得有外物的帮助，三者缺一不可。这是作者在这篇文章中借助记游所要阐明的一条重要道理。作者还认为，有力量可以到达险远境地而未至，他人就会嘲笑，自己也应悔恨；如果尽了自己最大努力而未能到达，别人就不能嘲笑，自己也于心无悔。“此予之所得也”一句，是对这一层议论作结，照应这一层第一句“于是余有叹焉”，文章前后呼应，首尾连贯。

第二层即第四自然段。第一句作者回应第一自然段中“有碑仆道”而就仆碑再作文章，提出了本文另一条重要道理：“学者不可以不深思而慎取之也”。在写法上，作者先引自己想到许多年代久远的古书未能流传下来，致使“后世之谬其传而莫能名者，何可胜道也哉”为例证，最后得出“做学问必须深思而慎取”的结论。这层阐明做学问须深思而慎取的道理，是对前面提出的要到达险远境地，“志”“力”“物”三者缺一不可的观点的补充，使其更为充实、周密。研究学问除有志、有力以及有物相助以外，还得讲究方法——“深思而慎取之也”。至此，读者可以理解作者在第一自然段中选取与治学态度有关方面记游的匠心。

文章的结尾记同游者姓名和游山的时间，这是古代游记散文的常用格式。这段文字既是对“余与四人拥火以入”的补叙，又照应了前文，文字紧凑，富有感染力。

清代刘熙载认为王安石写文章在取材和立意方面有其独到之处。他说：“荆公文是能以品格胜者，看其人取我弃，自处地位尽高”。又说：“介甫文于下愚及中人之所见，皆剥去不用，此其长也”（《艺概·文概》）。《游褒禅山记》在取材与立意上，确实与众不同。它没有像一般游记那样详细描绘山景，而只是记了一块仆碑和游华山后洞的情景，其余一概略写或不写。一般游记文章往往寄情山水，娱心悦目，或是抒发羡慕隐逸之情。而这篇游记则是通过游记形式来谈论生活中的哲理和治学精神，蕴意深刻。

这篇文章记叙和议论紧密结合。从章法布局看，前半部分主要是记游，后半部分主要是说理。记游时句句为后面议论作伏笔；议论时，又处处紧联前面记游，全文明写记游，暗述哲理，以记游为先导，由叙事带出议论，记游是生发哲理的前提，议论是在具体叙事基础上的概括。前后呼应，环环相生，记叙使议论的抽象道理阐述得生动形象，议论使具体的记叙增加思想深度，使自然景色与人生哲理契合无间地结合在一起，把记游和说理巧妙地熔为一炉。无论记叙还是议论，作者运笔详略得当，重点突出。游华山洞，作者以后洞为记游重点。第二部分所阐述的两条道理中，说明第一条道理作者用墨如泼，极力渲染；说明第二条道理作者惜墨如金，高度概括。这样详略得当的写法，有力地突出了文章的重点。

王安石主张文章“以适用为本”，“务为有补于世”，即使是一篇游记，他也不愿意写成一般写景抒情的文字，而是力求“有补于世”，发挥文章的社会作用。斯文可如是观。

苏　　轼

苏轼（1027—1101），字子瞻，号东坡居士，眉山（今四川省眉山县）人。宋仁宗嘉祐二年（1057）进士。神宗熙宁间通判杭州，历知密州（治所在今山东省诸城市）、徐州（治所在今江苏省徐州市）、湖州（治所在今浙江省湖州市吴兴区）。御史劾以作诗讪谤朝廷，贬谪黄州（治所在今湖北省黄冈县）团练副使。哲宗元祐间，累迁翰林学士，出知杭州、颍州（治所在今安徽省阜阳市）。绍圣初，又以为文讥斥先朝的罪名，远谪惠州（治所在广东省惠阳县）、儋州（治所在今广东省儋县）。谥文忠。他在政治上主张慎重，反对王安石的新法。但他历任地方官吏，对人民生计颇为关怀，著有政绩。作者在文学几个主要方面都有杰出的成就。所作视野广阔，风格豪迈，个性鲜明，意趣横生。由于他屡遭贬斥，作品往往流露达观放任、忘情得失的消极思想。其散文与欧阳修并称"欧、苏"，为北宋名家；诗与黄庭坚并称"苏、黄"，开有宋一代诗歌的新风气；词与辛弃疾并称"苏、辛"，一扫当时绮艳柔靡的风尚，为豪放词派的创始人，对后世文学影响极深。有《苏东坡集》《东坡乐府》。

前赤壁赋

壬戌之秋(1)，七月既望(2)，苏子与客泛舟，游于赤壁之下。清风徐来，水波不兴。举酒属客，诵明月之诗(3)，歌窈窕之章(4)。少焉，月出于东山之上，徘徊于斗牛之间[5]，白露横江，水光接天。纵一苇之所如，凌万顷之茫然[6]。浩浩乎如冯虚御风[7]，而不知其所止；飘飘乎如遗世独立[8]，羽化而登仙[9]。

于是饮酒乐甚，扣舷而歌之。歌曰："桂棹兮兰桨[10]，击空明兮溯流光[11]；渺渺兮予怀[12]，望美人兮天一方[13]！"客有吹洞箫者[14]，倚歌而和之。其声呜呜然[15]，如怨如慕，如泣如诉，余音袅袅[16]，不绝如缕，舞幽壑之潜蛟[17]，泣孤舟之嫠妇[18]。

苏子愀然，正襟危坐[19]，而问客曰："何为其然也？"客曰："月明星稀，乌鹊南飞，此非曹孟德之诗乎[20]？西望夏口[21]，东望武昌[22]，山川相缪[23]，郁乎苍苍[24]，此非孟德之困于周郎者乎[25]？方其破荆州，下江陵[26]，顺流而东也，舳舻千里[27]，旌旗蔽空，酾酒临江[28]，横槊赋诗[29]，固一世之雄也，而今安在哉！况吾与子渔樵于江渚之上，侣鱼虾而友麋鹿[30]，驾一叶之扁舟，举匏樽以相属[31]。寄蜉蝣于天地[32]，渺沧海之一粟[33]。哀吾生之须臾，羡长江之无穷。挟飞仙以遨游，抱明月而长终[34]。知不可乎骤得，托遗响于悲风[35]。"

苏子曰："客亦知夫水与月乎？逝者如斯[36]，而未尝往也[37]；盈虚者如彼[38]，而卒莫消长也[39]。盖将自其变者而观之，则天地曾不能以一瞬[40]；自其不变者而观之，则物与我皆无尽也[41]，而又何羡乎？且夫天地之间，物各有主，苟非吾之所有，虽一毫而莫取。惟江上之清风，与山间之明月，耳得之而为声，目遇之而成色，取之无禁，用之不竭，是造物者之无尽藏也[42]，而吾与子之所共适。"

客喜而笑，洗盏更酌。肴核既尽[43]，杯盘狼藉[44]。相与枕藉乎舟中[45]，不知东方之既白。

注释：

(1) 壬戌：宋神宗元丰五年（1082），岁次壬戌。

(2) 既望：指旧历月之十六日。望：十五日。

(3) 明月之诗：指曹操的《短歌行》，诗中有"明明如月，何时可掇"和"月明星稀，乌鹊南飞"之句。

(4) 窈（yǎo 咬）窕（tiǎo 挑上）之章：指《诗经·周南》里的《关雎》篇第一章，诗中有"窈窕淑女，君子好逑"之句。一说：此与上句是指《诗经·陈风》里的《月出》篇。其第一章中有"舒窈纠兮"句，窈纠（jiǎo 绞）和窈窕音近，故云。

(5) 徘徊（huái 怀）：停留不前貌。斗牛，斗宿（南斗）牛宿，星辰名。

(6) 纵一苇之所如二句：听凭小船在茫无边际的江上飘荡。《诗经·卫风·河广》："谁谓河广？一苇杭（渡）之。"一苇，像一片苇叶的小船。如，往。凌，越过。

(7) 冯虚御风：在天空里乘风浮游。冯：同"凭"，乘。

(8) 遗世：遗弃人世。

(9) 羽化：古人称成仙为羽化。

(10) 桂棹兰桨：都是划船用具的美称。

(11) 击空明兮溯流光：用桨板划开澄明的江水，船儿在月光浮动的水面上逆流而进。空明，形容月亮映照水中澄明之色。月光随着水波闪动，谓之流光。

(12) 渺渺：悠远貌。

(13) 美人：指内心所思慕的人。《楚辞·九章》有《思美人》篇，王逸《章句》："言己思念其君。"

(14) 客有吹洞箫者：赵翼《陔余丛考》卷二十四："东坡《赤壁赋》：'客有吹洞箫者。'不著姓字。吴匏庵有诗云：'西飞一鹤去何祥？有客吹箫杨世昌。当日赋成谁与注？数行石刻旧曾藏。'据此则客乃杨世昌也。按东坡《次孔毅父韵》：'不如西州杨道士，万里随身只两膝。'又云：'杨生自言识音律，洞箫入手清且哀。'则世昌之善吹箫可知。匏庵藏帖信不妄也。按世昌，绵竹道士，字子京。见王注苏诗。"洞箫，本指排箫无底的，后世即以称单管直吹的箫。

(15) 呜呜：象声词。

(16) 余音：尾声。《列子·汤问》载韩娥鬻歌："既去而余音绕梁欐，三日不绝。"形容声音婉转悠长。

(17) 舞幽壑之潜蛟：藏在深渊里的蛟龙闻之起舞。

(18) 泣孤舟之嫠（lí 离）妇：白居易《琵琶行》中写商人妇："去来江口守空船，绕船月明江水寒。夜深忽梦少年事，梦啼妆泪红阑干。"此疑借用其事。嫠妇，孤居的妇女。

(19) 正襟危坐：整理衣襟，严肃地端坐着。《史记·日者列传》："猎（揽）缨正襟危坐。"

(20) 孟德：曹操字。

(21) 夏口：今武昌（属湖北省武汉市）。

(22) 武昌：今湖北省鄂城县。作者谪居黄州（今湖北省黄冈市）时写的《答秦太虚书》："所居对岸武昌，山水佳绝。"指的也是鄂城。

(23) 缪（liǎo 了）：通"缭"，环绕。

(24) 郁乎苍苍：山树茂密，一片苍翠的颜色。郁：茂盛貌。

(25) 孟德之困于周郎：指汉献帝建安十三年（208）吴将周瑜在赤壁之战中击溃曹操

号称八十万大军一事，见《资治通鉴》卷六十五。周郎，即周瑜。

(26) 方其破荆州二句：建安十三年，刘琮率众向曹操投降，操军不战而占领荆州、江陵。事见《资治通鉴》卷六十五。荆州，此指湖北省襄阳县一带地区。江陵，今湖北省县名。

(27) 舳（zhú 竹）舻（lú 虚）千里：语出《汉书·武帝纪》。颜师古注："李斐曰：'舳，船后持柂处也。舻，船前刺棹处，言其船多，前后相衔，千里不绝也。'"此指战船。

(28) 釃（司）酒：斟酒。

(29) 横槊赋诗：元稹《唐故工部员外郎杜子美墓系铭并序》："曹氏父子鞍马间为文，往往横槊赋诗。"槊，长矛；便于横持，故云横槊。

(30) 况吾与子二句：表示贬官、放逐在江湖间的生活。麋（mí 迷）：鹿的一种。

(31) 匏樽：酒器。匏：葫芦的一种。

(32) 寄蜉蝣于天地：比喻人类生存于世间的短暂。蜉蝣：朝生暮死的小虫（实际上只能活几个小时）。

(33) 渺沧海之一粟：比喻人极其渺小。

(34) 长终：至于永远。

(35) 遗响：余音，指箫声。悲风：秋风。

(36) 逝者如斯：《论语·子罕》："子在川上，曰：'逝者如斯夫！不舍昼夜。'"斯：指水。

(37) 未尝往：没有消失，谓始终还是一江的水。《管子·权修》："无以畜之，则往而不可止也。"房玄龄注："往，谓亡去也。"

(38) 盈虚者如彼：像月亮那样或圆或缺。

(39) 卒莫消长：谓它的本体始终没有消失或增长。

(40) 一瞬：一眨眼，极言其变化之速。

(41) 物与我：就物与人的整体说。

(42) 造物者：指天，即大自然。无尽藏（zàng 脏），佛家语。意即无尽的宝藏。

(43) 肴核：荤菜、果品。

(44) 杯盘狼藉：《史记·滑稽列传》载淳于髡曰："男女同席，履舄交错，杯盘狼藉。"狼藉，杂乱貌。

(45) 相与枕藉：谓彼此紧靠着睡觉。

《前赤壁赋》作于宋神宗元丰五年（1082），即作者因"乌台诗案"被贬谪黄州（今湖北黄冈市）的第三年。这年作者数游黄州赤壁，两次作赋纪游，后人依其时间顺序，分别题为《前赤壁赋》和《后赤壁赋》。三国赤壁之战的遗址在今湖北省嘉鱼县，并非苏轼所游的黄州赤鼻矶。清康熙年间重修黄冈赤壁时，更定名为“东坡赤壁”。清代朱日濬《赤壁怀古》诗云：“赤壁何须问出处，东坡本是借山川。”指出苏轼是“借地发挥”，以创造一种理想的抒情怀古的意境，而并非“用事疏舛”。臧克家说东坡虽然“游的是假赤壁，写出来的却是好文章。”

贬谪黄州是苏轼仕途的重大挫折，虽挂名团练副使的闲职，实际是近于流放的“囚犯”。宦海的浮沉，处境的险恶，使他非常压抑苦闷，于是从佛老思想和大自然中寻求解脱。《前赤壁赋》以泛舟夜游赤壁为线索，通过由乐生悲、由悲转乐的感情变化过程，表现了作者政治失意的精神苦闷和力求自我解脱的思想历程。

文章首先写泛舟游赏的情景。简略交代出游的时间、地点和人物后，用精炼的笔触勾勒出清幽澄澈的秋江夜色。苏子与客饮酒诵诗，心旷神怡，竟至于在空阔迷茫的境界中，产生了飘然欲仙的感受。这段文字重在写景，却处处“物中有我”，映衬出作者舒坦的心境和洒脱的襟怀。清风、明月、江水的描写，不但抓住应时之景的鲜明特征，创造出宁静安谧的境界，而且为下文的抒情议论作了形象铺垫，成为构成全篇独特艺术意境的主要物象。

次记叙泛舟江心，饮酒放歌的情景。先承前写“饮酒乐甚”发而为歌，歌辞既表现了日夜泛舟的逸兴，又抒发了思慕美人而不得的惆怅情绪。歌中的“美人”喻其理想，一说是隐喻宋神宗，则未免失之穿凿。接着由放歌引出客人倚歌而和的箫声，用比喻、夸张和想象的手法，极写箫声强烈的感染力，传达出浓重的幽怨凄清的情调，借此抒写作者内心难以掩抑的哀愁。这种情调与游赏欢乐气氛显然极不和谐。文势陡起波澜，自然地展开了主客的议论，感情基调自此由乐生悲。

再写客人解释箫声“何为其然”。客人触景伤怀，追古抚今，想到曹操这样的“一世之雄”尚且不免功泯身灭，何况无所作为的你我等辈？思古的幽情归结为自伤的悲怆，发出了宇宙永恒而人生短促的喟叹。他既羡慕眼前长江之无穷，又欲怀抱空中明月而永存，知道这是不能如愿的，于是只得将满腔愁思寄托在箫声中。娱情山水的乐趣，顿时被人生无常的忧思所淹没。这段文字实际上是用以客代答的形式，表达了作者对于现实人生的苦闷和迷惘。其中“渔樵于江渚之上”句，正是作者贬谪生活的写照。

之后写苏子对客人的批驳和安慰，这是全文的主旨所在。先以“客亦知夫水与月乎”领起，用水的流逝和月的盈虚为喻，形象地阐述了玄妙深微的人生哲理，说明所谓人生的短暂和宇宙的永恒都是相对的，“盖将自其变者而观之，则天地曾不能以一瞬；自其不变者而观之，则物与我皆无尽也。而又何羡乎!”“且夫”以下，转而说明“天地之间，物各有主”，大自然中的清风明月正堪尽情享用，只要采取随遇自适的生活态度，自然就能从中得到人生的满足。这段文字是作者经过一番哲学思索，终于找到了解脱苦闷的途径，那就是用旷达超脱的态度对待人生，在大自然的怀抱中寻求精神的慰藉。

最后一段写客人被苏子说服而转悲为喜，于是“洗盏更酌”“相与枕藉”，竟不知“东方之既白”。这段文字和首段遥相呼应，但此时的乐并非首段所写游赏之乐的简单重复，而是经过“肯定—否定—否定之否定”的过程，在领悟人生意义后的更高层次的愉悦。

本文实际上是一篇优美的散文诗。作者一方面适当使用押韵的方法和骈偶的句式，保留赋体特点，另一方面打破赋体的束缚，使用散句，挥洒自如，豪迈奔放。它的艺术特点非常显著。寓情于景，借景明理同思想情感的变化紧密结合，使情感的波澜跌宕起伏。文章先由赏心悦目的美景，荡起羽化登仙的欢乐；又由怀古伤今，跌入人生的悲哀；由念天地之永恒，人生之无常，表现出不以个人得失、荣辱、忧乐为怀的旷达乐观的思想。感情的变化，由喜而悲，由悲而喜，一波三折，由写景、抒情、议理，委婉地反映出作者旷达的胸怀。作者遭到贬斥后，心情是复杂的，但他并不悲观颓废，依然放浪于山水，以求在清风明月的自然美景中得到寄托，以达观的处世态度解脱因惨重打击所造成的苦闷、悲观情绪。

写景、抒情、议理熔为一炉，浑然一体。开始虽然侧重写景，但“一切景语皆情语”（王国维《人间词话》），一派月夜静谧幽深的美景，同超然旷达的心境相辉映，绘织成一幅赤壁月夜泛舟的图卷。第四段虽然侧重说理，但决无生硬论辩的气味，而是寓情于景，寓理于事，借景、事以明理。如借追述历史陈迹，缅怀历史人物，显示人生、天地“变”与“不变”的哲理。这样情缘景生，理从事出，就把幽情妙理，说得深入浅出，通俗易懂，而且不论抒情议理，步步不离江上的风光和赤壁故事，使景、情、理融为一体，做到如前人所说水、月、风三者“为一篇张本”，给人以由浅及深、乘实追虚的感染启发。

灵活采用赋体传统的对话手法，主客问答，解疑发蒙，充分表现了作者感情的仰伏和复杂心理矛盾的变化过程。主客对答，实际是作者思想的剖白。利用这种活泼的形式，犹如促膝畅谈，一来一往，此唱彼和，给人以真实亲切的感觉。在写法上，虽未完全摆脱骈偶的句式，但主要是以散体的笔法，写得匀由活脱，圆转自如，如行云流水，无拘无束，因而读起来既朗朗上口，富有音韵美，又有摇曳舒缓之妙。

范 纯 仁

范纯仁（1027－1101），子尧夫，苏州吴县（今属江苏）人。宋代辞赋家。范仲淹子，以父任为太常寺太祝。皇祐元年进士第，从仲淹门下贤士胡瑗等游。仲淹没，始出仕，以著作佐郎知襄城县。治平中，擢江东转运判官，累迁侍御史。反对追尊濮王，出通判安州，改知冀州。神宗时召还，任兵部员外郎，兼起居舍人，同知谏院。因反对王安石变法，语多激切，出知河中府，徙成都路转运使。哲宗时为知庆州，给事中。元祐间拜尚书右仆射兼中书侍郎。徽宗时授光禄卿。有《范忠宣公全集》。

秋风吹汝水赋

岁作噩之秋兮[1]，策羸骖而独征[2]。嗟旅怀之羁愤兮[3]，感时律之峥嵘[4]。遵汝流之萦纡兮[5]，背嵩峰之翠横[6]。号霜风之憭慄兮[7]，肃天地而凄清[8]。猎葭苇于晚岸兮[9]，杂红翠之摇旌[10]。脱林实于沙际兮[11]，浮琐碎之秀莹[12]。激回流之平迴兮[13]，蹙绡文之细轻[14]。涵夕照之演漾兮[15]，荡澄潭之空明[16]。促东逝之滔滔兮[17]，方感慨于余行。縻王事以去留兮[18]，迹未安而遽更[19]。佩主人之眷勤兮[20]，服友生之意诚[21]。何会合之难久兮[22]，特离忧之易并[23]。傥丘园之可服兮[24]，将就濯其尘缨[25]。臻圣贤以相期兮[26]，惟道义之是营[27]。

苟没身以无愧兮[28]，亦奚事于成名。(据《历代赋汇外集》卷10)

注释：

(1) 作噩：古称太岁在酉为作噩。穷秋：即深秋。

(2) 羸骖：瘦弱之马。

(3) 旅怀：旅途情怀。羁愤：客居异乡的愁苦烦恼。

(4) 时律：合乎季节的音律。峥嵘：凛冽。

(5) 汝水：源出河南鲁山县大盂山，流经宝丰、襄城、汝南，入淮河。萦纡回旋曲折。

(6) 嵩峰：指中岳嵩山。

(7) 号：惊讶。憭慄：凄凉。

(8) 肃：衰落。

(9) 猎：取。

(10) 杂：聚集。红翠：鸟名。摇旌：摆动彩色的羽毛。

(11) 沙际：沙洲。

(12) 秀莹：清秀明洁。

(13) 激：阻遏。回流：急流。平迥：缓缓而流。

(14) 蹙：接近。

(15) 涵：沉浸。演漾：流动起伏。

(16) 澄潭：平而静的潭水。

(17) 促：缩减。

(18) 縻：束缚。

(19) 遽：疾速。

(20) 眷勤：即勤拳，恳切真诚。

(21) 友生：朋友。

(22) 会合：聚集。

(23) 特：独。

(24) 丘园：园圃，后指隐居之地。服：从事，做。

(25) 濯：洗涤；尘缨：有灰尘的帽。

(26) 臻：到达。相期：期求。

(27) 营：追求。

(28) 没身：身亡。

自从宋玉悲秋后，萧瑟的秋气就成了历代文人骚客的失意与悲哀的载体。范纯仁的这篇小赋即是借秋风而抒发“会合难久”“离忧易并”的情怀。

斯赋笼罩在萧瑟的秋光中。秋气肃杀，给人带来了悲哀之感。赋开始并未对秋景秋声作具体的描绘，主要是写他睹秋生悲。四时代序，万物至秋而摇落，不免有宋玉之情怀。此时，作者“策羸骖而独征”于回旋曲折的汝水岸边，那旅怀的愁苦烦恼，岂不更令他悲秋愁深？由“嗟旅怀之羁愤”可以看出他的忧愤是万物的盛衰联想到个人的荣悴甘苦而引起的。

这种感叹像一股摇落的秋气使汝水、山峰、葭苇、红翠、天地等成为凄清的意象，从不同的方位、色彩、形状诸方面精心描绘，写来极有层次，具有强烈的空间意识，形象极为鲜明。先写远处秋景，汝水萦纡，高峰翠横，霜风憭慄，天地凄清，仿佛整个世界都处在秋气摇落的环境中。一个“萦纡”既写出了汝水的弯曲，也突显出作者行于岸边的动觉；“憭慄”一词既描绘出秋风的凄凉，也透露出作者离忧的凄凉心境。次写眼中近景：苍苍的葭苇中聚集着摇旌的红翠。这一“苍”一“红”色彩鲜明，写出红翠于秋风中的凄凉情景。再写水中景：林实脱落于沙际，秋水中浮动着林叶，这一“浮”字极为传神地写出水面林叶微微浮漂的动态，风吹水动，无穷变化尽由一个“浮”字生出。那缓缓而流的汝水，澄明得竟可感觉出它的细轻、薄厚，用一“绡文”比喻，展示出风吹水动、涟漪四散、微波荡漾的变化过程与形象。后写高景：演漾的夕照，洒遍大地。继之又写低景：空明而动荡的澄潭。这一高一低，皆处于动中。一个“涵”字用得极为传神，他使那秋水、山峰、葭苇、红翠、澄潭以及独征于汝水岸边的旅人融为一体，自然和谐，构成一幅充满秋气的画面。这画面，尽管优美，但却带有作者凄凉感情的色彩。作者拿妙笔写出了不同空间的秋色、秋声、秋气，使人可见秋景，可闻秋声，极易进入秋日可哀的境界。

清凄的秋景撩起了作者的凄凉心境，故作者才由衷地感到王事的束缚，从而体会到友人的情真意诚，产生“何会合之难久兮，特离忧之易并”之感叹，流露出对官场生活的厌倦，渴望“丘园”生活的思想感情。最后引援《楚辞·渔父》之意，使其因悲秋而生出的人生快意的真谛得到了淋漓尽致的阐发，真可谓情怀因秋景而升华，秋景因情怀而凄凉。

综观全赋，笼罩在萧瑟凄清的秋光中，因时兴悲。诚如王夫之分析《九辩》所云：“人之有秋心，天之有秋气，物之有秋容”（《楚辞通释》），三者凝合为秋的哀歌。

李南仲

李南仲（生卒年不详），英州浈阳人。宋代辞赋家。少颖悟，日记数千言。十岁举神童，中童子科，授从事郎。大观初（1107），历奉议郎，知康州，以治行闻。

罗浮赋

罗浮二山，东西相联。通句曲之洞[(1)]，号朱明之天[(2)]。连延大江之外，崛起沧溟之壖[(3)]，乃百粤群山之祖[(4)]，与南岳而其肩[(5)]。铁桥锁乎绝顶[(6)]，石楼峙乎半巅。登览遐极，眇睇芊绵[(7)]。尔其周迴五百七十二里，森列四百三十二峰[(8)]。回谿峻谷[(9)]，巑岏崆峣[(10)]，藻石璀璨[(11)]，瀑水玲珑。山出玳瑁，竹茂茏葱。群雀五色，灵药千丛[(12)]。

寂寞兮丹砂遗电[(13)]，岌岂兮瑶台隐空[(14)]。悬崖斗折，径路南通。祥云瑞雾，昼夕朦胧。时有岸帻羽服[(15)]，野人山翁，忽去倏来，不知其踪，谓长生而久视[(16)]，亦往往寓乎其中。时有万舶乘风，不知西东，瞻我峻极，烟光蒙茸[(17)]，洞谷昏黑，开乾辟坤。怒风叫号，轰腾四门[(18)]。恍然之内，隐隐若万兵之屯[(19)]，呼吸号召，鬼神凑奔[(20)]。徐而万籁息，朝霞暾[(21)]，日月晃耀，气象始温。又或五夜萧森[(22)]，乐池奏音[(23)]，仿佛仙籁，弹绿击金[(24)]。疑有云和之瑟[25]，空桑之琴[26]。青谷闷邃[27]，列仙下临。聚会灵族[28]，朋来盍簪[29]。列席环坐，开廓冲襟。疏楹广庭，宝除翠林。海桃霞浆[30]，左右酬斟。乐真言之恬澹[31]，悯世网之浮沉[32]。倏然往来，不继以淫[33]，瞬息万里，莄飚驭之骎骎[34]，变化倏乎。孰能究寻。

其上则有唯金三品[35]，楩楠杞梓，翡翠羽毛，虎豹犀兕，竹箭丹砂，絺纩丝枲，珍角楪桶，元鼋象齿，石蜜山蕉，黄精白芷，蛾眉龙骨，桂香桐子。先供实以充庭，何九州之敢拟。真足以灿上国之文章[36]，增星家之盛美，矧夫当祝融之宅位[37]，赞真主以乘离[38]。云行雨施，产英孕奇。

其在国家，有大祷祈[39]。驿使奔走，帝诚肃祗[40]。投金龙于玉板[41]，指道路以交驰[42]。将事之夕[43]，明灵鉴斯。乃至翔鸾舞鹤，绕殿紫芝，仙坛祭讫[44]，宣室受釐[45]。万有景福[46]，允王保之。帝子王孙，庆流本支[47]。献南山之寿，歌天保之诗[48]。与夫他山颓壁，徒当乎四达之逵[49]。垩饰别馆[50]，止可事乎游嬉，于功业兮何补？于造化兮何裨？岂止增高福地[51]，荐美天基，巩固四极，镇安外夷，巍巍隆隆，无骞无亏[52]。宸毫秘轴[53]，文彩葳蕤[54]。瑞谍显著[55]，又奚论乎真区之远而[56]。(据《历代赋汇》卷20)

注释：

(1) 句曲：即江苏句容茅山，道家称为金坛华阳之洞天。

(2) 朱明之天：罗浮山洞，周回五百里，名曰朱明辉真之洞天。

(3) 壖：海岸边。

(4) 百粤：广东、福建、江浙一带。

(5) 南岳：衡山。

(6) 铁桥：指铁桥峰。

(7) 眇睇：斜视细看。芊绵：草木繁茂。

(8) 森列：繁密排列。

(9) 豁：同“溪”。

(10) 巀嵲：高耸。崆峣：山石高峻貌。

(11) 藻石：彩纹之玉石。

(12) 灵药：灵草仙草。

(13) 丹砂：硃砂。

(14) 岌岦：高险。

(15) 岸帻羽服：道士或仙人所穿之衣羽服，此指道士仙人。

(16) 久视：永不衰老。

(17) 蒙茸：蓬松。

(18) 轰腾：冲击。

(19) 屯：聚集。

(20) 凑奔：聚集会合而来。

(21) 暾：刚出来的太阳。

(22) 萧森：阴晦。

(23) 乐池：神话中的池名。

(24) 绿：即“菉”，茎叶似竹。故名曰“菉竹”。

(25) 云和：山名，以产琴瑟著称。

(26) 空桑：古代传说中的山，出琴瑟之材。

(27) 闳邃：幽深。

(28) 灵族：神灵。

(29) 朋来盍簪：群朋合聚而疾来。

(30) 霞浆：流云洒液谓之霞浆。

(31) 真言：佛教语。

(32) 世网：社会上的法令、礼教、风俗等对人的束缚。

(33) 淫：久。

(34) 蕞：聚拢。骎骎：疾速。

(35) 唯金三品：指金、银、铜。

(36) 灿：光彩耀眼。

(37) 矧：况且。

(38) 乘离：解释教义的卦名。

(39) 祷祈：祈告求福。

(40) 肃祇：恭敬。

(41) 玉板：刊刻文字的白石板。

(42) 交驰：交相奔走，纷至沓来。

(43) 将事：奉命办事。

(44) 仙坛：仙人居地。

(45) 膰：祭余之肉。

(46) 景福：大福。

(47) 庆：幸福。

(48) 天保：传说中的神名。

（49）四达之逵：四通八达之路。垩：白色土。

（50）别馆：别墅。

（51）福地：神仙居住之地。

（52）骞：损。

（53）秘轴：隐密。

（54）葳蕤：鲜丽。

（55）瑞谍：祥瑞之书册。

（56）真区：真诚。

广东的罗浮山，是罗山与浮山的合称。传说罗山早已有之，浮山由东海浮来，依靠在罗山东北，有横贯的铁桥峰将两山相连。它位于东江之滨，跨博罗、增城、龙川三地，为道教圣地。

罗浮山又称东樵山，与西樵山相对而齐名，有所谓“南粤名山数二樵”之说。要栩栩传神地描绘出它的英姿玉面，非大手笔不可。斯赋一开始即从大处落墨，高处着笔，描绘其形貌，突出其雄奇：二山东西相连，东与江苏茅山的金坛华阳之洞天相通，号曰“朱明辉真之洞天”，即道教第七洞天。连延大江之外。一“通”一“连”，写出了它的广袤。它崛起于大海之滨，乃为百粤群山之祖。一个“崛”字写出了它的巍峨高耸入云的气势。铁桥峰横贯二山绝顶，一个“锁”字绘出铁桥峰的雄盘二山的峻拔气势。石楼屹立于半岭，给人以峻崖深处有人家之感，一个“峙”字写出了它的壮美。由顶峰俯瞰，只见罗浮山周迴五百余里，繁密地排列着四百三十二个大大小小的峰峦，层岚破云，形态各异，变化无穷，气象万千。悬崖峻峭，怪壑曲折，藻石璀璨，丛林积翠，飞瀑玲珑，幽泉清清。这段神采飞扬的文字，着力渲染峰峦之高之多和山基之广，强烈地突现了罗浮山的雄伟壮丽与绮丽多姿的整体气势。

作者对罗浮山做了全景式的扫描之后，接着便写其神，紧扣它为“道教第七洞天”这个特点，字里行间散发出一股浓郁的仙气。罗浮山生有灵药千丛，祥云瑞雾，昼夕朦胧，登临其境，确有飘飘欲仙之感。正因此，那些仙人道士，寓乎其中，采药炼丹，修心养性，以求永不衰老。忽去倏来，远离尘嚣，在作者的笔下，这儿分明是人间仙境，这就给罗浮山涂上了超凡脱俗的神秘色彩。为了浓化这种神秘色彩，先以大船迷入其境渲染其神秘怪异、不知东西的万舶，瞻其峻极、云雾蓬松，犹如进入了另一个天地。万壑之中

“怒风叫号，轰腾四门，恍然之内，隐隐若万兵之屯，呼吸号召，鬼神凑奔，徐而万籁息”。这正是仙人道士所追求的原始蛮荒的自然，通过万兵之屯与“鬼神凑奔”的两个比喻，使这蛮荒的自然更加神秘怪异。继之又以“仙籁”渲染其神迷奇幻：五夜萧森之时，山风拂动丛林翠竹，发出沙沙轻音，如仙人“弹绿击金”，令人“疑有云和之瑟，空桑之琴”。淡淡几笔，绘神绘声，声犹在耳边，神如现眼前，既渲染出一种神奇怪异气氛，又给罗浮山于神秘中增添了几分神迷奇幻的色彩，也顺势展开了关于列仙下临聚会的描写。“列仙下临，聚会灵族，朋来盍簪，列席环坐”。看，仙人竞相来会，可见出罗浮山的雄奇灵秀。聚会之时“海霞桃浆，左右酬斟”，又置有山珍野味。这里的描写，恰似一幅现场速写画，绘声绘形地描绘了一种既有山珍野味又有仙界之气的生活情趣，极其巧妙地说明罗浮山的雄奇是有赖于列仙的扶持，赋中描写仙人道士的生活情趣，突出罗浮山的特点，作者的情趣不在欣赏这些，只是用来刻画罗浮山的神奇风貌。

最后一段的描写，并未游离本题，仍和罗浮山的特点紧紧勾连。“帝诚肃祇”“仙坛祭讫，宣室受釐”“万有景福”，表现出对神灵的无比敬畏，赞扬罗浮山的“增高福地”“荐美天基”“巩固四极”“镇安外夷”，表现出对罗浮山的“巍巍隆隆”的形象与气势的深深敬仰与崇敬，切合罗浮山作为“第七洞天”的特殊地位而增添了它的灵气，这表明作者赋罗浮的动机是要追踪道家仙迹，向往长生不死。显然意不在自然本身，而在一种超自然的境界，表现作者通达超然物外的高情。

刘勰《文心雕龙・诠赋》云：“赋者，铺也，铺彩摛文，体物写志也。”可见赋以铺张为特色，凡描摹一物，必极力夸张渲染。斯赋正是围绕罗浮山这一客观对象，从不同角度进行描摹，绘其形，不离其神；绘其神，表现其“福地洞天”的特点。

陆　游

陆游（1125—1210），字务观，自号放翁，越州山阴（今浙江省绍兴市）人。宋高宗绍兴二十三年（1153），试礼部，明在前列，因触怒秦桧，被黜免。孝宗时，赐进士出身。历官隆兴、夔州通判，并参王炎、范成大幕府，提举福建及江南西路常平茶盐公事，权知严州。光宗时，除朝议大夫、礼部郎中。后被劾去职，归老故乡。陆游生当民族矛盾尖锐、国势危迫的南宋时期，“扫胡尘”“靖国难”，是他平生志事所在。在政治斗争中，屡次受到统治集团投降派的排挤、打压，但他坚持理想，终始不渝。他是南宋伟大的爱国诗人，词和散文的成就也很高。生平所作诗，将近万首。“凡一草一木，一鱼一鸟，无不裁剪入诗。”（见赵翼《瓯北诗话》卷六）题材异常广阔。其中涉及时事政治的作品，激昂慷慨，具有强烈的义愤，表达了广大人们恢复中原的愿望。和辛弃疾的词，同样成为这个时代的最强音。他早年曾受到江西诗派一定的影响，后来阅历较深，悟到诗歌和现实生活的关系，才摆脱旧习，自成风格。姚鼐说：“放翁激发忠愤，横极才力，上法子美，下揽子瞻，裁制既富，变境亦多。”（《今体诗钞序目》）有《渭南文集》《剑南诗稿》。

入蜀记二则

二十一日。

舟中望石门关[1]，仅通一人行，天下至险也。晚泊巴东县[2]，江山雄丽，大胜秭归[3]，但井邑极为萧条[4]，邑中才百余户，自令廨而下[5]，皆茅茨[6]，了无片瓦[7]。权县事秭归尉、右迪功郎王康年[8]，尉兼主簿、右迪功郎杜德先来[9]，皆蜀人也。

谒寇莱公祠堂[10]，登秋风亭，下临江山。是日重阴，微雪，天气飂飘[11]，复观亭名，使人怅然，始有流落天涯之叹。遂登双柏堂白云亭。堂下旧有莱公所植柏，今已槁死，然南山重复，秀丽可爱，白云亭则天下幽奇绝境，群山环拥[12]，层出间见[13]，古木森然，往往二三百年物；栏外双瀑，泻石涧中，跳珠溅玉，冷入人骨，其下是为慈溪，奔流与江会。

余自吴入楚[14]，行五千余里，过十五州，亭榭之胜[15]，无如白云者；而止在县廨厅事之后[16]。巴东了无一事，为令者[17]，可以寝饭于亭中，其乐无涯。而阙令动辄二三年，无肯补者，何哉？

二十三日。

过巫山凝真观[18]，谒妙用真人祠[19]。真人，即世所谓巫山神女也[20]。祠正对巫山，峰峦上入霄汉，山脚直插江中。译者谓太华、衡、庐[21]，皆无此奇。然十二峰者[22]，不可悉见[23]。所见八九峰，惟神女峰最为纤丽奇峭，宜为仙真所托[24]。祝史云[25]：“每八月十五夜月明时，有丝竹之音[26]，往来峰顶，山猿皆鸣，达旦方渐止。”庙后山半，有石坛，平旷。传云[27]：“夏蜀见神女[28]，授符书于此。”坛上观十二峰，宛如屏障。是日，天宇晴霁[29]，四顾无纤翳[30]，惟神女峰上有白云数片，如鸾鹤翔舞[31]徘徊，久之不散，亦可异也。祠旧有乌数百[32]，送迎客舟，自唐夔州刺史李贻诗已云[33]：“群乌幸胙余矣[34]”。近乾道元年[35]，忽不至。今绝无一乌，不知其故。泊清水洞，洞极深。后门自山后出，但黷闇[36]，水流其中，鲜能入者[37]。岁旱祈雨颇应[38]。权知巫山县、左文林郎冉徽之[39]，尉、右迪功郎文庶几来[40]。

注释：

(1) 石门关：在湖北姊归西长江附近。

(2) 巴东县：在湖北境内。

(3) 姊归：今湖北省姊归县。

(4) 井邑：城镇街市。

(5) 令廨（xiè）：县令办事之处所。

(6) 茅茨：茅屋。

(7) 了无片瓦：没有瓦片。

(8) 权县事：暂时代理县令主管全县事宜。尉：即县尉。右迪功郎：吏部属官，负责考察官吏政绩。

(9) 主簿：主管文书的官员。

(10) 谒：拜见。寇莱公：北宋政治家寇准，封莱国公，曾任该县令。

(11) 飂飘：寒冷多风。

(12) 环拥：环绕拥抱。

(13) 间 (jiàn) 见：间隔显现。

(14) 吴：指江浙一带。楚：至湖北一带。

(15) 榭 (xiè)：建筑与高台上的敞屋。

(16) 止：同"址"，坐落；厅事：大厅。

(17) 阙："缺"；令：县令。

(18) 凝真观：即神女祠，在巫山飞凤峰下。

(19) 妙用真人：后世为巫山神女所加的封号。

(20) 巫山神女：《襄阳耆旧传》："赤帝女曰瑶姬，未行而卒，葬于巫山之阳，故曰巫山之女。楚怀王游于高唐，昼寝，梦见与神遇，自称是巫山之女，王因幸之，遂为置观于巫山之南，号为朝云。"

(21) 太华：华山；衡：衡山；庐：庐山。

(22) 十二峰：即巫山十二峰，皆在长江北岸。

(23) 悉见：尽见。

(24) 仙真：指巫山神女。

(25) 祝史：祠中主持祭祀者。

(26) 丝竹之音：指优美动听的管弦音乐。

(27) 传云：《神仙传》所载故事。

(28) "夏禹"二句：这是关于巫山神女的另一传说。据《禹穴纪异》记，神女游东海而归，路过巫山，令侍女将"玉篆之书"(即本文所云"符书")送给为治水而驻扎于巫山下的夏禹，并派部下助禹治水。

(29) 天宇晴霁：天空晴朗。

(30) 纤翳：微云遮蔽。

(31) 鸾：传说凤凰一类的鸟。

(32) 乌：乌鸦。

(33) 夔州：今四川奉节。刺史：唐以来州之行政长官。

(34) 幸：庆幸。胙 (zuò)：祭祀用的肉。

(35) 乾道元年：1165 年。乾道：南宋孝宗年号。

（36）黮闇（tan，an）：黑暗。

（37）鲜：少。

（38）祈雨：祈求降雨。应：应验。

（39）知：执掌；左文林郎：官名。

（40）文庶几：巫山县尉。

宋孝宗乾道五年（1169）十二月，陆游被任命为夔州通判。病：未行。次年闰五月十八日，才由故乡山阴启程赴任，经过四个多月的长途跋涉，于十月廿七日抵达任所。沿途观赏了长江两岸的山川名胜古迹，体察了风土民情，逐日记述途中所见所闻所感，成为一部优美的游记散文——《入蜀记》。这里节选的是乾道六年十月二十一日、二十三日两则。写法似笔记，内容近游记，描绘了祖国秀丽多姿的江山、给人以独特的审美享受，充分显示出作者模山范水的艺术才能。

诗情画意的境界，优美的散文应该具有诗情和风光绮丽的图画美。二十一日的日记，描绘巴东的雄丽江山，突出白云亭的“幽奇绝境”。作者犹如高明的山水画师，墨泼白云亭，浓淡相宜，其亭坐落在双柏堂上，周围群山突兀峥嵘，蜿蜒环绕拥抱，“间见”二字活现出群山欲比峻峭的形态，显示出雄奇峻峭之美。古木参天，苍翠欲滴，“森然”二字形象地再现了百年古木的顽强生命力，显示出幽邃秀丽之美。山溪飞瀑，砰然有声，蔚为奇观，跳珠、溅玉，惟妙惟肖地刻画出瀑布飞泻的情态，给画面增添了动感之美。这画面作者没有孤立用墨，群山为背景，映衬出亭之奇；古木森然，越发显示出山之峻、亭之绝；瀑布“跳珠溅玉”，映衬山峭、亭奇、木古。山与瀑相依，亭与木相称，亭瀑增辉，一幅画中，山、溪、树、瀑、亭，一应俱全，真正构成了诗一般的优美境界。

二十三日的日记，描绘了秀冠巫山的群女峰“纤丽奇峭”之美。作者抓住神女峰的特点，虚实结合，从容运笔，略予点染，再现其秀美风光和神奇色彩。先总写巫山高峻，渲染神女峰的奇峭。“峰峦上入霄汉”，足见其高峻，“山脚直插江中”，足见其陡峭。“上入”和“直插”把巫山诸峰顶天立地的气势和盘托出。此为实写。接着，以虚化笔法画龙点睛——写神女峰的神奇、虚幻之美。听：明月朗朗之夜，那丝竹之音在神女峰回响、荡漾；那猿猴长鸣，直至天明。此境奇妙、凄凉。继之由自然景观的外部描述转入神话典故的介绍，用《神仙传》中“神女授书夏禹”的故事强化这神奇境界。这样，不仅写出神女峰的形貌美，而且写出她的神韵美。作者并不就此停笔，立足授书台，再现神女峰奇景：天宇澄澈晴朗，峰上的片片白云如鸾鹤徘徊翔舞，久久不散。此境足为奇观。作者又用拟人化的手法，写群鸟送迎客舟，更令人叫绝。一则日记，虚实相间，动静相宜，声色相映，既描绘了神女峰的迷人景色，又记述了优美神话传说。人间仙境，浑然一体，令人进入奇幻迷离的艺术迷宫，对神女之遐想产生“抽刀断水水更流”的绵长之味。

迭宕多姿的结构。借用欧阳修《醉翁亭记》中“峰回路转，有亭翼然”的话来形容此文的结构特色是很恰当的。请看二十一日的日记：开头，文势突兀而起，将天下至险的石门关一下子推移到读者面前，令人惊心动魄，接着大笔淋漓，勾勒巴东全景：雄丽江山，邑中房舍。然后浓缩笔端，聚墨于寇莱公祠堂。“登秋风亭，下临江山”，游兴盎然。然而天不作美，“重阴，微雪，天气飂飘”。至此文式一转，游兴顿减。读者情绪亦随之一跌。正当扫兴之时，作者有妙笔生花，展现白云亭的“幽奇绝境”，情绪为之升腾。就这样，曲曲折折、起起伏伏、一步一步地进入作者所设计的奇妙境界。

缘境生情的感慨。《入蜀记》是游记散文，因而文中含情，景中有“我”。描景、抒情、议论，浑然一体。作者谒寇莱公祠，登临秋风亭，时值“天气飂飘”。这亭名，这气候，极易触发人的惆怅情怀。此时的陆游，怀才不遇，仕途坎坷，漂泊不定。他触景生情，自然产生“怅然”之情，发出“流落天涯之叹”。写了白云亭之后，作者又发出“巴东了无一事，为令者，可以寝饭于亭中，其乐无涯。而阙令二三年，无肯补者，何哉?”的感慨。这一议论，缘境而生，由景而发，自然流露出作者仕途失意后寄情山水的情思，再看二十三日的日记，作者写了神女峰的神奇景色之后，又云“祠旧有乌数百，送迎客舟”。乌鸦，在古人笔下常用来渲染凄凉气氛。作者漂泊于神女峰下，却“绝无一乌”，连令人讨厌的乌鸦也不来送迎，其心境的悲凉程度可想而知，作者的“流落天涯”的怅然情思，融于笔端、妙合自然。

晶莹润畅的语言。诗人的语言富有浓厚的诗意。《入蜀记》的文字正是如此。他凝练精粹。巴东三峡神奇，群山雄峙，云蒸霞蔚，波涛沸荡，用“雄丽”言此情景，精当殆尽。用“幽奇绝境”和“纤丽奇峭”分别概括白云亭和神女峰，切景切境，恰如其分。用“跳珠溅玉”描绘飞泻的瀑布，精确熨帖，惟妙惟肖。他整饬工稳，节奏鲜明。如“群山环拥”至“冷入人骨”一段文字，句式短促，如珠走玉盘，散中有整，参差变化。对句的运用整饬工稳，读来抑扬抗坠，顿觉舌端润畅；听来音韵和谐，倍感声声清朗。

杨　简

杨简（1141—1226），敬仲，慈溪（今属浙江宁波）人。世称慈湖先生。宋代辞赋家。乾道五年进士，授富阳主簿，绍熙五年召为国子博士。嘉定元年，授秘书郎，转朝请郎，迁秘书省著作佐郎兼权兵部郎官。出知温州，首倡废除妓籍，尊敬贤士。后历任驾部、工部员外郎，朝奉大夫，朝请大夫等。宝庆二年卒，赠正奉大夫。今存赋6篇，写山水景物的有《广居赋》《南园赋》《东山赋》《蛙乐赋》《月赋》。有《慈湖遗书》。

南园赋

光风兮净明[1]，林塘兮翠深。云闲兮不动，景妙兮莫寻。泰和融凝兮[2]，非浮而非沉。万化迭奏兮[3]，岂去曩而来今[4]。不知吾足之所如往兮[5]，不觉吾口之自吟。

百草千木兮，散苍然之球琳[6]。纷禽鸟之飞鸣兮，尽成韶濩之音[7]。乐悠悠以自生兮，孰究其所始究其所终。微觉其略如万象兮，森罗杂错于止水之上明鑑之中[8]。纤洪短修毕陈互映兮[9]，有不可胜穷之容。而澄光莹然兮[10]，曾莫省其聚散矧复判其西东[11]。厥沉兮匪卑[12]，厥高兮岂穷。其骤焉辐辏兮非积[13]，其忽焉以遁[14]，遂至于无兮讵空[15]。斯妙兮可言而不可语，

惟可弄明目兮歌清风。不索自获兮愈思愈穷，古之人何以命之曰中庸？（据《历代赋汇》卷84）

注释：

（1）光风：雨止日出、日丽风和的景象。

（2）泰和：太平和乐。

（3）万化：万物变化。迭奏：更替轮流。

（4）曩：过去。

（5）如：助词。

（6）散：散布，引申为纷乱。球琳：皆为美玉。

（7）韶濩：古乐，韶为舜乐，濩为汤乐。

（8）止水：静止不流的水。明鑑：即明镜。

（9）纤：细小。洪：大。修：长。

（10）澄光：指水静而清。

（11）省：察看。矧：况且。

（12）卑：低下，衰微。

（13）辐辏：车辐集中于轴心，喻人或物聚集一处。

（14）遁：隐去。

（15）空：大。

杨简的这篇小赋，如一幅清秀的山水画。全文不到三百字，却将雨后南园的清美幽雅的景象描绘得玲珑剔透，令人心旷神怡。

赋一开始即从大处落墨，挥洒几笔，运用短语排句勾画雨后南园日丽风和、幽雅精谧的风光：雨过天晴，南园犹如经过一次洗涤，显得格外明净清新，是那样的富于诗情画意。翠林流黛，塘水碧绿，闲云悬空高挂而不动，园内到处是太平和乐的景象。这景，非浮非沉，似动非动，绝妙异常。这描写，全然是随适心意、悠然自得，无意中信手拈来，显得自然亲切，可见作者崇尚自然的心境。

谁不被这难寻的妙境所陶醉？正因如此，作者按捺不住心头的喜悦，情不自禁地步入南园，吟咏妙景。“不知”“不觉”便写出了作者陶醉在旖旎的南园美景之中的欢畅悦怡之情。

南园环境可爱，园内景致更有动人之处。接着从细处着笔，具体展现园中景致的风采：雨后的百草千木，郁郁葱葱，碧绿如玉。一个“散”字写尽了百草千木的生机勃勃的无限活力，又经“球琳”一喻，越发显示出那迷人的意态。飞翔于丛林中的各种鸟儿和鸣欢叫，悠悠自生，悠悠自息，组成一曲曲清脆悦耳的乐章，犹如古代的韶濩之乐。这里，一“纷”一“鸣”写出了雨后百鸟齐集、欢歌不息的热闹景象。蓝天、闲云、千木、禽鸟等这万象森罗的美景杂错于澄光莹然的静水面上，聚散莫察，东西难辨，沉而不衰微，高而不穷尽。这几笔，既绘其形，又传其神，寥寥数语便将水中万象森罗、动静各异的种种形态，生动逼真地描绘出来，不仅给读者留下丰富的想象，而且也巧妙地展现出那难以言传的妙景，洋溢着作者对大自然的无比热爱。

斯赋虽短而章法井然，首言南园整体景致，突出其幽静；次言园中林塘风采，展现其动，动静映衬，交辉叠彩，呈现出清幽之美，表现出恬淡之情，别具风韵，不失为描绘园林苑囿的佳作。

宗　臣

宗臣（1525—1560），字子相，兴化（今江苏省兴化市）人。明嘉靖二十九年（1550）进士，官至福建提学副使。诗文主张复古，与李攀龙、王世贞、谢榛、梁有誉、徐中行、吴国伦齐名，称“后七子”。著有《宗子相集》。

报刘一丈书

数千里外，得长者时赐一书，以慰长想，即亦甚幸矣。何至更辱馈遗[1]，则不才益将何以报焉[2]？书中情意甚殷[3]，即长者之不忘老父，知老父之念长者深也。至以“上下相孚，才德称位”语不才[4]，则不才有深感焉。夫才德不称，固自知之矣。至于不孚之病，则尤不才为甚。

且今之所谓孚者，何哉？日夕策马候权者之门[5]，门者故不入[6]，则甘言媚词作妇人状[7]，袖金以私之。即门者持刺入[8]，而主者又不即出见。立厩中仆马之间[9]，恶气袭衣袖，即饥寒毒热不可忍，不去也。抵暮，则前所受赠金者出，报客曰：“相公倦，谢客矣。客请明日来。”即明日，又不敢不来。夜披衣坐，闻鸡鸣即起盥栉[10]，走马抵门。门者怒曰：“为谁？”则曰：“昨日之客来。”则又怒曰：“何客之勤也？岂有相公此时出见客乎？”客心耻之，强忍而与言曰：“亡奈何矣[11]，姑容我入！”门者又得所赠金，则起而入之，又立向所立厩中。幸主者出，南面召见，则惊走匍匐阶下[12]。主者曰："进"，则再拜，故迟不起。起则上所上寿金[13]。主者故不受，则固请；主者故固不受，则又固请。然后命吏纳之。则又再拜，又故迟不起，起则五六揖始出。出揖门者曰："官人幸顾我[14]，他日来，幸亡阻我也。"门者答揖。大喜，奔出。马上遇所交识，即扬鞭语曰："适自相公家来，相公厚我，厚我！"且虚言状。即所交识，亦心畏相公厚之矣。相公又稍稍语人曰："某也贤！某也贤！"闻者亦心许交赞之。此世所谓上下相孚也。长者谓仆能之乎？

前所谓权门者，自岁时伏腊一刺之外[15]，即经年不往也。间道经其门，则亦掩耳闭目，跃马疾走过之，若有所追逐者，斯则仆之褊哉[16]，以此长不见悦于长吏，仆则愈益不顾也。每大言曰："人生有命，吾惟守分而已[17]"！长者闻之，得无厌其为迂乎[18]？

乡园多故[19]，不能不动客子之愁。至于长者之抱才而困，则又令我怆然有感[20]。天之与先生者甚厚，亡论长者不欲轻弃之，即天意亦不欲长者之轻弃之也[21]，幸宁心哉[22]！

注释：

(1) 馈（kuì）遗（wèi 畏）：赠送礼物。

(2) 不才：犹言不肖，自谦之辞。

(3) 殷：盛，厚。

(4) 上下相孚二句：意思是说，上下之间相互信任、投合，才能和品德都适合事其职位。孚：信。称（chèng 称）：符合。

(5) 策：马鞭，以鞭捶马。《论语·雍也》："策其马曰：'非敢后也，马不进也！'"策马，犹云驰马。权者：此处指当时权臣严嵩、严世蕃父子。

(6) 故不入：故意不进去通报。

(7) 甘言媚词：奉承谄媚的话。

(8) 刺：名帖。《后汉书·祢衡传》："阴怀一刺。"

(9) 厩（jiù 救）：马房。

(10) 盥（guàn 灌）：洗手。栉（zhì 质）：梳发。盥栉：洗脸梳头。

(11) 亡：同"无"，无奈何，没有办法。

(12) 匍匐：伏地而行。

(13) 寿金：谓献给主者的礼金。以金帛奉献于人曰寿。《史记·刺客列传》："严仲子奉黄金百镒，前为聂政母寿。"

(14) 官人：尊称门者。幸：希望。顾：照顾，看得起。此句犹言“幸官人顾我”。

(15) 伏腊：夏伏冬腊，古代两祭名。春汉以后，以夏至后第三个庚日起，连续三旬为伏日，一称三伏；又以冬至后第三个戌日致祭百神为腊祭。《汉书·杨恽传》：“田家作苦，岁时伏腊，烹羊包羔，斗酒自劳。”此处犹言过时过节。

(16) 褊（biǎn扁）：狭隘。

(17) 守分（fèn份）：谨守本分。

(18) 迂：拘执而不通人情。

(19) 故：事故。

(20) 怆然，悲痛貌。

(21) 亡论二句：意思是说，刘的才德禀赋很好，不用说是你自己不愿轻易抛弃它，就是老天也不希望你轻易抛弃它。

(22) 宁心：安心。

明嘉靖年间，严嵩恃宠揽权，声势暄赫。他“好利”“好谀”，卖官鬻爵，广敛财富。许多士大夫为了追逐名利，不惜出卖灵魂，争相奔走于严氏门下。社会风气极为败坏。宗臣不满社会黑暗，借答刘一丈书，揭露了官场的黑暗与腐败，讽刺了士子、门客、权贵的丑行，表现了不愿与世俗同流合污的高尚情操。

这是一篇书信体讽刺小品。全文共分三大部分。第一部分即第一自然段。这一段是书信的开头。作者对长者及礼物表示谢忱，并表达了自己及老父对长者的怀念，写出了作者与长者之间的深厚感情。这正是作者能在信中尽吐积愤的基础。作者接着引述了长者提出的“上下相孚，才德称位”的劝戒之言，并以此自我对照，表明自己在这两方面都很差。作者没有唯唯诺诺地对待长者的关心，而是说自己早就知道有这些“毛病”，既表现了作者的性格，也由此引出了下文的申述。

第二、三两个自然段为第二部分。这是全文的主体。作者通过对“今世之所谓孚者”的描绘和分析，揭露官场的黑暗，并表明自己不能屈从时风的态度。第二自然段先提出“且今世之所谓孚者何哉”的设问，接着以此为发端，对“所谓孚者”进行了形象描绘：求宠者第一次求见时，求见前“日夕策马”，迫不及待；进门时“甘言媚词”，作“妇人状”，并以金贿门者；进门后“立厩中仆马之间”，忍着“饥寒毒热”，熬到日暮。求宠者心越诚，耐性越大，越显得可悲、可鄙。求宠者第二次求见时，求见前“夜披衣坐”“鸡鸣”“盥栉”，小心慎重；进门时忍气吞声，再以金贿门者；进门求见时匍匐阶下，献上“寿金”，再拜不起。作者还写了求见后的情况：先是大喜奔走，然后一遇熟人，即扬鞭自夸，由此而被“交赞”。作者最后对这种现象进行了归结，用“此世所谓上下相孚也”回答了前面提出的设问。要想上下相孚，就必须如此仿效。作者的态度怎样呢？在第三自然段中，作者点出了自己所以不孚的原因，表明了自己的鲜明态度。对于一般士子求之不得的权贵，作者除了在伏日和腊日两次大祭时去投一次名片外，“经年不往”。间或路过其门，也要“掩耳闭目，跃马疾走过之”，其结果自然“长不见悦于长吏”，“仆则愈益不顾也”。

第三部分即第四自然段。作者抒发了自己的愁感，并对长者进行了慰勉。产生愁感的原因有二：一是因“乡园多故”触动了客宦思乡之情，二是因“长者之抱才而困”引起了自己的悲伤感慨。前者表现了作者不愿在外久宦之心，有欲归故土之意；后者表现了作者对长者的同情，亦有对现实不满之意。在这种混浊的环境中，作者将如何对待呢？后面的转折，既是对长者美德的慰勉赞赏，也是借此表明自己将坚持的美德。

抓住重点，层层深入。是本文的主要艺术特点之一。因为这是一封答长者的信，所以开头和结尾，颇多寒暄问候之词。但书信的重点放在文章当中。文章围绕“上下相孚”“才德称位”八字展开，对“才德称位”只是一笔带过，而重点是论述“上下相孚”，因为“上下相孚”的虚伪面纱一撕破，“才德称位”的骗人谎话也就不攻自破。在论述时，作者先提出“今世之所谓孚者何哉?”接着以求宠者的活动为线索，层层深入地回答了这个问题，最后得出“此世所谓上下相孚也”的结论。

寓说理于形象的描绘之中，是本文的另一艺术特点。作者不用议论的方式来阐明自己的观点，而是用近于漫画化的白描手法，通过对人物形象的描绘来感染读者。作者将活跃于官场上的三种人穷形尽相地描绘出来，让读者见其人自然明其理。首先，作者运用了对比手法来刻画人物，有反面人物与反面人物的对比：求宠者的奴颜婢膝，曲意奉迎；门者的狐假虎威，贪得无厌；相公的骄横倨傲，虚伪做作，三种人在互相接触中各显出其特点。有正面人物与反面人物的对比：同是对权门，作者避之犹恐不及，“间道经其门，则亦掩耳闭目，跃马疾走过之”，不屑与权者一见；求宠者则“日夕策马候权者之门”，“闻鸡鸣即起盥栉”，“走马抵门”，再三要求进见。有同是一个人在前后不同的环境中的对比：求宠者在趋奉时低三下四，任凭“恶气袭人”“饥寒毒热”，忍声吞气；得见后则趾高气扬，得意忘形，逢人自夸。其次，作者善于通过对话、动作、心理来表现人物特点。求宠者进见时，或甘言媚词，作“妇人状”；或“心耻”而“强忍”，苦苦哀求，写出其俗。进见相公时，“惊走匍匐阶下”“则又再拜，又故迟不起，起则五六揖始出”，写出其媚。进见时“大喜奔出”，“扬鞭语曰：‘适自相公家来，相公厚我厚我！’”写出其狂。门者第一天先是“故不入”，第二天亦先“怒曰”，后“则又怒曰”。写出其凶。收下袖金后才“持刺入”，写出其贪。相公“南面召见”，写出其傲；收礼时，先“故不受”，接着“故固不受”，后才“命吏纳之”，写出其伪；最后“稍稍语人曰：‘某也贤，某也贤！’”写出其私。可以说，此文犹如一面“哈哈镜”映现出三个反面人物的丑恶嘴脸，肮脏灵魂；又犹如一幅幽默的漫画，辛辣地嘲讽了官场的污浊龌龊和朝廷吏治的腐败，难怪清人认为斯文是“有关世教之文”，在明代复古派作家的散文中是不可多得的佳作。

全 祖 望

全祖望（1705—1755），字绍衣，号谢山，鄞县（今浙江省宁波市）人。清乾隆元年进士，以知县候选，辞归里，不复出仕，贫病而终。他一生致力经史，也写了不少碑传，歌颂明清之际具有气节的志士。著有《鲒埼亭集》。

梅花岭记

顺治二年乙酉四月[1]，江都围急[2]。督相史忠烈公知势不可为[3]，集诸将而语之曰[4]：“吾誓与城为殉，然仓皇中不可落于敌人之手以死[5]，谁为我临期成此大节者[6]？”副将军史德威慨然任之。忠烈喜曰：“吾尚未有子，汝当以同姓为吾后。吾上书太夫人，谱汝诸孙中[7]。”

二十五日，城陷，忠烈拔刀自裁，诸将果争前抱持之。忠烈大呼德威，德威流涕不能执刃，遂为诸将所拥而行。至小东门，大兵如林而至[8]，马副使鸣騄、任太守民育及诸将刘都督肇基等皆死。忠烈乃瞠目曰[9]：“我史阁部也[10]。”被执至南门，和硕豫亲王以先生呼之[11]，劝之降。忠烈大骂而死。初，忠烈遗言：“我死当葬梅花岭上。”至是，德威求公之骨不可得，乃以衣冠葬之。

或曰：“城之破也，有亲见忠烈青衣乌帽[12]，乘白马，出天宁门投江死者[13]，未尝殒于城中也[14]。”自有是言，大江南北遂谓忠烈未死。已而英、霍山师大起[15]，皆托忠烈之名，仿佛陈涉之称项燕[16]。吴中孙公兆奎[17]，以起兵不克[18]，执至白下[19]。经略洪承畴与之有旧[20]，问曰：“先生在兵间，审知故扬州阁部史公果死耶，抑未死耶[21]？”孙公答曰：“经略从北来，审知故松山殉难督师洪公果死耶，抑未死耶？”承畴大恚[22]，急呼麾下驱出斩之[23]。

呜呼！神仙诡诞之说[24]，谓颜太师以兵解[25]，文少保亦以悟大光明法蝉蜕[26]，实未尝死。不知忠义者圣贤家法[27]，其气浩然，常留天地之间，何必出世入世之面目[28]？神仙之说，所谓为蛇画足。即如忠烈遗骸，不可问矣。百年而后，予登岭上，与客述忠烈遗言，无不泪下如雨，想见当日围城光景。此即忠烈之面目宛然可遇[29]，是不必问其果解脱否也，而况冒其未死之名者哉[30]！

注释：

(1) 顺治二年乙酉：1645年，是乙酉年。顺治：清世祖的年号。

(2) 江都：今江苏扬州市，为当时的扬州府治。围：指为多铎率领的清兵所包围。

(3) 督相史忠烈公：明末史可法。字宪之，一字道邻，河南祥符（今开封市）人。清兵入关后，明朝福王在南京即位，他任兵部尚书大学士（明朝大学士就是宰相）。清兵南下，他到扬州督师，城陷殉难。他以宰相身份督师，故称“督师”。“忠烈”是他死后的谥号。

(4) 语（yù 玉）：告诉。

(5) 仓皇：仓猝，匆忙。

(6) 临期：到城陷应该殉难的时候。大节：指为国而死。节：节操。

(7) 谱：记入家谱。

(8) 大兵：指清兵。如林：像丛林，极言多。

(9) 瞠（chēng 称）目：瞪着眼看。

(10) 阁部：明朝称作宰相为入阁，史可法又兼管兵部，故以此称之。

(11) 和硕豫亲王：清太祖努尔哈赤之子，名多铎。和硕：满语“部落”或“旗”之意。

(12) 青、乌：都指黑。青衣是平民的服装。

(13) 天宁门：扬州城北面的一个门。

(14) 殒（yǔn 允）：死亡。

(15) 英、霍山：即英山，霍山。山名，亦为县名，当时皆在安徽。

(16) 陈涉之称项燕：《史记·陈涉世家》载陈涉起义抗秦时，曾假借项燕的名义号召群众。

(17) 吴中：苏州府。

(18) 不克：不胜。

(19) 白下：南京的别名。

(20) 洪承畴：原为明总督，在松山（今辽宁省锦县南）战败降清，任七省经略，当时驻在南京，他被俘时，传说已殉难，明崇祯帝曾祭奠他，故下文有“松山殉难督师”之话。有旧：从前有过交往。

(21) 抑：或者，还是。

(22) 恚（huì 会）：怒。

(23) 麾（huī 挥）下：部下。麾：指挥作战的旗子。

(24) 诡诞：虚妄荒唐。

(25) 颜太师：唐颜真卿，为叛将李希烈所杀。太师为其官衔；解脱，抛躯而成仙。

(26) 文少保：宋末文天祥，少保为其官衔。大光明法：佛法，指被杀头后成佛。蝉蜕（tuì 退）：像蝉蜕去躯壳，解脱。

(27) 家法：指历代相传的道德准则。

(28) 出世入世：这里着重说“出世”，意思是不再受世间束缚，解脱成仙。

(29) 宛然可遇：仿佛可以看到。

(30) 冒：假托。

这是一篇性质比较特殊的散文。看题目，像是游记；看内容，评论历史人物，借历史人物发表自己对于立身处世的见解，性质更近于史论。作者是史学家，重视气节，对于明朝灭亡之后，士大夫阶层中的人热衷利禄，毫无气节，不免有些感愤，所以借谈论历史人物的机会，坦率地表达了自己的态度，这就是：为反抗压迫而牺牲，其精神可以长留于天地间，受到后人的景仰和怀念。在二百多年前清朝的全盛时期，作者这样的思想是值得重视的。本文叙述史可法壮烈牺牲的经过和他死后的抗清斗争中的感召力，热烈歌颂其忠贞爱国、慨慷死难的崇高气节，指出其精神不灭，抒发作者对其无限崇敬的感情。

文章可以分为前后两个部分。前三个自然段是第一部分。按照时间先后的顺序，从史可法殉难之前写起，接着写他殉难时的坚定和壮烈，再写殉难之后的传说和影响。这部分以记叙事实为重点，也有人物语言、动作、神态的描写，是后一部分发表议论的张本。末尾一段为第二部分。用感慨的笔调，对传闻进行评论，阐明史可法的忠烈气节与颜真卿、文天祥同样崇高。发表自己对于舍生取义的看法，认为为保持气节而死，他的精神可以长留于天地之间，揭示史可法殉难的意义，这部分还叙述了自己登上梅花岭的感慨，以便与文章的题目相照应。

文章的叙事部分和议论部分，都表现了鲜明的是非观念与强烈的爱憎感情，文字却写得简练而含蓄。例如写史可法，并没有原原本本地述说他的生平，而是写了一些突出的事例，将其放在大兵压境，“江都围急”“城陷”“拔刀自裁”及敌人劝降后“大骂而死”等典型的环境中加以刻画，这既可以节省笔墨，又可以更加鲜明地表现史可法的为人，成功地刻画一位有凛然正气的英雄形象。又如作者的抒发感情，多半隐含在叙事中，写史可法的言行是这样，写孙兆奎的言谈尤其是这样，我们读到这些话，就可以清楚地感到作者赞扬的是什么，痛恶的是什么。“百年而后，予登岭上，与客述忠烈遗言，无不泪下如雨，想见当日围城光景”，这也是叙事，可是深挚的感情溢于言表。

文章还运用对比、映衬的手法，多角度展现人物形象。文中特别写出孙兆奎和洪承畴，这是用正反两个方面的人物对比；提到颜太师和文少保，这是用正面的人物同史可法互相映衬，写部属史德威等人，映衬史可法的崇高品德。这样写，史可法的忠烈就更加突出，作者的主张也就更鲜明了。

姚鼐

姚鼐（1731—1815），字姬传，号惜抱。桐城（今安徽省桐城市）人。清乾隆间进士，官至刑部郎中，又曾任四库全书馆纂修官。辞官后，先后主讲于梅花、钟山、紫阳、敬敷等书院共四十余年。姚鼐为“桐城派”古文主要作家之一。其论学主张集义理、考据、词章之长，不拘汉、宋门户；所著古文风格简洁严整。在文学史上有一定地位；但所讲求的神理气味、格律声色等，仍着重于形式与技巧。所编《古文辞类纂》当时流传甚广，对清代中叶以后的散文影响很大。著有《九经说》《惜抱轩全集》等。

登泰山记

泰山之阳[(1)]，汶水西流[(2)]；其阴，济水东流[(3)]。阳谷皆入汶，阴谷皆入济。当其南北分者，古长城也[(4)]。最高日观峰，在长城南十五里。

余以乾隆三十九年十二月[(5)]，自京师乘风雪，历齐河、长清[(6)]，穿泰山西北谷，越长城之限[(7)]，至于泰安[(8)]。是月丁未，与知府朱孝纯子颍由南麓登。四十五里，道皆砌石为磴，其级七千有余。泰山正南面有三谷，中谷绕泰安城下，郦道元所谓环水也[(9)]。余始循以入，道少半，越中岭。复循西谷，遂至其巅。古时登山，循东谷入，道有天门。东谷者，古谓之天门溪水，余所不至也。今所经中岭及山巅崖限当道者[10]，世皆谓之天门云。道中迷雾冰滑，磴几不可登。及既上，苍山负雪，明烛天南，望晚日照[11]城郭、汶水、徂徕如画[12]，而半山居雾若带然[13]。

戊申晦[14]，五鼓，与子颍坐日观亭[15]，待日出，大风扬积雪击面。亭东自足下皆云漫，稍见云中白若樗蒱数十立者[16]，山也。极天云一线异色，须臾成五采，日上，正赤如丹，下有红光，动摇承之。或曰，此东海也[17]。回视日观以西峰，或得日、或否，绛皓驳色[18]，而皆若偻[19]。

亭西有岱祠[20]，又有碧霞元君祠[21]。皇帝行宫在碧霞元君祠东。是日，观道中石刻，自唐显庆以来[22]，其远古刻尽漫失；僻不当道者，皆不及往。

山多石，少土。石苍黑色，多平方，少圆。少杂树，多松；生石罅，皆平顶。冰雪，无瀑水，无鸟兽音迹。至日观数里内，无树，而雪与人膝齐。桐城姚鼐记。

注释：

(1) 泰山：我国五岳之一，在今山东省泰安市城北。阳，山的南面。下文"阴"，山的北面。

(2) 汶水：此处指大汶河，发源于山东省莱芜市东北的原山，向西南流经泰安市东。

(3) 济水：也称沇水。发源于河南省济源县西的王屋山，东流入山东。清中期，济水在山东的河道为黄河所夺，但发源处尚存。

(4) 古长城：指战国时齐国所建的长城。按，春秋战国时，诸国多筑长城以资防守，不是指后来秦始皇所联缀建成的长城。《管子·轻重第八十三》："长城之阳，鲁也；长城之阴，齐也。"盖沿河因泰山为之，至战国时，齐国加以增筑，古长城指此。

(5) 乾隆三十九年：即公元 1774 年。

(6) 齐河、长清：均山东省县名。

(7) 限：户限（门下横木）。长城横过泰山，像一条门槛。

(8) 泰安：今山东省市名，在泰山南面，清代为泰安府治所。

(9) 郦道元：字善长，北魏范阳（今河北省涿县）人。著有《水经注》四十卷。环水：指泰安的护城河。

(10) 崖限：像户限一样的山崖。

(11) 烛：此处作动词解。照，明烛天南，承上句而言，意谓高山上的雪光照着南面的天空。

(12) 徂徕：山名，在泰安市城东南 40 里。

(13) 半山居雾若带然：半山腰上停留着的云雾像一条带子似的。

(14) 戊申晦：戊申这一天正是月底。晦，阴历每月的最后一天。

(15) 日观亭：日观峰（在泰山东岩高处）上的亭子，泰山顶上观日出处。

(16) 樗（chu 初）蒱：古代赌博游戏的用具，共有五子，以木制成。故又称“五木”，犹后来的骰子。

(17) 东海：泛指东方的海。

(18) 绛：红色。皓：白色。驳：杂。绛皓驳色：红白相间杂。此句承上句而言，意谓日观峰以西诸峰，有的被日光照着，有的没有被照着，故或红或白，颜色错落。

(19) 皆若偻：都像弯腰屈背的样子。日观峰以“西诸山峰，都比日观峰低”，故有此景象。

(20) 岱祠：东岳大帝的庙，即东岳祠，也称玉帝观。

(21) 碧霞元君：女神，传说系东岳大帝之女。

(22) 显庆：唐高宗年号（656—661年）。

泰山尊称“五岳之首”。自古以来，历代帝王登基之初或升平之岁，多驾临泰山，恭奉封禅仪式，祭告天地，这是古代最隆重的国家大典之一。这种独尊于天下群山的社会政治文化地位，再加上巍峨磅礴的山势、雄伟壮丽的景色，使得泰山成为最引人神往的游览胜地，历代文人竞相攀缘，留传下来数不胜数的赞歌颂曲，其中清代姚鼐的这篇《登泰山记》与唐代杜甫的《望岳》诗前后辉映，被公认为旷代绝唱。

《登泰山记》，仅五百字却将登山、观景、下山的全过程叙述得有条不紊，一清二楚，更将雪后泰山的奇景与东海日出的壮观描绘得生动如画，令读者悠然神契，仿佛随其身历其境。文章笔墨之简、构思之深、情趣之雅、意境之高无不堪为典范。

全文分五段。第一段，写泰山地形。作者落笔不同凡响，文章题为《登泰山记》，行文却不急于记述登山，而是先以鸟瞰之势从宏观上介绍泰山的流水、长城、顶峰，淡淡数笔，就渲染出屹立于汶、济二水之间的泰山雄姿。然后在第一段结束的显著地位，点出日观峰，并且特意指出此峰为泰山“最高”峰，旨在先入为主，让日观峰在读者心头留下深刻的印象，为下文纵笔描写日观峰上待日出埋下伏笔，颇具艺术匠心。

第二段写登泰山的经过。这是文章的重要段落。按照时间顺序，分三个层次历叙自京师出发至登上泰山的情景，用笔或简或繁，时而叙述，时而描绘，笔姿摇曳，极尽变化之能事。自京师至泰安这一漫长历程，作者仅仅记录出游的时间和山东境内的行踪。文字十分简洁，可谓点到即止。然而由于作者功力的深厚，即使是三言两语的叙述文字，写得精湛微妙，耐人寻味。首先记录行踪四句皆用动词领起：“乘风雪，历齐河、长清，穿泰山西北谷，越长城之限”，读来铿锵有力，富有气势；其次“乘风雪”之字似轻实重，作者此次登山异乎常人之处即在登上的是雪后泰山，唯其登人之所未登，故能望人之所未望，乐人之所未乐。这里在记游之始即特笔交代“风雪”，就为下文描写攀跻的艰难与眺望的喜悦而张目。从泰山南麓至山顶，笔意渐繁，作者不但记下了登山的时间、旅伴、路线、历程、见闻，而且介绍了有关山南三谷的地理知识。山道长达四十五里，石阶多达七千余级，登攀泰山可谓艰难矣，何况时值大雪之后，“道中迷雾冰滑，磴几不可登”，借助于数字的排列与实景的描叙，使读者领略到了泰山的高峰险危。最后写山顶所见美景，这是本段最为引人入胜的部分。作者登上绝顶，极目远眺，夕阳、天宇、苍山、雪峰、城郭、河流、雾海，万千气象尽收眼底。令人叹为观止的是，作者像高明的写意画大师一样，只在纸上点染几笔，就画出了一幅色彩绚丽、气韵生动的泰山夕照图。在这幅图上，作者突出雪后的审美特征，运笔撰写道：“苍山负雪，明烛天南。”这晚霞夕照本为岱顶四大奇观之一，文中舍晚霞而写雪光，怀叹苍山高耸入云，雪层深厚洁白，山上雪光竟然明耀南天，这就写出了雪后泰山的独特风貌。就艺术手法而言，前一句运用拟人手法，赋予苍山“负雪”的生命力，化静物为动态，机趣盎然；后一句采用比喻手法，将雪山比作直立的白蜡烛，既出人意表，又形色俱似。总之，这两句都用新颖动人的形象启迪读者驰骋想象，融诗情于画意，韵味无穷，作者又抓住泰山至高，“一览群山小”的地理特点，摹写远眺近望所见，远处天际落日与地表积雪上下辉映，以致城郭分外鲜明，而汶水徂徕绚丽如画。收眼往下看，则见云雾绕半山，缥缈如带。

第三段，写日观亭观景。旭日东升是岱顶另一奇观，登泰山者莫不以先睹为快。故本段即纵笔描写日观亭观日出。这是全文最精彩、最气派，最核心的部分。日观峰上日观亭，之所以成为观赏日出的最佳点，无疑因它凌驾于群山之上，作者趁等待日出之机，忙中抽暇，从不同角度暗示明写日观峰之高峻。此时，东方开始放亮，能见度逐渐增大，作者凝目极视，渐望渐远，突然看到云海之中浮现出数十座白而尖，犹如樗蒱的山峰顶尖，在旭日光照之下显出异样的美感。在这段文字中，作者以生花妙笔，将这光辉灿烂而稍纵即逝的大自然奇景描写得活灵活现，精彩毕呈。为突出观日出所得的最强烈的审美观感，作者将笔墨浓缩到色彩的变幻上。那东方极天之云，在太阳将出时是“一线异色”，临出时是“须臾成五彩”，跃出海面的瞬间则是“日上，正赤如丹，下有红光，动摇承之”。太阳升上天穹，则见日观以西诸峰明暗错杂：“或得日，或否，绛皓驳色”。通过天空、云彩、大海、群山的色彩变化，写出了旭日东升的壮丽画面。

第四段，略写在岱顶及归途中所见的文物古迹。

第五段，综述泰山的景物特点。将沿途所见之山、石、树、水、鸟、兽、雪等，归纳为三多、三少、三无，使读者对泰山的风物有个深刻、广泛的印象。

这篇游记的特色之一是以雪作为贯通全文的脉络。作者在隆冬腊月出游泰山，大雪既烘托出踏雪登览的豪情逸兴，又为泰山增添了奇光异彩，故而文中反复描绘雪。记游之始，即点出是“乘风雪”赴泰山；登上岱顶，首笔描写的也是“苍山负雪，明烛天南”；日观亭观日出，最先描写的还是“大风扬积雪扑面”；概括泰山景物特点，也特笔指出冬季的泰山“冰雪，无瀑布”；文章末尾与文初写雪遥相呼应，以“雪与人膝齐”句收结。

文章特色之二是文字简洁而传神。文字尚简，本是中国散文的优良传统，著名文论家刘勰云：“文以辨洁为能，不以繁为巧。”（《文心雕龙·议对》）姚鼐此文即以简洁取胜，无论是记叙行程、介绍古迹、叙述风物，还是描写奇景大观，文字都异常的洗炼生动。

用词用语也十分精当。“道中迷雾冰滑”一段，用“冰”“几不可登”形容道路之滑，用“如画”描摹晚照，用“若带然”描绘半山云雾，以及“苍山负雪”的“负”、“明烛天南”的“烛”，都是形象生动，异常精当。观日出一段中的“击”写风雪扑面，用“白若樗蒱”形容被白雪覆盖的山峰，用“一线异色，须臾成五彩”绘日出时的天边云彩，用“皆若偻”状诸峰之形，形象逼真地描绘了日出的壮丽奇景，用“正赤如丹，下有红光，动摇承之”描绘红日喷薄而出，充分显示出作者的语言功夫。

文章特色之三，这是一篇典型的学者游记。作者一向推崇“笃学好古能游览者”（《泰山道里记序》），论文更提倡义理、考据、辞章三者合而为一，这篇游记就将考据与游览熔为一炉，文中考定泰山位置，调查山南三谷，介绍岱祠等古迹，观察道中石刻，为古刻漫失而惋恨，为僻道石刻未及往观而叹惜，凡此种种不仅显示出作者所特有的修养、气质与趣尚，也使文章显得质朴古致。

邵长蘅

邵长蘅（1637—1704），一名衡，字子湘，别号青门山人。江苏武进人。诸生出身。康熙年间游京师，与诸名士结交，久客于苏州巡抚宋荦幕府。因科举不第，纵情山水，喜游不倦。作诗先学唐，后学宋。古文与侯朝宗、魏叔子称鼎足。有《青门集》。

飞来峰记

武林诸山，以峰名者百数，飞来峰最奇。峰奇者，以石以岩洞。峰高五十丈许(1)，缘趾至巅(2)，皆石也。石之状，棱者，砥者，矧者，植者，仆者，兀者，狞者，兽相搏者，骈笋者，卓笔者，骞若飞、坠若压者，奇诡万态，而无一相肖。北倚大涧，削壁横展百余丈，石益奇。多树木，少土。树多枫、樟、槠、桂、松、杉、冬青、石楠。大者围三尺余，冬夏苍翠，藤蔓缠络之。根出石缝，郁屈如虺蛇蟠怪石上。涧北为冷泉亭，亭之胜亦以峰，不尔(3)，亭无奇也。岩洞在峰麓有三，曰龙泓，曰玉乳，曰射旭。龙泓洞深广二室，其上圆穴，仰望见青天，如有井中，又名通天洞也。旁一窦(4)，直下深黑，相传有人深入数十里，闻舟楫波涛声，反在顶上，盖钱塘江底云。

出洞折而南，为玉乳洞，空广倍龙泓，三面岩户洞豁，谽谺相通(5)，人如行屋庑下[6]。石乳下垂，青莹腻滑，间作绀碧色[7]，壁间泉水涓涓，下滴洼石，大旱不枯。又西为射旭洞，亦名理公洞。岩脚皆空，嵌浮土上，石乳益玲珑。有曰倒垂莲者，圆径丈，下拄不及地尺许，华瓣垂垂，丰上而锐末，如镂刻然，游人侧肩从华瓣间度[8]，最为奇绝。又行十余步，旁得石罅[9]，狭仅容身。穿罅中出，循峰麓而西[10]，为莲华峰，是下竺之后径矣。理公名慧理，晋咸和间来登此峰，曰："吾国灵鹫山小岭，不知何以飞来?"其说颇怪，峰故以此得名。洞皆有题字，今苔藓剥蚀不可读[11]。余游盖丙寅二月也。

注释：

(1) 许：表示大约的数量。

(2) 缘：顺着，沿着。

(3) 不尔：不如此，不然。

(4) 窦：孔，洞。

(5) 谽谺（hān xiā）：山谷空旷。

(6) 庑（wǔ）：堂下周围的走廊。

(7) 绀（gàn）：红青，微带红的黑色。

(8) 侧肩：侧转身体，以便挤入。

(9) 石罅（xià）：石头的裂缝，缺口。

(10) 循：顺着，沿着。

(11) 剥蚀：指古代碑刻年久、风化，使有剥落。

古往今来，赞誉飞来峰的诗句、散文，像飞来峰的奇花、异木、怪石，数不胜数。应该说，邵长蘅的《飞来峰记》是这众多诗文中的优秀之作，一篇近六百字的短文，三百年来，历经沧桑，色香不败，实是难得。它很有特色，写神了"一峰孤绝似飞来"之奇，像奔放的诗魂在古今读者的脑海中缭绕。

飞来峰，"峰峰形势极玲珑，灵根秀削摩苍穹。一峰已尽一峰起，奇峰面面无雷同。"（汪适荪《游飞来峰》）似有一种飞动之势，为武林诸山中的奇峰。因此，作者匠心独运，紧紧抓住飞来峰的这一特征行文走笔，选材有角度，写来有层次。描其景，侧重于奇；绘其形，侧重于神。形神飞动。

写石奇。先简括飞来峰之概貌："高五十丈许，缘趾至巅"，布满嶙嶙岩石。一般人看来，那些毫无生命的石头，本来就生于峰上，但在作者眼中，却是另一番神态："石之状，棱者，砥者，刿者，植者，仆者，兀者，狞者，兽相搏者，骈笋者，卓笔者，骞若飞、坠若压者，奇诡万态，而无一相肖。”看：岩石突兀，棱者如刀削，砥者似磨刀石，剡者如尖刺，植者像树干，仆者似匍匐，狞者如凶兽，相搏者如凶兽相搏斗，骈笋者如双笋直立，卓笔者似笔立，坠者将倾，翘者欲飞。这既生动而传神地写出了众石争奇的形状，又化静为动，传达了奇石的神情，气势飞动，神态逼真。石，无所谓情感，这自然是作者赋予的，经赋予那形象就立刻栩栩欲活。王夫之说过：“烟云泉石……寓意则灵。”作者即景会心，主观的情和客观的景契合无间，从而创造了独特的境界，即寓了意，又妙合自然。又继写倚涧之石：“削壁横展百余丈，石益奇。”仅“削壁横展”四字，就写出了崖壁陡峭险峻、横空飞动之势，显示出怪峭之奇。那“枫樟槠桂松杉冬青石楠”“冬夏苍翠”“藤蔓缠络”，其根又出石缝，“郁屈如虺蛇”真是怪中生奇，“郁屈如虺蛇蟠怪石上”，既形象地显示出树木慢慢地、郁屈地从怪石中钻出，生命不息、永远进击的力量，又显示出峻峭秀奇之美。

写亭奇。此乃略笔。冷泉亭乃唐人元萸任杭州刺史时所建。它坐落在飞来峰下灵隐涧的冷泉之上，“山树为盖，岩石为屏，云从栋出，水与阶平”(白居易《冷泉亭记》)，木欣欣，泉渟渟，风泠泠，草薰薰，石与泉相依，泉与亭相衬，亭与木相映，一应俱全，辉映生色，构成幽奇绝境。这境界，可涤荡人们心底的污垢，净化人们的灵魂。步入冷泉亭，真是身心犹如洗涤，表里澄澈，纤尘不染。故作者云：“亭之胜亦以峰”。这里作者之所以惜墨，是因前已浓墨点染“峰奇”，以峰奇映衬亭奇。

写洞奇。高山峻岭，莫不有洞，所谓“穴居野处”“洞天福地”是也。明张宁《题飞来峰》诗云“石门阴洞知多少”。但最幽奇的要算龙泓、玉乳、射旭。因此作者浓墨描绘三洞景物之奇，风光之美。“龙泓洞”以深黑为奇。写其洞之深，不言其具体深度，只云“其上圆穴，仰望见青天，如在井中，又名通天洞也”。可见天有多高，洞有多深。又通过一个“相传”写其深：相传其底可通钱塘江，也有说可通西蜀。有人深入，听到琅琅的江涛声、咿呀的舟楫声。活龙活现，真是神龙盘踞洞底。这里以“相传”极度夸张洞上通天宫、下达龙庭之深远。这种神奇的传说虽不足信，却给龙泓洞增添了神秘的色彩。玉乳洞以“垂”“莹”为奇。此洞是石灰岩构成的地下溶洞。它“三面岩户洞豁，谽谺相通，”此景真有“石户豁谽谺，疑是鬼神凿”之奇妙。“石乳下垂，青莹腻滑，间作绀碧色”，“下垂”，乃言玉乳下身之状；“青莹”绀碧”，乃视觉感受，墨蕴彩色，恣肆淋漓；“腻滑”，乃知觉感受。这下垂、青莹、绀碧、腻滑，穷形尽相地描绘石乳低垂下伸、碧珠欲滴的姿态。“壁间泉水涓涓，下滴洼石，大旱不枯。”山泉透过岩缝石罅，潜流而来，至此激涌而出。从“涓涓”“下滴”等字里看到了泉水犹如跳珠溅玉，听到了水石相击的琤琤琮琮之声，给人以音乐的节奏感。这是多么美妙而奇幻的大自然之旋律啊！如仙乐风飘，满洞皆闻，这几笔，绘声，绘色，绘影，绘形，显示出动荡之美，使读者于欲滴的碧珠、涓涓的泉水、“下滴”的相击之声，看到奇光异彩，听到清音远韵。即便是高明的画师，也难达到这样超妙的艺术境界。射旭洞以“垂莲”为奇。其“岩脚皆空，嵌浮土上”，真可谓腾云凌空，飞来岩石。这够美妙的了！那些乳泉滴注而成的层层叠叠的玲珑石乳，形似“倒垂莲”。这比喻，极其形象、美妙。其“华瓣垂垂，丰上而锐末，如镂刻然”。“垂垂”，言莲瓣欲坠之势；“丰上而锐末”，写莲花之神韵；看，乳泉滴成的倒垂莲，犹如朵朵初绽的莲花，视地怒发。真可谓“奇洞朵朵开青莲”。“人侧间从华瓣间度”，如入“洞中蓬莱，人间仙境”，大有缥缈之美感。作者把大自然的惊心动魄的壮丽景象逼真地呈现在眼前，确是“最为奇绝”，因为这里的景物有着超乎“龙泓”“玉乳”的神奇感觉。

末了，写“飞来峰”怪名之由来。晋咸和元年，印度僧人慧理来登此峰，惊叹曰：“吾国灵鹫山小岭，不知何以飞来”，遂命名为“飞来峰”。这一交代，堪有绝妙之奇。“不知何以飞来”，不正是奇怪吗？正因为是飞来之峰，才有飞来之奇石、奇洞。飞来峰因“飞”生奇，因“飞”而神，一个“飞”字收束全文，使“奇”有了着落，作者之所以这样精雕细刻奇石、奇洞，其缘盖出于此。

综观全文，始终紧“飞来峰最奇”而组织题材。作者以大手笔眼光摄取最足以显示飞来峰的神奇之处，以层翻浪迭之笔依次写石写洞，一景胜似一景，逐层皴染，行文走笔，围绕一个“奇”字而展开，这就使得文章的内在结构经纬分明，严谨周密，无懈可击。

飞来峰的景色奇得迷人，奇得使人心澄目净，宠辱偕忘，使人欣欣然，飘飘然。记游性的散文贵在毕现游地的景物形象。由此而论，《飞来峰记》确实达到了这一佳境。

刘大櫆

刘大櫆（1698—1779），字才甫，一字耕南，号海峰，安徽桐城人。一生穷居江上，晚为黟县教谕。提倡古文，师事方苞，为姚鼐所推崇，三人被称为“桐城派三祖”。善写山水派小品，风格清峻。有《海峰集》。

游万柳堂记[1]

昔之人贵极富溢[2]，则往往为别馆以自娱[3]，穷极土木之工，而无所爱惜。既成，则不得久居其中，偶一至焉而已，有终身不得至者焉。而人之得久居其中者，力又不足以为之。夫贤公卿勤劳王事[4]，固将不暇于此，而卑庸者类欲以此震耀其乡里之愚[5]。

临朐相国冯公[6]，其在廷时无可訾，亦无可称[7]。而有园在都城之东南隅，其广三十亩，无杂树，随地势之高下，尽植以柳，而榜其堂曰：“万柳之堂”[8]。短墙之外[9]，骑行者可望而见其中。径曲而深，因其洼以为池，而累其土以成山。池旁皆蒹葭，云水萧疏可爱。

雍正之初，予始至京师，则好游者咸为予言此地之胜。一至，犹稍有亭榭；再至，则向之飞梁架于水上者[10]，今欹卧于水中矣[11]；三至，则凡其所植柳，斩焉无一株存。

人世富贵之光荣，其与时升降，盖略与此园等。然则士苟有以自得，宜其不外慕乎富贵；彼身在富贵之中者，方殷忧之不暇(12)，又何必朘民之膏以为苑囿也哉(13)！

注释：

(1) 万柳堂：康熙年间（1662—1722年）刑部尚书冯溥的园林别墅。元朝宰相廉希宪曾在京西丰台（一说在钓鱼台）修建别墅“万柳堂”，冯溥借其名为自己别墅之名。

(2) 富溢：极富。

(3) 别馆：即别墅，指住宅以外另建的园林馆舍。

(4) 勤劳王事：为朝廷辛劳效力。

(5)“而卑庸”句：意为卑陋庸俗之辈想以此向家乡的愚民百姓炫耀。

(6) 冯公：即冯溥，山东临朐人，顺治年间（1644—1661年）进士，曾任吏部侍郎，康熙年间擢为刑部尚书、文华殿大学士，颇得康熙皇帝信任，曾广为清廷网罗人才。《清史稿》有传。

(7) 訾：(zǐ) 毁谤、非议。

(8) 榜：题名。

(9) 短墙：矮墙。

(10) 飞梁：悬空修建的桥梁。

(11) 攲卧：倾倒。攲（qí 奇），倾斜。

(12) 殷忧：深忧。

(13) 朘（juān 捐）：剥削。苑囿（yòu 又）：园林。

刘大櫆的《游万柳堂记》，写于清代雍正之初。从题目上看，这是一篇游记，但细读全文，便知不是以记游为重点，而是借记游写感想，发议论，是游记文的变革，又是议论文的特殊样式，可以说是一篇游记式的议论文。

作为一篇游记，作者总是根据美学的观点、游览的进程、时间的先后、表现的重点来选取自然风光和名胜古迹。此文却非如此。它开头凌空而起，起笔峭立：“昔之人贵极富溢，则往往为别馆以自娱，穷极土木之工，而无所爱惜”，自己不住，只不过“以此震耀其乡里之愚”。早在宋代，韩琦作昼锦堂，欧阳修为之作记，就委婉地指出，那是“夸一时而荣一乡”。“昔之人”大概是指这一类的人。刘大櫆的议论，很显然在思想上与欧阳修是相通的。

继而由历史上的古人而联系到当朝权势人物的作为：临朐相国冯溥，因屡次主考，门生极多，名望很大。而实际庸庸碌碌，持禄保位，无所作为。“无可訾亦无可称”便是对他的中肯评论。然而他为了显示贵极富溢，“震耀其乡里之愚”，便在都城广渠门东南隅经营三十亩之广的园池，尽植以柳，并取元代大臣廉希宪在北京右安门外建造的万柳堂作为自己的别墅名称。文中用白描的手法描绘园池的景色：“径曲而深，因其洼以为池，而累其土以为山。池旁皆蒹葭，云水萧疏可爱。”这里着墨不多，而气韵自胜。生动地写出了园池蒹葭苍苍，云水清淡的情趣。

万柳堂如此幽美，实乃为游览胜地。所以文章便水到渠成地转入写游。同一景物，往往因人的心情不同、感受不同，而境界互异。李渔说冯氏万柳堂初建时，募人种柳，“但种一株培寸土，便称业主管芳菲”，所以种得很快；杭世骏歌唱“半天婀娜绿梯抽，拂拂新条乱打头。两翼画栏红不断，荻芽茭叶满春流”的景色；朱彝尊甚至说：“午雩幸忝从游列”，自处于冯的学生之列，以从游为荣。刘大櫆游园，看到的却是另一番景致：“一至犹稍有亭榭，再至则向之飞梁架于水上者，今欹卧于水中矣。三至则凡其所植柳，斩焉无一株之存。”时过境迁，三个“至”字写出了万柳堂由昔日的繁华到衰败的过程。由于作者带着一种愤世嫉俗的心情来游万柳堂，且又善于发现和分析问题，无处不触发作者的心绪，因而很自然地由自然景物的兴衰联想到人事的荣升与降落：“人世富贵之光荣其与时升降，盖略与此园等”。树犹如此，人何以堪，把自己对人生的认识，寄托到记游探胜的感受中，使自然景色与人生哲理契合无间地结合在一起，把记游与说理巧妙地熔为一炉，既使抽象的道理阐述得生动形象，又使具体的记游增加了思想的深度。写到这里，感慨之情似犹未尽，因之以“然则”一转，又做了进一步的抒发，更为痛快淋漓地指出：“士苟有以自得，宜其不外慕乎富贵”，“朘民之膏以为苑囿”。这立意显然高于其他文人，它充分地表达了作者愤世嫉俗，抨击地主豪绅、贪官污吏的思想感情。真是“一弹再三唱，慷慨有余哀”。清末学者刘师培在《论文杂记》中指出，在桐城派的作家中，“惟海峰较有思想”，这确是合乎实际的评论。

刘大櫆的散文，其成就以议论文尤高。此文便是很好的范例。以议论为先导，由记游带出议论，记游是生发哲理的基础，前后呼应。意能称物，言能尽意，经过他的分析论证，不仅使人信其言之有理，而且看出他的逻辑严密，锋颖精锐，语言条畅。

作为一篇游记，给读者的感受，往往是赏心悦目、心旷神怡，再不然便是因为江山极目，激起了慷慨豪壮之情。但本文却非如此，人们读后总感到有一种愤世嫉俗的郁闷之情。

王　灼

王灼（1752—1819），字明甫，一字悔生，号晴园，又号滨麓。安徽桐城市人。乾隆五十一年（1786）举人，官东流教谕。为文雅可诵，记传尤有精采，诗亦沈雄雅健。著有《悔生诗钞》等。

游歙西徐氏园记

歙西徐氏有园，曰“就园”，方广可数十亩[1]。其西北隅凿地为方池，引溪水入焉。池之四周，皆累以为危石[2]；池上横石为桥，以通往来。有池而西为亭，再两翼然而出者为楼；池之南端，临以虚堂，堂半出水上，前有横栏可俯；堂背为渠，溪水所从入池者也。循渠折而东行，皆长廊，中累层石为台，台高二寻，其上正平，可罗坐十余人，旁植梅桧竹柏石楠甚众。台下逶迤环以复壁，北复构堂三楹。堂之右侧，与前池通；由堂左折，循墙入重门[3]，中敞以广庭，前缭以曲榭，繁蕤翳生[4]，而牡丹数十百本，环帀栏楹[5]，花时尤绝盛。由庭东入，其间重阿曲房，周回复壁，窅然而深[6]，洞然而明。墙阴古桂，交柯连阴，风洞影碧，浮映衣袂。园之外，田塍相错[7]，烟墟远树，历历如画；而环歙百余里中，天都、云门、灵、金、黄、罗诸峰，浮青散紫，皆在几席。盖池亭之胜，东南数州之地，未有若斯园者。

予馆于歙数年，尝一至焉。戊申六月[8]，复集同人来游于此。时天雨新霁[9]，水汩汩循渠流，予与二三子解衣击壶，俯绿阴，藉盘石，乘风乎高台，祓除乎清流[10]，讙讙淋漓，诙嘲谈谑，及日已入，犹不欲归。园者皆瞪目相顾，嗟愕怪骇。

既归，二三子各适其适，顾吾独悲园之朽颓坏，已异于始至，则继此而游，木之蠹，石之泐[11]，其又可问耶？且吾数人暂合于此，一日别去，将欲从数百里外，齐轨连辔，复为此穷日之游，其又可得邪？无以寓吾之思，因为之记，俾后之人知有斯园之胜[12]，并知有斯园今日之游。

同游者三人：严州胡熙陈禹范、常州赵彬汸如、张一鸣皋文。

注释：

(1) 方广：范围，面积。方，副词。

(2) 累：积累，堆积。危石：高大而奇异的石。

(3) 重门：屋内的门。

(4) 繁蕤（ruí）：繁盛貌。

(5) 帀：绕，环绕。

(6) 窅（yǎo）：深远。

(7) 塍（chéng）：田间土埂。

(8) 戊申：乾隆五十三年，1788 年。

(9) 霁：晴。

(10) 祓除：扫除。祓，古时除灾求福的祭祀。

(11) 泐（lè）：裂开。

(12) 俾（bǐ）：使。

游历祖国的名川大山和古迹名胜，用生花妙笔写下令人神往的游记，这是我国古代文学家的一个优良传统。在历代百花争艳的游记散文中，王灼的《游歙西徐氏园记》不失为一篇独具风采的佳作。

安徽歙县西徐氏林园，虽方可数十亩，然而，“山不在高，有仙则名”。由于它有危山细流、复壁曲榭、楼台厅堂、草木花卉，平平常常的林园充满幽清的韵味，所以给人一种深邃幽静、精巧雅洁的美的享受。作者如同一个高明的导游者，善于选择最佳风景点，一路指点，步步换景，多角度多层次地展现林园风光。运转他那妙笔，把我们带进游览胜境徐氏林园西北隅。这里远近左右，宛如一幅幽静的山水画。有方池，“引溪水入焉”。一个“引”

字，显示出池水的活力，仿佛听到那潺潺的流水声。有危山，“池之四周，皆累以危石”。一个“危”字，只见出山之奇异、峻峭。高山流水之间，又“横石为桥”，的确给往来行人以“高山流水小桥”的幽静之感。有楼堂，楼“翼然而出”，仅设一喻，楼的形状、风貌便画出来，活像鸟儿展翅凌空欲飞。“堂半出水上”，一个“半”字，恰当地写出厅堂虚出水上的险状。有林，“循渠折而东行，皆长廊……旁植梅桧竹柏石楠甚众”。一个“众”字便写出了林的繁茂郁丛。这山、水、林、亭，不是孤立地存在，而是交织一体，既各尽其美，又多样统一。池水乃为背景，有赖于危山映衬，就益发显示出池水的清澈；而亭堂又偏偏半出水上，则别含另一番风光。这样，无山，则水不美；无水，则危山孤峙；无亭堂，则山水失色。有水，亭堂增趣；山与水相依，水与堂相衬，一幅画中山水亭堂草木，一应俱全，且辉映生色，构成诗一般的优美境界。

当我们游览这山水风光时，作者笔峰一转，让我们通过台下逶迤的孔道，又引进了另一个新领域：园内广庭。这一“折”一“循”一“入”等几个动词的连用，恰到好处，如珠走玉盘，仿佛看到了游者那种折堂循墙入门的神态。亭前弯弯的高台、郁郁的草木、争艳的牡丹，确有红花绿叶的美感。亭东深邃的庭院、隐秘的房舍、深远而明亮的复壁，这种格局奇特的建筑，与山水相映生辉，构成一种高山流水小桥人家的美好境界，当然亦扰乱了游人的心理平衡。那“墙阴古桂，交柯连阴，风动影壁，浮映衣袂”的景致，实在太美妙了。这是庭院所独有的，那古桂交柯连阴，显示出生命不息的力量；光线透过连阴，将碧影洒在地上，一晃一晃地浮映在游人的衣袖上。这境界出神入化，令人神往。貌似写动，其实写静；写了动，而静全出。完全符合画家所根据的透视学原理，逼真地写出了庭院的幽美，真可谓达到了刘勰在《文心雕龙·物色》中所说的“瞻言而见貌，即字而知时”的化境。

红花需要绿叶衬。假如把园内之景视为一朵花，那么，映衬这朵鲜花的绿叶便是园外风光。接着，作者笔锋又一转，粗粗几笔，由近及远、由小到大地勾勒园外风光。近处：田埂条条、互相交错；炊烟袅袅，远树迷离。远方：天都、云门、灵、金、黄、罗诸峰，浮青散紫，皆在几席。青、紫乃为山色，山色苍郁悦目。浮、散动词的出神入化，使变化的山景逼真欲现，恍若在即。这远近之景，如电影中的特写镜头，为林园增添了不少盎然情趣，把这朵花映衬得更加艳丽，亦为游者提供了想象的余地。难怪作者发出这样的赞叹：“池亭之胜，东西数州之地，未有若斯园者。”作者如此一路写来，曲折多变、步步生花，先写池水之潺潺，次写庭院之深邃，继写房舍之隐秘，后写园外山色之苍郁，这样层层递进的描绘，紧紧扣着一个“胜”字，这犹如穿千颗珠玉缀于金线之中，收万道霞光凝于聚光镜上。也正因为如此，文势跌宕，雅洁可诵，运笔从容，左右逢源。

正因为徐氏林园乃为东西数州的游览胜地，因而作者渴望一游。这游乃是浓墨描绘林园风光的必然趋势。“予馆于歙数年，尝一至焉”，言其游园的迫切心情，“数年”乃见出迫切心情由来已久。于是便在一个“天雨新霁、水汩汩循渠流”的日子里以了夙愿。园林历历如画，现在又经雨水洗刷，山岂不更青？水岂不更秀？林岂不更碧？一个“新”字便写出了雨后全新令人神往的境界，“解衣击壶，俯绿阴，藉盘石，乘风乎高台，祓除乎清流，讙譆淋漓，诙嘲谈谑”，传神地写出作者及其同游者漫游这个境界的游态。他们仿佛进入了极乐世界，宠辱皆忘，使人欣欣然，“日已入，犹不欲归”，流连忘返。作者对这里的景物有着超乎寻常的新奇感觉。作者之所以这样着力描绘徐氏林园的胜境，其源盖出于此。

文章的结尾写游园的感慨，对林园的“朽蠹颓坏”表示痛惜，系老生常谈，没有多少新意。

王灼以画家的审美眼光来观察体验林园的山光水色，用诗一般的语言，多角度多层次地把这个园林的景致描绘得如同图画，文章亦生动可喜，雅洁可诵。《清史列传·文苑传》说其古文步趋大櫆，雅洁可诵，记传尤有精彩，诗沈雄雅健，这评价却不过誉。

龚自珍

龚自珍（1792—1841），又名巩祚，字瑟人，号定盦，仁和（今浙江省杭州市）人。清代进步的思想家文学家。二十七岁（1818）中举，三十八岁（1829）中进士；官礼部主事。后辞官南归，卒於丹阳云阳书院。自珍深於经学、小学和史地之学，为今文学派的主要人物。曾与林则徐、魏源等结“宣南诗社”，讲求经世之学。主张改革内政、抵制外国侵略，为近代改良主义运动的先驱者。其诗反映了鸦片战争前夕黑暗的社会现实，具有渴望变革、追求理想的精神。文辞瑰丽清奇，别开生面。散文亦多抒发其对社会、政治问题的见解，纵横奇诡，颇有特色。但由于看不到变革现实的力量，诗文中经常流露出感伤情绪和出世思想。其作品对近代文学影响很大。著有《定盦全集》。

病梅馆记

江甯之龙蟠[1]，苏州之邓尉[2]，杭州之西溪[3]，皆产梅。或曰：“梅以曲为美，直则无姿；以欹为美，正则无景；以疏为美[4]，密则无态。”固也[5]。此文人画士，心知其意，未可明诏大号，以绳天下之梅也[6]；又不可以使天下之民斫直、删密、锄正，以殀梅[7]、病梅为业以求钱也。梅之欹、之疏、之曲，又非蠢蠢求钱之民能以其智力为也。有以文人画士孤癖之隐，明告鬻梅者，斫其正，养其旁条，删其密，夭其稚枝，锄其直，遏其生气[8]，以求重价，而江、浙之梅皆病。文人画士之祸之烈至此哉！

予购三百盆，皆病者，无一完者。既泣之三日，乃誓疗之，纵之，顺之。毁其盆，悉埋于地，解其棕缚。以五年为期，必复之，全之。予本非文人画士，甘受诟厉[9]。辟病梅之馆以贮之。

呜乎，安得使予多暇日，又多闲田以广贮江甯、杭州、苏州之病梅，穷余生之光阴以疗梅也哉。

注释：

(1) 江甯：今江苏省南京市。甯：当作宁，系避清宣宗旻宁讳改。龙蟠，即龙蟠里。在今南京市清凉山下。

(2) 邓尉：山名，在今江苏省苏州市西南。汉时邓尉曾隐居此处，故名。邓尉山多梅树，每到开花时，一望如雪，号称“香雪梅”。

(3) 西溪：地名，在令浙江省杭州市灵隐山西北。

(4) 欹：歪斜不正。

(5) 固也：向来如此。

(6) 绳：此处作动词用，衡量之意。

(7) 殀梅：使梅早死。殀：同“夭”。

(8) 遏其生气：阻抑它的生机。

(9) 诟厉：辱骂，憎恶。

清朝“文字狱”所造成的恶果是扼杀人才，形成盛世孕衰，貌似强而实弱的危险状态。晚清著名的思想家和文学家龚自珍写这篇文章的思想动机之一就是针对这一历史现象的。本文作于 1839 年作者辞官南归之后，又题为《疗梅说》。他托梅议政，表示要辟病梅馆疗救病梅，以抒发解放人才和个性自由的理想。

首段开始即以三个著名的产梅胜地作引子，由“梅”引出“病梅”，并论述产生病梅的根源。接着先借“以屈为美”的审美观，暗喻封建统治者选用人才的标准；再揭示出文人画士“心知其意”而“未可明诏大号”，说明这种观点邪恶得见不得人。“未可”之后用“又不可”“又非”二词，指出文人画士的帮凶们摧残梅花的卑劣行径。斫正、删密、锄直是夭梅、病梅的手段，也正是封建统治阶级扼杀人才的恶劣手段。他们攻击、陷害那些端方正直和具有蓬勃生气的人才，要造就的只是“旁条”和生机窒息的枯干残枝，亦即屈曲、邪佞和死气沉沉的奴才庸才。“文人画士之祸之烈至此哉!”段末这一句满怀义愤的议论，即表达了作者对扼杀人才的帮凶们极大的愤慨。

中间一段写作者有感于病梅的不幸，一次就买了“三百盆”而“誓疗之”。“纵之，顺之……必复之，全之”一句，一气呵成。表达了作者忧心如焚，急于疗救病梅的愿望，与描写卖梅求利的恶劣行径针锋相对，正反对照。这既写出了要彻底砸掉封建统治阶级束缚人才的精神枷锁，让人们的才能获得自由发展，也表达了作者要求个性解放，“不拘一格降人才”（《己亥杂诗》）的迫切心情。“予本非文人画士，甘受诟厉”，鲜明地表现作者的斗争决心。这一段，作者分作几层意思，逐次写来，句式简短遒劲，一连用了“泣”“疗”“纵”“顺”“毁”“解”“复”“全”等动词，充分表现了作者的满腔悲愤和奋争激情。一个“誓”字，一个“必”字，斩钉截铁，决心毫不动摇。

最后一段，写自己辟馆疗梅的苦心。“安得使予多暇日，又多闲田”，感叹自己的时间和条件不够，“疗梅”的力量有限，不能足以挽回人才受扼杀的黑暗政局。不过，作者仍表示要尽自己一生的光阴从事疗救病梅的工作，思想仍是积极的。

这是一篇寓言体散文。句句写梅，却处处写人。“文人画士”，暗指腐朽没落的封建统治者；“明告者”和“鬻梅者”，画出献媚取宠、利欲熏心、为虎作伥的帮凶们的面目；“梅”，喻天下有为之人才，“予”则是近代改良主义先驱的象征。全文托物喻人，借梅议政，形象传神，寓意深刻。

这篇文章，用笔曲折。作文通过文人画士欣赏病梅，投其所好的人炮制病梅，以及作者疗治病梅等几层意思，反复映照，用笔曲折奇诡，跌宕有致。结尾点出心有余而力不足，则透露了这篇短文的背景，哀音回荡，见出作者思想的深沉清醒和行文的开合顿挫之美。

剪裁得当，记写简洁，也是本文的一个特点，它围绕“病梅”这个中心，由“梅”的产地入题，着重论析“病梅”的由来，以“文人画士之祸之烈至此”，给清王朝的残害人才作了一个深刻的写照。然后又由梅的厄运引出“疗梅”，决心以毕生“疗梅”为全文作结，中心突出，层次井然，所议所记，详略得当，饱含感情。

后　记

这本小书是在我为非中文专业学生进行综合素质教育的讲稿基础之上整理而成的。

前些年，大多数高校为培养学生健全而文明的人格，造就更多有创新潜能的复合型人才，为非中文专业开设有关传统文化教育课程，改变以往较为单纯的专业培养模式。当时我讲授“中国古代散文选读”课程，根据专业特点，从名家名作中选出几十篇古文进行品读。通过一定数量作品的欣赏，让学生对我国古代散文的发展有一个大致的了解，进一步提高阅读能力，陶冶情操，提升文化自信。目前，国家大力倡导传承中华优秀传统文化，提出全方位地融入国民教育中。因此，我花些时间，将原讲稿整理而成为这本小书，这或许有益于优秀传统文化的传承。

在撰写整理过程中，吸收了时贤的一些研究成果，给我许多有益的启迪，在此致以真诚的感谢。

魏宏灿

2017年9月